〔美〕约书亚·弗里斯——著

吴文忠——译

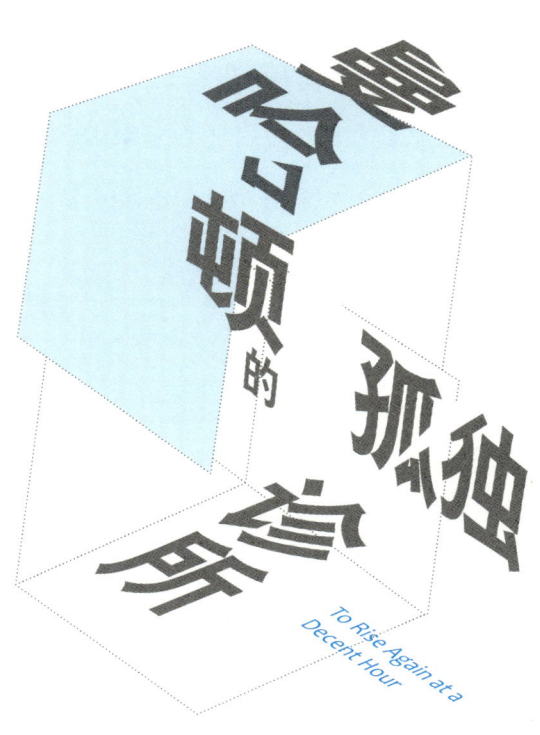

弗里斯顿的孤独诊所

To Rise Again at a Decent Hour

人民文学出版社

著作权合同登记号 图字 01—2016—9834

TO RISE AGAIN AT A DECENT HOUR
Copyright© 2014 by Joshua Ferris
Published by agreement with Barer Literary, LLC through The Grayhawk Agency.

图书在版编目(CIP)数据

曼哈顿的孤独诊所/(美)约书亚·弗里斯著;吴文忠译.—北京:人民文学出版社,2016
ISBN 978-7-02-012100-7

Ⅰ.①曼… Ⅱ.①约… ②吴… Ⅲ.①长篇小说—美国—现代 Ⅳ.①I712.45

中国版本图书馆 CIP 数据核字(2016)第 245424 号

责任编辑	翟 灿 马 博
装帧设计	李思安
责任校对	刘佳佳
责任印制	王景林

出版发行	人民文学出版社
社　　址	北京市朝内大街 166 号
邮政编码	100705
网　　址	http://www.rw-cn.com
印　　刷	三河市鑫金马印装有限公司
经　　销	全国新华书店等
字　　数	242 千字
开　　本	880 毫米×1230 毫米　1/32
印　　张	12.375　插页 3
印　　数	1—8000
版　　次	2017 年 4 月北京第 1 版
印　　次	2017 年 4 月第 1 次印刷
书　　号	978-7-02-012100-7
定　　价	42.00 元

如有印装质量问题,请与本社图书销售中心调换。电话:010-65233595

献给格兰特·罗森伯格

呵哈

——《约伯记》39:25

陌生人之子

1

嘴巴真是个奇怪的地方。说它往里,它不太往里,说它往外,它又不太往外。说它是皮肤,它不是皮肤,说它是器官,它又不是器官。嘴巴是介于这些东西之间的一个地方:这个地方黑暗、潮湿。从这里通向的地方,一般人也不愿太往深想:它通向的地方可能会产生癌症,或者心灵受到伤害,或者灵魂迷失不再。

我鼓励我的患者使用牙线清理牙缝。有些日子里使用牙线不方便。不方便也应该用。使用牙线可以防止牙周病,可以延长寿命七年。使用牙线也非常花费时间,怎么说都令人烦。牙医不该这么说话。说这话的人是那个灌了一肚子酒之后回到了家里的家伙。整个晚上,他都十分开心,大笑不止。当他一拿起牙线,就对自己说,这有什么用?反正到最后,心脏停止跳动,细胞死亡,神经元变黑,细菌毁掉胰腺,蝇虫产卵,甲虫嗑碎肌腱,皮肤变成农夫奶酪的颜色,骨质溶解,牙齿也就随着这股大潮跑得无影无踪了。可是,我的牙科诊所经常会进来一个一辈子也没有使用过牙线的人。这个人简直不自爱得难以想象:腐烂的牙齿,肿胀的牙龈,从釉质到神经无处不感染。露出痛苦的表情又有什么用呢?这时,我心里就会再次涌起一种感觉,我叫它希望,叫它勇气,最主要的是,我叫它不甘。怀着这种感觉,一两天之后,我又对我所有的患者们说:"你们必须要用牙线,请你们用牙线。用了牙线之后就绝对不一样了!"

牙医说自己是医生。其实,牙医只是半个医生。牙医还是半个殡仪馆馆长,不过这是个秘密,不能告诉别人。生病的部分他努力使之恢复健康。死亡的部分他努力将其粉饰。他钻个洞,清理掉腐烂的地方,堵上洞,密封好缝隙。他拔牙,灌注模子,装上假牙,釉以相同的颜色。未堵的牙腔是颅骨的眼石,臼齿就是直立的墓碑。

我们说它是门行业,从来不说它是一门生意,但是成功的牙科诊所真是一门非常好的生意。我在纽约切尔西开始创业的时候,诊所没有窗户,椅子也只有两把。但是后来,我搬进了派克大街①上的一个地方。在一座叫"爱更爱"的公寓大厦,整个一楼的一半儿都让我给租了下来。这座大厦的东配楼是毕肖普会计公司,不过当时,这家会计公司被怀疑行业违规,正在接受一个大陪审团的调查。

派克大街是全世界最文雅的街道。门童们戴着帽子和手套,打扮的样子仍然是二十世纪四十年代的风格,为抱着小狗的老贵妇们开门关门。雨篷一直延伸到马路牙子上,这样,在下雨天,上下出租车的客人就不会被雨水浇着。雨篷下面铺着柔软的地毯,通常是绿色的,但偶尔也有红色的。如果微微

---

① 派克大街位于纽约曼哈顿地区。

调整一下心境,你面前几乎立刻就会呈现出一幅久远的画面:第一批富人坐在载有藤条桌椅和衣物箱子的马车上,踏着泥水来到这里定居。曼哈顿经历的冲击非同小可。它周围的邻居们都变了样。睡梦之中,整个城市不断在改变。但是派克大街仍旧是派克大街,它有钱,有富人居住,它是纽约精神之所在。不管这是好还是坏。

为了装修这个新地方,我借了一大笔钱。为了尽快还上这笔钱,我没有听取承包商的劝告,不顾康维尔夫人的反对,不顾我个人的理智,不遵循天下所有牙医的经营之道,我要求工作场地中不设立我的私人办公室!我把该成为我办公室的那间屋子也变成了诊室,所以,我有了五个诊室。在那之后的十年里,我疲于奔命,辗转于五个诊室之间。我不停抱怨没有我私人的小天地,但是与此同时,我却是财源滚滚达三江。

悠悠万事,一切都让我在意。你怨天怨地也没用。有些日子我的心情确实非常糟糕。心情糟糕时,我就试图说服自己。试问,天下还有什么能够比得上一门欣欣向荣的行业?还有什么能够比得上拥有一个由我自己说了算的管理结构呢?我的每一天并不比你们的更长,除了每星期四。有些星期四,我们直到十点钟才下班。那些夜晚,我的睡眠几乎没有任何问题,安眠药也几乎派不上用场。(你吃药入睡消失的第一件事就是梦。当我的梦开始淡去时,我对自己说,凡事都要乐观些。起码你醒来时,不必急于去告诉别人你那栩栩如生的丰富内心生活。)

悠悠万事，一切都让我在意，但我在意的事情（问题就在这儿）永远不会是一切。一门欣欣向荣的行业不会是一切。给患者恢复健康的承诺，下午喝杯摩卡咖啡，星期五享受下美食比萨饼，这都不是一切。不幸的是，班卓琴也不是一切。电视直接在线播放影片最初几乎可以说是君临天下，但是很快就成了虎头蛇尾。长时间以来，红袜队一直都是我的一切，但是最终他们却令我失望。我成年生活中最大的失望发生在2004年，因为那一年，红袜子队从扬基队手中偷走了荣誉，获得了世界职业棒球大赛①的冠军。

在一个夏天的两个月时光里，我以为高尔夫球就是一切了。当时我想，我会将我的毕生精力，我所有的闲暇时间，我全部的激情，都投入进高尔夫球。我真的这么想了两个月，直到我意识到，我不可能将我的毕生精力，我的全部闲暇时间，以及我全部的激情，都投入进高尔夫球。有生以来，我从来没有这么抑郁过。我轻轻击打的最后一个球绕着洞口转了一圈。那个球绕着洞口边缘转悠一圈之后才恋恋不舍入洞的情形不啻告诉我，我这渺小的一生已经跌入了无底的深渊。

所以说，工作，乐趣，对崇高事业的全身心投入，这些都不能算作一切。即使我的工作，高尔夫球，红袜队，每次都能令我愉悦身心。当我给一位患者拔掉坏牙，装上了假牙，让他无须害羞地绽放笑容，我感到无比的欣慰，那心情就像一个从梦

---

① World Series，实为美国职棒大联盟的总冠军赛。

中醒来，急于向周围的人讲述他的美梦一般。我让一个人恢复了其尊严的底线，这可非同一般。星期五享受比萨饼也非同一般。下午喝杯摩卡咖啡简直令我兴奋。2004年那个夜晚，大卫·奥尔蒂斯用一记漂亮的本垒打，击败了扬基队，从而创造了体育史上最伟大的逆转，我当时的感觉就是，只要活着就是幸福。

  我本来挺想信上帝的。这样就终于有了一种可以超越任何信仰的东西。如果相信了上帝，我就可以泰然自若，就可以舒适无比，并且恢复自信。我可以勇敢无畏！亘古的永恒就属于我了！风琴演奏的优美曲调，圣公会主教的深邃思想，等等，等等，这些东西都可以属于我了。我只需消除我所有的疑虑和信念。每当我即将放弃我的疑虑和信念时，我都会提醒自己悬崖勒马。我会叫喊：你要保持头脑清醒！你要坚持住！因为我在思考，我在认真地、倔强地、怀疑地思考，这个世界令我感到如此愉悦，我为什么要通过臣服上帝的方式来延迟这种愉悦呢？不幸的是，每当我这么一想，上帝在我心里就不灵了。

  不伺候了！路西法喊道。他并不想吃掉婴儿的脸。他只不过是不想给上帝当差。假如他当了差，他也仅仅是众多天使中默默无闻的一个，即使他位列最虔诚的天使中，他的名字也很难让人记住。

  我曾努力诵读《圣经》，可是每到谈论天穹的那一部分，我就读不下去了。所谓天穹，就是在上帝创造世界的第一天或者第二天，将水域分隔开的那片天空。比如说，天穹在这里。

紧挨着天穹的，就是水域。如果你随着水域长期漂流，就有可能撞上另一片天穹。我也说不清楚为什么，书中一提到"天穹"这两个字，我就开始无聊得掉眼泪。我会变得坐立不安。我会快速地往后面翻阅。书的结构似乎是这样的：天穹，超长的中间部分，耶稣。光是阅读那些不孕之妇、君子复仇等故事，你就可能花上半辈子时间。即使这样，你还没有接触到如何待人的那一部分，可是据我的理解，那一部分才是高水位线。也许不是。据我所知，高水位线应该出现在《列王纪下》。试想一下，我如何能够闯过《列王纪上》这一关！他们可不会轻易让你过关的。跟你们说一件令我惊叹的事情。在地铁里，坐在我身旁的总有那么一位捧着厚厚的《圣经》在阅读的乘客，而且是正读到了一半儿，比如第十五万页上，书上的每一行字都划了底线，或是涂上了彩色荧光。我不得不想，这位带着文身的西班牙裔青年绝对不会在他《圣经》余下的部分里都涂上了荧光，因为在《圣经·旧约》中间部分的《历代志》上卷或下卷，他所涂上的荧光彩色是如此的绚丽灿烂。接着他就会翻页，还真他妈的准：荧光涂得更多！而且是五颜六色！所做的注释简直出自于修士之手！说他翻页应该不很准确。此君一翻就是三四百页，或是参照某页，或是反复核对，反正不管是翻到哪一页，毫无例外，那页上同样是涂满了彩色的荧光。我向上帝发誓，世上仍有人将毕生精力花在研读《圣经》上。他们或是黑人老妪，或是中年黑人男子，或是打着领带的西班牙裔青年，或是你根本没想到是白人的白人青年。他们花了数千个小时研读《圣经》，并在里面的段落上涂抹着荧光色彩,与此同时,我却在睡大觉,或是在看棒球比赛,或是在躺椅上自慰。有时候我在想,我这是在荒废人生。我当然是荒废了人生。我有过别的选择吗?当然有过——二十年挑灯夜读《圣经》。但是谁又能说,即使那样,我的一生(自觉地虔诚,严格地律己,修道士般地禁欲,无时无刻地聆听上帝的启示和教诲)就能比我实际上的一生更有意义呢?我实际上的生活就是整晚酗酒,黎明时睡眼惺忪,遐想圣詹姆斯和他的抽象派艺术。这可是个巨大的帕斯卡赌注:用永恒的可能性来换取仅有数小时的某种旅行。

记得有一段时间,我参加了市区组织的一次徒步行活动。这些徒步行的唯一目的就是向世人展示,从你出生之前的某个时间点到你死后许久的某个时间点,这个世界发生了多么大的变化,有多少事情正在经历着变化,以及将会发生多少变化。最终,这种徒步行活动让我感觉十分郁闷,我就退了出来,学起了西班牙语。可是徒步让我了解到,随着移民格局的变化,随着一个民族取代了另一个民族,在社区里曾经至关重要的教堂已经变得不重要了。尤其是在纽约的下东区。在这里,许多早期犹太移民所去的犹太教会堂都经过了改造,变成了后来基督教移民的教堂。然而,建筑的风格却改变不了,教堂正面的细节也难以抹去。因此,市区里有些教堂的建筑上仍然有大卫王之星,或者有分枝大烛台的浮雕,或是有希伯来语字母的标记,同时在教堂屋顶上装有十字架和大理石圣母雕塑。

我喊道:要保持纯洁啊!切记,一种崇拜的建筑是多么轻易地能被改变成另一种完全敌对的崇拜建筑啊！否则，你的灵魂就会在人口变化的大潮中遇到风险，或者臣服于人类无休止的改弦易辙的巨大贪欲。

我最后一次站在一座教堂里，是和康妮在欧洲旅行之时。在我们为期十二天的旅行中，我们一定是看到了八九百座教堂。如果问她，那更有可能是四座。十二天竟然只看到了四座教堂？这一点你能想象吗？我是不停地摘掉和戴上我那顶红袜队的队帽，盖因是见到了某座教堂。教堂永远是著名的景点，无论如何都不能错过。教堂与教堂之间根本没有什么区别。不管是在一天的什么时间段，也不管我是否喝了咖啡，只要我一进入教堂，一阵倦意就会向我袭来，我就会哈欠连天。康妮就不断地提醒我，打哈欠不用那么大声音。她说我打哈欠的声音就像外面割草机正在割草的声音。她说她一转身就会看到我嘴里吱吱地吐出木屑。我坐在长凳上时能时不时地看到她对我怒目而视的眼光。我说行了吧，不就是打个哈欠吗？我并没有做出任何无礼的举动。我从来没说过要在教堂里来场派对。有一次我曾说过，在教堂后面的大垃圾桶旁边来一次口交，那应该是个好主意。很显然，那是玩笑话。因为那里根本没有什么大垃圾桶！我们又不是身处什么食杂店。在食杂店后面进行口交令我恶心。在曼哈顿这地方进行口交可不是太方便。在新泽西最容易了，因为在那儿，进行口交碰巧是合法的。我认为，康妮是太把欧洲当回事儿了。她一本正经地研究那里的壁画和隽秀的小体字母，令上帝都感到着急。诗人是沉闷的一族。（康妮就是位诗人。）他们也是一群伪君子。他们在美国绝不会踏进教堂一步,但是如果飞到了欧洲,他们就会直接从停车场跑到教堂的交叉甬道,那架势就像真正的上帝、但丁和明暗对照法绘画中的上帝、拱扶垛和巴赫中的上帝,都在那里等待了他们好几个世纪。什么样的束缚,对安息日多么强烈的渴望,才能超过一个身处欧洲教堂的诗人呢?然而,康妮却是个犹太人!第三天,我开始称其为"呕洲",一直这么说个不停,等飞机降落在了纽瓦克机场才打住。在泽西时,我建议回到城里之前先去一趟食杂店,但是此时,康妮对我已经是烦之又烦了。对于我来说,教堂绝对是个令人生厌的地方。我这么说并非是对教徒们的不敬。他们同伴之间深切的安抚对我有致命的诱惑力。我也想参加他们圣洁的仪式,和他们手拉着手,敞开心扉地唱圣歌。但是我敢打赌,如果有哪位或许我信奉的上帝想要我加入那个固定套路的话,那就真是见鬼了。他会嘲笑我的圣饼。他会对我手中的酒杯怒吼。他会对那些凡人产生极度的悲怜之心。噢,我能知道什么?我只知道,我在教堂里面所遏制不住的那种无聊烦躁情绪不是什么被动的情绪。那是一种躁动的、撕心裂肺的、坐立不安的烦恼。对于某些人来说,这是一个通往毕生目的和敞开心扉的场所;对于我来说,这里却是一个死胡同,是灵魂夜游时所停靠的一个黑暗的车站。走进教堂就意味着再也无法把仅在口头上表达愿在教堂中赞美上帝的行为视作崇高的了。

我的名字叫保罗·奥罗克。我住在纽约市布鲁克林区一所跃层式临街公寓套房里。我是牙医和假牙修复专家,每周行医六天,周四开诊时间较平时长些。

世界上再没有比纽约更宜居的地方了。这里有最好的博物馆、剧院和夜总会,最好的杂耍表演、滑稽剧和现场音乐表演,还有世界上最好的美食。仅是这里的葡萄酒库存量就将整个罗马帝国的酒库存量比成了可怜的死水一潭。这里的奇迹数之不尽。但是,当你忙得脚打后脑勺使劲儿融入纽约时,你怎么能有时间去欣赏这些奇迹去呢?然而,当你不是忙得脚打后脑勺时,你又怎能有精力呢?自从十二年前我以一个骄傲的移民身份从缅因州来到这里以来,我去艺术馆看过十二次电影,去百老汇看过两次演出,去过一次帝国大厦,和一次爵士音乐会,而那次音乐会我唯一能够记得的就是,在击鼓独奏表演时,我是强忍着才没让自己睡着。那座离我办公室仅有几个街区远的巨大人类知识库大都市博物馆,我竟然一次也没有去过。我大多数闲暇时间都是站在房地产开发商的大玻璃窗外面,和其他被高价赶出市场的梦想家们一起看着房源列表。我在想象我的地方更加宽敞和明亮,让我从城里逃离回家的夜晚更加惬意。

当我和康妮谈恋爱时,我们每周都出去享受美食三到四次。在纽约的一顿美餐可能由一位大名鼎鼎的米其林大厨来掌勺,他有在隆河谷度过的童年故事,有个人的电视节目。不过那位大名鼎鼎的大厨很可能不在厨房里,因为那里通常都是形形色色的西班牙裔工人的天下。尽管如此,菜单上的佳肴食材都是从农场那里精心挑选的最新鲜的时令果蔬,或是连夜从海上快递过来的海鲜。这里的餐厅或是装修时尚、灯光让人感到温馨浪漫,或是精英满席、高谈阔论之声时时袭来。这两类餐厅你根本预订不到。我们之所以预订成功,全靠软磨硬泡的功夫,或是给对方施加压力,或是低声下气,或是行贿,或是撒谎。有一次,康妮打电话预约饭店,说她身患绝症,即将离开这个世界了,说她选择这家饭店是将其作为她在这个世界上最后一顿外出吃饭的地点。我们每次坐在桌边时都是既兴奋又疲惫。每张菜单上的主菜连标价都没有,我们便点了该点的菜和推荐的酒。我们买完单回到家之后,总有一种虚度时光的感觉,可是到了第二天早上,我们又在琢磨下回该去哪家酒店吃饭了。

康妮和我一拍两散之后,我就来到曼哈顿的大街上,自己和自己玩起了一个游戏。游戏的名字叫作"事情或许更糟糕"。我自言自语,事情或许更糟糕,我可能是那个倒霉蛋。没过一分钟,我又说,结果或许更糟糕,而我可能就是那个倒霉蛋儿。街上随处可见悲惨世界的影子,有残疾人,有流浪汉,有奇丑无比者,有边走边哭泣的伤心人,有自残留疤者,有怒气冲天者。事情或许更糟糕。接着,走过去了一位女士。这是纽约千万个女性中的一位,修长的美腿穿着高高的长筒靴,迈着轻快的步伐从你面前款款走过去。她们或是一人独行,或是三三两两,她们的美丽具有一种极大的残忍性,那就是,她们的美丽本没有刻意的伤害性。在痛苦的望梅止渴之中,我又自言自语,事情或许要好得多呢。

事情或许更糟糕,或者要好得多,这成了我的游戏,这就是我在曼哈顿街上的实况转播。和那些擦身而过的笨蛋们一样，这个游戏我也玩儿得不错。

直到2011年红袜队命运之夏前的几个月，我的生活才算是真正地开始了。那年一月份的某一天，康维尔夫人来到我这里对我说，三号诊室里正在发生一件怪事。我往里看了看，模糊地认出那位患者。按照预先计划，他有一颗牙齿需要拔掉。原先的那次堵牙技术十分拙劣（不是在我这儿堵的），因而触及了神经，我很早就建议他治疗牙根管，他却是一拖再拖，终于他感觉到了要命的疼痛。但是他并没有呻吟或者哭泣。他正在低声悠慢地吟诵。他手心朝上，拇指和中指捏成了兰花指状，用一种单调的长音吟诵着什么"阿……拉姆……阿……拉姆……"

我坐在他椅子旁边，和他握了握手，问他在做什么。他对我说，他曾经钻研过想成为一名藏僧，尽管他现在没有那个想法了，不过当必要时，他还是习惯于使用这种坐禅的技巧。这次，他准备不使用麻醉药就把牙齿拔掉。他曾经拜过一位掌握了消除疼痛艺术的古鲁为师。

他告诉我："我已经深悟大无之道。你只需记住这一点：你会失去你的躯壳，但是你并不死亡。"

他的犬齿已经腐烂到了极点，呈淡淡茶水之颜色，但是所连着的神经仍然活着。任何神志清醒的牙医都不会连局部麻药都不打就给他拔牙的。这一点我跟他说了，他最后还是同意了做局麻。他又恢复到他坐禅的姿势。我给他打了麻醉针,然后就开始猛力地摇晃,准备将他的坏牙拔掉。刚过了两秒钟,他就开始呻吟起来。我以为他的呻吟是他大无之道不可缺少的一部分,但是他呻吟的声音却变得越来越大,响彻了整个诊室。我抬头看看患者对面我的助手艾比,粉红色的纸质口罩罩住了她的脸部,她一声不吭。我将钳子从患者口中取出,问他感觉怎么样。

"没事儿。为什么问我?"

"你的叫声很大。"

"是吗?我没有意识到。我的躯体实际上并不在这里。"他说。

"你的声音实际上在这里。"

他说:"我尽量声音小一些。请继续吧。"

他立即又开始了痛苦的呻吟,逐渐变成了一种号叫。这是一种原始的血腥的号叫,如器官发育不良的初生婴儿一般。我停了下来。他的双眼涨红,泪水盈盈。

我说:"你又叫出声来了。"

"什么声音?"

我说:"呻吟声。号叫声。你确定局麻在起作用吗?"

"我在思考这种疼痛三四个星期之前的情形。"他说,"我离开它已经四到六个星期了。"

我说:"打了局麻,这根本不会疼的。"

"是不会疼,根本不会疼。"他说,"这回我将一声也不吱。"

我又重新开始工作。几乎是同时,他又叫住了我。

"请给我打全麻好吗?"

我给他打了全麻，拔了牙，装上了一个临时的齿冠。当麻醉消失时，我和艾比已经在治疗另一位患者。康妮走进了诊室，告诉我说，那个人准备要走了，但是临走之前他还要和我道别。

我和康妮分手之后本该解聘她的。她在我诊所里所做的工作只是在卡片上写上患者的名字，和下一次预约的日期和时间。这就是她的工作，每天八个小时，星期四时间长些。此外，她还帮助康维尔夫人做就诊安排。还有账务，她还做一些账务工作。但是我有一个外聘的账务业务公司。她这个工作也是做得不到位，因此我还离不了那个外部业务部门。噢，对了，还有电话，每天八个小时，有时候长一些。她就是填写小卡片，往时间表上填写名字，管管账，可是不足以让我辞退那个外聘服务，还有就是接电话。她其余时间就是玩儿她那部手机。

"他在哪儿？"我问。

她说："在那儿。"

我走进候诊室时，我的患者站了起来。

"我只是想说……谢谢！谢谢你为我所做的一切。这将是你最后一次看到我了。我要去以色列了！"

他说话声音唔噜唔噜的，听来像是麻药还没有消除。

我问他："你不再休息几分钟了吗？"

"噢，不，现在先不去那儿。我得先坐地铁。我只想说，我会非常想你们的，想你们每一个人。这里的每一个人对我都这么好。那位女士真好。她真是超好。她也超性感。我的意思是,她真的太那个了,怎么说呢,噢,我靠。我真想上她。"

他用手指着康妮。康妮在看着他,全候诊室的人都在看着他。

我说:"这样吧,你还需要多恢复一会儿。跟我来。"

"不了!"他叫道,把我的手从肩上抖掉,"没有时间了!"

"那我们再见吧。"

"不,不能再见了!"他说,"我跟你说了。我要去以色列的!"

我开始扶他向门口走去。康妮把他的外衣递给我。

"但是我去以色列并非因为我是犹太人。也许你们是那么认为的,对吧?"

"来,咱们把另一只袖子也穿上……"

"但是你们都错了!"

我打开了门。他贴近我,对我耳语了几句话,他嘴里发出了酸酸的麻醉药的气味。

他说:"我是乌尔姆人。所以我要去以色列。我是乌尔姆人,你也是!"

我拍了拍他后背,然后轻轻地推了他一把。

"那恭喜你了。祝你好运。"

"祝你好运!"他说。

麻醉药真能让人胡说八道。接着,我就把此事抛在了脑后。

2

六个月之后,2011年7月15日,星期五的上午波澜不惊。牙齿美容咨询,牙龈移植,还有一只奇丑无比的黑舌头。《哪儿也不去的人》①轻柔地播放了四遍,或者是歌曲只播放了一遍,而我却分别跑了四个不同的诊室。后来,当我在给一只齿冠做延长时,自己竟然哼起了这支曲子。康妮盘起的发髻直到下午才慢慢晾干,整个诊所里都散发着她头发的香味儿。康维尔夫人建议用一种新办法解决病历泛滥的问题。艾比则一声不语。

要想成为一个合格的牙医助手并不需要做出很多努力。只需把各种工具都牢牢记住,当我需要时将工具递给我。这不是什么心血管大手术。但是这也并非都是好玩儿的游戏。交通肇事和酒吧打斗的受害者进来时整个嘴巴的样子不堪入目。除了熟记各种工具并把它们递给我之外,当这些受害者张嘴的时候,艾比还必须是一位意志坚强的职业助手。谁也不想成为交通肇事的受害者。当然,我可以恢复你吃喝的功能,但是若要百分之百还你原样,我可办不到。你曾经幸运

---

① 即"Nowhere Man",披头士乐队的歌曲。

过，可是现在你的运气用尽了。从现在往后，一切都是妥协。从现在到死，只能是我们力所能及了。

如果没有一个合格的助手，牙医将一事无成。艾比则是一个优秀的助手。她甚至还握住患者的手。但是我觉得她在有些问题的处理上有些欠妥。如果她有什么抱怨或者建议，或者说下午要请个假，她却不直接来找我。她去找康妮或者康维尔夫人。她说，那是因为她怕打扰我。怕打扰我？我们整天面对面坐着啊！她宁可喜欢坐在对面的是个别的什么人，比如那种充满怜爱、妙语连珠、讨所有人喜欢的活泼型牙医，而我正好缺少所有这些特点。我不想让她坐在我对面一声不语，而心里却老是在苛评我。也许她并非在苛评我。也许她总是戴着那个蒙住整个脸部的粉红色纸质口罩让我读不懂她。也许她正以我所要求的那种职业精神随时等待递给我要的下一件工具。但要是你有一个整天都跟着自己的助手，并且当自己感觉大脑呆滞或者情绪低落时，这样一个助手坐在你的对面，你看看会不会觉得她在苛评你。

那天早上我来到诊所第一件事情就是问艾比："所有诊室都准备好了吗？"

我对早上第一件事情的期待仅仅是说一句"早上好。"说早上好对提升士气很有帮助，这种士气可以鼓舞每一个人。这难道不是件好事儿吗？我们头脑清醒，皮肤清新，重新聚到了一起工作，等待这一天令人兴奋的惊喜逐一发生，这该多么惬意啊！但是有些早上，我却没有情绪说这句话。我们舒适的小诊所一共只有四个人；我只需说上三句"早上好"足矣。

然而有时候我却不想说这三个字。对她们三个人就这么有限但却鼓舞人心的一句"早上好",我就这样彻底地给忽略了,因为我就是不想说"早上好"。或者,完全出于一种无意识状态,忘记了这仅有的说"早上好"的机会,这种受约束的感觉真的令人恐怖,所以我干脆不说算了。或者,我就尽量少说"早上好",或者勉强地说,或者欠考虑地说,或者我行我素地说。我会对艾比和贝奇说"早上好",而不跟康妮说。或者对贝奇说,而不对艾比或者康妮说。或者在贝奇之前对艾比说,或者在康妮之前对贝奇说,而不对康妮说。其实有什么好呢?这个所谓的新的一天的早上,太阳照样升起的早上,谁又不知道是怎么回事儿呢?早上之前即是夜晚,许多人因失眠而辗转反侧的夜晚。这根本配不上什么礼节,非得要道声"早上好"不可。所以,我对她们这么招呼:"今天的安排表在哪儿?"如果我说"今天的安排表在哪儿?"我就是在对康妮说话,因为她负责登记台的工作;或者我这么说"所有的诊室都准备好了吗?"就像那天早上,那句话就是对艾比说的。在一天开始的时候,我就那么问,就好像我期待着所有的诊室都没有准备好似的。在之后的整个一天里,艾比就戴着大口罩,隔着患者,静静地坐在我的对面,认真地递给我工具,同时在内心里用最严厉的词语苛评着我。或者我对贝奇说"今天就你一个人了",那个意思就是,那天不会有临时牙科保健师来帮她了。对此,她就会回答:"有人情绪不好了。"可实际上,尽管夜里我常常不能入睡,而且过于频繁地日复一日地见到我的三个雇员,我的情绪并非不好。直到康维尔夫人说"有人情绪不好了"那一刻之前，我的情绪还是不错的，可是她这么一说，毫无疑问就给全天定了基调，我全天都处在最低的情绪当中。

但是早上好！所有人都早上好！我对我所有的患者们都说"早上好"，因为我是最虚伪的伪君子，在所有伪君子中，在所有残酷的、骗人的伪君子中，我是最虚伪的一位。

那个星期五上午我的患者中有这样一位男子，我权且称他为"通讯录"吧。"通讯录"来的目的是为了牙齿美容。现在，来做美容的患者比以往任何时候都多。他们想让自己微笑时牙齿更加白洁，更加整齐，少露些牙龈，牙龈红润些，嘴唇修正一些。他们想让自己笑容的艺术魅力通过一颗颗牙齿的重新排列、一毫米一毫米的精心移动，来达到最佳效果，直到儿时所有梦魇般的记忆全部消失掉。他们想要乔治·克鲁尼的笑容，想要金·卡戴珊的笑容，或者汤姆·克鲁斯的那种面部结实、嘴角向上翘的笑容。他们也带来了一些二线名流的报纸剪辑，希望我也能够给予他们这些名流的笑容，这样，他们也可以像名流那样微笑，像名流那样走在街上获得回头率，今后永远、永远地生活在名流的光环下。这些患者都是些能花得起大价钱的人物，比如律师和对冲基金管理者，同来的是他们的配偶，已经受够了不完美的事物，还有社会名流，博物馆只要举行任何盛会都少不了他们，任何闪光灯下都会有他们的身影。另一个极端是穷人，这些人没有医疗保险，住在租金管制的没有电梯的楼房里，喝了半瓶玉米威士忌之后，自己用厨房里的钳子拔了牙，从而患了并发症之后才来找我。他们处理自己牙齿剧痛的方式不是来找牙医诊所,而是用阿司匹林、威士忌和从江湖医生那里弄来的手抄配方。有些这类患者必须立即送到急诊室去。就是这些人,他们往往受到憎恶,因为从来不露出笑容,被认为冷漠而充满敌意,但是,他们从来不露出笑容并非由于他们个性的缺陷,而是由于黄黄的牙渍,灰色腐烂的牙齿,以及黑洞洞没有牙齿的嘴巴。如果,经过多年的折磨和慢慢攒了钱之后,在灾难降临之前他们找到了我,不管是男还是女,当坐在椅子上时,他们感情的底线往往都会崩溃,然后就像竹筒倒豆子般地把一切都告诉我:他们可怕的绰号,他们伤透了的心,他们错过的机会,以及他们受压抑的生活。所有这些都是因为某颗操蛋的牙齿。有些日子,我觉得自己真的不适合我的这门行业,因为我做不到漫不经心地进行治疗,吹着口哨走过犹如坟墓的每一张嘴巴。我将所有的精力都用来治好当下的、临时的以及特殊的病例,因此,我无法摆脱一种观念:患者每两年一次的牙齿保养只不过是一种必要的错觉。但是当我为这些长年没有笑容的患者进行治疗,当他们的缝合处愈合了、牙套也固定了之后,他们来向我感谢,感谢我给了他们第二次生命时(事实上是从无到有地给了他们生命),我便为自己所做的工作感到十分欣慰,让漫不经心见鬼去吧!

话说,当我正在给"通讯录"粘贴一排新的门牙时,他掏出了手机并开始查找他的联系人。粘贴门牙是一门简单的技巧,并不是什么开颅手术。即便如此,它也需要注意力集中,也需要患者配合。我来和你们说吧,假如开颅手术不需要麻醉,那么,那些开颅手术的患者也会掏出手机来查找联系人的。患者坐在椅子上时觉得自己能够做的事情无奇不有,令我惊叹不已。当康维尔夫人在给一位患者清洗牙齿时,那位患者竟然用一只手拧开了一小瓶指甲油,并且开始给自己美甲。对当代社会一门行业起码的尊敬竟然沦落到了如此地步,这让职业人士情何以堪!康维尔夫人按捺不住自己心里的怒火,对那位患者像机关枪般地一顿数落。那位可怜的女孩儿因为嘴里仍然塞着清洗纱布,只能受着,无任何还击的余地。我问那位突然想要查找自己联系人的家伙,可不可以将手机放下不用,他发完了一条短信之后才放下手机。他让我想起了我一生中的某个时段。当抗抑郁的药物百忧解停止了效用、我的西班牙语也荒废之后,我就开始去健身房锻炼了。我这是受到了我朋友麦高恩的鼓励才去的。我们一起进行力量训练。看那一排排闪亮的器械和哑铃,憧憬着我的性能力突飞猛进,这让我坚持了一个半月的时间。在那段时间里,去健身房几乎就是我生活中的一切了。直到那阴暗的灯光让我感到了不适,随之我开始喜欢上了室内长曲棍球。记得我对麦高恩说,头一天晚上,我在查阅我所有的联系人时,突然间感到,其中的许多人不能算作真正的朋友。尽管很多人我已经认识了很久,我仍然决定将一大串的联系人都删除。我的这种做法让麦高恩感到了不安。

他说:"那些都是你的联系人啊,伙计!"

"是啊,那又怎样?"

"你的联系人难道你不在意吗?"

"我为什么要在意？"

他说："我真不明白，你为什么要那样做？希望你别做这样的事情。这很令人沮丧。"

我不明白这为什么会让他感到沮丧。他们是我的联系人啊。打那之后，他就开始回避我。然后有一天，我突然接到一个电话。我说："喂？"另一端回答："嗨！"因为这个号码不在我的联系人栏里，我就问："谁啊？"原来是麦高恩打来的电话。从那之后我们再没有说过话。

当我的视线移开"通讯录"的嘴时，看见康维尔夫人正站在那里。绝大多数时间，康维尔夫人看上去都像是个情绪不佳的向导。你会有这样一种印象：你将启程开始一段无聊的充满说教的旅行，而她将把这次旅行尽量变得像一种惩罚。这种印象一部分来自于她那件肉色的高领套衫，套衫紧紧地塞进了裤子，使得她那双外展的美国退休人员协会①成员的乳房显露无遗；一部分来自于她那银色的板寸发型；还有一部分来自于她那苍白的脸毛，这些毛在她的脖子和腮帮子上竖立着，像是要吸住气球一样。但是这次，她却是在对着我灿烂地微笑。

我说："什么事儿？"

"你到底还是弄了，真的！"

"弄什么了？"

"原以为你拼命反对的，但是你还是弄了。"

---

① 美国历史最悠久、规模最大的为老年人呼吁倡议的群体。

"你到底在说什么,贝奇?"

"网站啊!"

"什么网站?"

"我们的网站。"她说。

我将转椅从患者面前转开,摘下手上的乳胶手套。"我们没有网站。"我说。

但结果却令我大吃一惊。

贝奇·康维尔是我的首席牙科保健师,也是一位虔诚的罗马天主教徒。如果我真的想成为一名基督教徒,实际上我从来没有想过,但是假如我真的想过,我认为我不妨成为一名像康维尔夫人那样的罗马天主教徒。她做弥撒的地方是杰克逊海茨的圣女贞德教堂。在那里,她通过手势、跪拜、吟诵、圣餐、捐献、忏悔、点燃蜡烛、过圣徒日以及各种问答形式来表达自己的信念。如同棒球选手,天主教徒用一种密码似的手势语来讲话。诚然,罗马天主教堂让人类感到憎恶,让上帝感到羞辱,但是这里却呈献给教徒们一场结构精致的弥撒,几场神圣的朝圣大典,最古老的圣歌,最令人惊叹的建筑艺术,还有,不管你什么时候进入教堂,你都有很多事儿可做。经过所有这些活动和仪式之后,他们就把你当成了自己的兄弟。

有时,我从外面进来,直接走向洗手池去洗手。不管是哪个洗手池,康维尔夫人都能够找到我。她会像警犬一样对着我到处嗅,然后就说:"你到底做了些什么?"我告诉她之后,她会接着说:"你觉得有必要对我说谎吗?"我再告诉了她,她又说:"监视并不能杀人。吸烟才会杀人。你偷偷溜出去吸烟,你这是在给你的患者树立什么样的榜样呢?"我再告诉了她,她又说:"他们不需要自己的职业牙医来提醒'万事皆空'。这烟你是什么时候又捡起来的?"我告诉了她之后,她会说:"噢,我的天呐!那你为什么告诉大家说你把烟戒掉了呢?"我告诉了她,然后她又说:"我不认为偶尔的一次关心会使你'完全喘不过气来'。我只是想看到你实践你最大的价值,没别的意思。难道你不希望自己有更好的自控力吗?"我又告诉了她,她又说:"我当然不要和你同流合污!你在做什么?那支烟你别点上!"我随意应了她一句,然后把烟放下,可是她又说:"我怎么会是在审判你?我可不是这里的法官。审判是在你和你的烟瘾之间。你想把自己的肺毁掉、英年早逝吗?"我又告诉了她,她又说:"谁说你已经进了地狱了,让我来告诉你地狱是什么样子好吗?"我回答了之后,她又说:"是的,事实上,就是任何谈话都能够演变成拯救灵魂的讨论。遗憾的是更多的谈话没有这样。你在那个窗前干什么?"我告诉了她,她又说:"我们这是在一楼。你想把脚崴了都崴不成。"

有时我一走出厕所,她就会在厕所门那儿站着。她说:"我到处在找你。你去哪儿了?"我就给了她那明摆着的答案,她又说:"你为什么非要管那地方叫茅房呢?"我告诉了她,还做了些详细的解释,她就会变得严峻起来,对我说:"请不要把你在厕所里做的事情比作'制作教皇的喷泉'。我知道,对于你来说,教皇只是个玩笑。我知道,对于你的智慧来说,天主教教会只不过是块磨刀石。但是我恰巧对这个教会怀有最崇高的敬意,尽管这一点你不能理解,但是,如果你对我还存有些许的尊敬,提到教皇时你就该注意你的口德。"接着我就向她道歉,但是她并不理睬。"有时候我真的在想,除了你自己的情感,你是否还会在意别人的情感。"说完她径直走开了。我真的不懂,她为什么要站在茅房的外面!除非她是想让我们两人都不愉快。

后来,当这场危机化脓之后,她又说:"哦,你告诉我,你考不考虑别人的感受呢?你对我有没有一丝一毫的尊敬呢?"

我当然对她尊敬了。假如说,一天的安排正如所计划的那样有条不紊地进展,有五位患者同时需要做牙齿的清洗。为了减少等待的时间,同时也是为了最大地优化我的周转期,我一般会需要三到四个尽职尽责的保健师。但是我有贝奇·康维尔啊!有一两个轮休的临时保健师来帮忙,贝奇·康维尔夫人可以同时处理所有五把椅子。她可以做X光检查、制图表、量尺寸和抛光,并且还能给每位患者提供预防治疗方面的咨询,为我的复查提供详细的注释,但仍能有精力来管理员工和监督计划安排。绝大多数牙医都不会相信这个的。但是话又说回来,绝大多数牙医从来没有雇用过像康维尔夫人这样真正了不起的保健师的。

她会说:"怎么了?你为什么不回答我?"

但是大多数日子里,我都很愿意站在一边看着她死了算了。我心里想,宁可让她死去,也不愿意让她出现在我面前。我肯定找不到合适的人选来代替她,但是如果她在这里,那可真正是我的大磨难了。可怜的贝奇。我们的高效率离不开她,我们的职业精神离不开她,我们每个月相当一部分的收入也离不开她。她把天主教的教义以及天主教机构上令人失望的东西完全融化在了血液中,这对一个牙诊所来说真是再合适不过了,因为在这里,愧疚感往往是我们促动群众的最后手段。当她递给接受救济的患者一把牙刷时,她会对那位患者说:"在小事情上就要有诚信。"谁会那么做呢?但是,我有时突然冒出来一种想象,想象在我们诊所的一把椅子上,她正在享受被一位肌肉发达的非洲人后进式地插入。

"我当然尊敬你了,贝奇。没有你我们怎么行呢?"

后来在酒吧,我会是最后一个离开,她是倒数第二个离开。她会说:"你不觉得你喝够了吗?"我告诉她,她就又说:"那你怎么回家呢?"我就告诉她,她又说:"康妮已经走了,亲爱的。她两个小时之前就走了。行了,把你送家去吧。"她会把我放进出租车里,说:"在车里能自己回家吗?"我说能,她就对出租车司机说:"他住在布鲁克林。"然后我就什么也不知道了。

我们会去遥远的地方做一次性的旅行。我会坚决地、固执地说绝不去那个地方,可是她还是把我弄上了那架飞机。有一次,我们从肯尼迪机场飞到了新德里,又从新德里飞到了比季帕特耐,然后又坐火车向内地行驶了五十公里,下了车,我们冒着酷暑行走在污浊的街道上,后面跟着的残疾乞丐边架着拐杖艰难地前行,边轻声地给我们劝告。那里的诊所只不过是一把午餐太阳伞下面的两把扶手椅。我们的驻地紧挨着一伙治疗腭裂的人。他们工作的情形我真的不敢多看一眼。我对她说:"真不敢相信我被你拽到了这个天杀的地方。"她会告诉我不要辜负了主的名字。我就说:"要求我对主表现出尊敬,也许现在不是最好的时机。善良的主对这些孩子们表现了多少尊敬呢?"牙髓坏死,舌功能减弱,因脓肿而引起的甲状腺肿症状。还有许多疾病。我来继续数:带溃的牙齿、断裂的牙齿、坏死的牙齿、前后长的牙齿、长歪的牙齿、长在上腭上的牙齿、溃疡、难愈合的疮、牙龈流脓、干槽症、坏死性溃疡性龈炎、不可治愈的龋齿,以及因不能进食而引起的营养不良。那些婴儿细嫩的小嘴根本没有治愈的机会。头脑清醒的人不会留在这里希望做什么牙医。头脑清醒的人会乘坐下一个航班回国。我留了下来是因为避税,不为别的。实实在在的销账。而且我很喜欢那里的烤全羊。在曼哈顿你绝对吃不到那么好吃的羊肉。康维尔夫人说,我们去那儿是在做上帝的工作。我对她说:"我来这里可是为了吃羊肉。"至于说上帝的工作,我说:"我们似乎正在给上帝擦屁股。"她不同意我的说法。上帝把我们放在这个地球上正是由于这个原因。我对她说:"悲观,怀疑,抱怨和愤怒。是因为这些,我们才被放在了地球上。除非你出生在这儿。那么答案就再清楚不过了:你唯一的目的就是受罪。"

对于康维尔夫人来说,一部完成的传记要比一部正在撰写中的传记更有吸引力。她生命中所有重要的男人都已经死去:耶稣基督、教皇约翰·保罗二世,以及伯特伦·康维尔医生,死于中风前也是一位牙医。贝奇刚刚六十岁,但是已经守寡十九年。即便不是长期地孤独,我也是一直认为她很孤单。

但是她从不孤单。她总是有圣父、圣子和圣灵这三位一体的陪伴,也总有无可指责的圣母的呵护;有圣徒和殉道者相伴;与罗马的教皇心灵相印;对她的主教尊崇备至;向她的牧师忏悔心灵;并且,与教区里所有的同胞教徒友好相处、以诚相待。天主教可能教会因其众多的罪孽而受到了抨击,教会内部的团结却比以往任何时候都更加强大。贝奇·康维尔夫人尽管中年守寡、孤寂一生或者说膝下无子,但是她并不需要任何人的同情。我深信她永远不会死去,但是当她死的时候,或许她的葬礼将会十分简约,但她一定会进入一个更加美好的世界,与那里的诸神幸福地团聚,与众多的圣徒倾诉手足之情,而她的墓碑上则刚刚摆放好永垂不朽的花圈。

她订购书籍,书名是《预约排表一本通》,或者是《零余额诊所之道》,或者是《百万美元之牙医》。最后一部书的作者名字叫巴里·哈罗。他甚至连牙医都不是。他只是一位咨询师。他刚从商学院毕业,急于找到一个有利可图的市场,因为了解到那些长期困扰牙医行业的问题,就来了个华丽转身,成为了一名专家。他的写作地点在亚利桑那州的凤凰城。他经过实践证明的方法可以改变你的营业状况,改善你的理财健康度,甚至能够延长你的寿命。他的书中写到,最重要的是,他能够帮助你获得幸福。嗨,谁不想要幸福呢?完全的失败者,真正受压抑的人,失去光明的老人,后来变得奇丑无比的童星,不十全十美的幸福就意味着这样的人生。但这类糟糕的事情在这里是不会发生的,有巴里·哈罗在,那就不会发生。康维尔夫人用巴里·哈罗的话做出结论:"我们的安排效率不高,我们的治疗效率不高,我们收入进账的效率不高。"说我们治疗的效率不高,这一点我可不同意。她反驳我说:"我们在指导患者采取预防措施方面所花的时间不够,而从长远来看,指导他们如何预防可以使他们更加健康。"我说:"预防措施可付不了账单。我们开办的是牙科诊所,不是什么硕士班。""我知道我们开的不是……""而且,"我打断她,"事实上,与其他诊所相比,我们花在预防措施上的时间多得要命,但是,你要记住,贝奇,现在你说话的对象是谁。是人类。是一群懒蛋,是一群鼠目寸光的酒鬼,你还指望他们星期三夜晚喝完四杯红葡萄酒之后去刷牙。他们才不会。不管我们如何向他们宣传预防措施,他们也不会照着去做的。他们每次来赴约,好像是屈尊了他们的大驾,极不情愿;他们好像是一帮被叫去收拾玩具的孩子。他们是不会照着做的。"她说:"你把人类评价得一无是处。"我没有理睬她:"这可不是我们要求得多。手可以自己照顾自己,脚或多或少也可以照顾自己。鼻孔时不时地需要我们关心一点儿,括约肌也差不多,事情就是这样。对口腔进行一些保养来换取长久的好时光,这个要求不算过分。倭黑猩猩花大把的时间抓自己身上的虱子。这些人可以像倭黑猩猩学习。""噢,天呐!你又跑题了!你只需听我一句话,行不?巴里·哈罗的方法是经过试验证明了的。如果你按照他所设计的十二步骤来做,他会保证你……我把它抄写下来了。'坚持不懈,牙齿白洁。虚线之处,名字签写。'"我说:"听起来挺漂亮。可是那个小丑连牙医都不是。"她说:"我请求将他的一些方法来进行实践。""这需要我们某个人多做一些工作吗?""这很可能需要我们某些人来多做些工作,是的。""这个某些人是我吗?"她说:"这很可能。"我说:"没门儿。"

  我在网上刻意保持低调。没有网站,没有脸书网页。但是我常在谷歌上查找我自己,而每次所出现的都是那三条评论:我自己写的一条,我啰里啰唆地催促康妮写的一条,还有无名氏写的一条。别以为我不知道那个无名氏是谁。那个家伙,我给足了他机会让他还我的钱。最后,我找了一家催债公司。和你一样,我也不喜欢催债公司。他们对付你的策略是或公然或微妙地把你当成他妈的一个失败者,直到你被他们的居高临下弄得士气低落,被他们的恐吓弄得筋疲力尽,所以你就和他们达成协议,以确保一两年之内,你到梅西百货去购物再不会遭到拒绝。你在社交场合中有没有碰到过催债公司的代理人呢?当然没有。谁也没有遇到过。他们都变成了呼叫中心的经理或者保险精算人。好吧,我懂了。但是这个家伙却欠我八千美元。活儿是我干的。我给他做成了……听我说:我成功地使这个混蛋恢复了吃饭的功能!至少他欠我成本钱。他又是怎么对我的呢?他给我来个分期付款,每个月只还我二十块钱,接着他又立即在网上公开发言,显露出他如何憎恶别人要求他信守承诺,还攻击我的工作是以次充好并且漫天要价。而且更令我气愤的是,他说我的鼻孔里挂着鼻涕!我根本没有什么鼻涕。我每次去给患者俯身做检查之前,都十分认真地照着镜子查看一下自己的鼻孔。这是一种起码的礼貌。可是现在,全世界都认为我有鼻涕了。如果有人在网上搜寻,想找一位新的牙医,难道他们会找一位治疗水平差却又索要高价、同时他的鼻涕像下雨那样淋在他们身上的牙医吗？绝对不会的。但是我却无从反击，无处申诉，想要求对方删除那个帖子，我也是找不到任何实体去求情。所以，我就每隔一个月左右都在谷歌上搜寻，当那条由无名氏写的评述出现时（每次它都如约出现），我就大骂一通，觉得自己是无辜的受害者。这时，康维尔夫人就会说："你就别谷歌你自己了。"

她问我："你对其他人有什么成见吗？"

我就在前台那儿坐着，在前台那儿一把转椅上坐着，手里正做些文案方面的工作，这时我就会抬起头来回答她："我对其他人有什么成见吗？我对其他人没有什么成见。"

她又说："你把自己与社会隔绝了。"

我就回答，我就将转椅旋转过来，面对着她说："谁把自己与社会隔绝了？"

她说："你没有网站。你还拒绝创建自己的脸书网页。你在网上根本不出现。巴里·哈罗说……"

"就因为这个你就指责我与世隔绝了？就因为我没有脸书网页吗？"

"我想说的是，巴里·哈罗鼓励所有人都在网上有自己的一席之地。在网上有一席之地可以保证你有更多的业务往来。这已经得到了验证。这就是我唯一想要说的。"

我说："不对吧，这可不是你唯一想要说的，贝奇。那绝不是你唯一想要说的。如果是的话，你就不会指责我与世隔绝了。"

她说:"你误会了我的意思。我认为你是故意误解我。"

"我对别人没有成见,贝奇。我理解别人吗?不理解。大多数人我都不理解。他们的所作所为令我感到莫名其妙。他们现在就在外面,他们在田野里玩耍,在水上划船,等等。他们是好样的。知道吗,贝奇?我愿意他们一起去划船。对!咱们去划船吧!咱们一起吃虾吧!"

她说:"耶稣基督圣母玛利亚和约瑟夫啊!我们怎么开始谈论起吃虾了?我永远不会原谅自己引起了这个话题。"

"别,不要走开,贝奇,我们来认真讨论一下。你以为我就会那么任性地、无所顾忌地出去划船吗?"

她说:"谁说了要去划船呐?"

"你觉得我可以将一切抛在脑后,而去晒日光浴、去登山、去摘苹果、去买小地毯、去饭店点沙拉、每晚都将更换的衣服放在同一个地方、洗床单、听U2的歌、喝夏布利白葡萄酒吗?"

她说:"你到底在说什么呀?我只是想说服你建一个网站,并且开通脸书的网页,以便提高我们的收入。"

"我不知道为什么我做不到这些事,"我说,"但我就是做不到。我很想做这些事情。这种普普通通的每晚上和周末都能做的事情,节假日做的事情,假期可以做的事情。"

"请你不要逼我太甚。"她说,"你和所有人一样,都知道这个牙诊所非常小。"

"难道你不知道吗,"我说,"我是多么想去酒吧看比赛吗?难道你不知道我是多么喜欢有一群兄弟,一群好兄弟,当我进门时,他们向我打招呼、骂我是混蛋、约我喝啤酒、叫我好哥们儿吗？难道我不喜欢我最好的兄弟们和我一起坐在吧台喝啤酒看比赛吗？"

"我得进去招呼患者了。"她说，"看来我们得另找时间来继续这场讨论了。"

"贝奇，我真的喜欢与一帮兄弟们一起加油、叫骂，欢呼喝彩呢。真的喜欢。但是你知道观看红袜队比赛得需要多少关注度吗？即使是红袜队的一场常规赛比赛？"

她说："我决定一直站在这里听你讲完，因为我感觉我触到了你的某根神经。"

"但是，不要因为我选择了不去呼朋唤友，你就以为我不可惜我所错过的东西。不要以为我不苦恼，因为我知道我有可能错过那些我极不愿意错过的东西。我很苦恼，贝奇。你以为我与世隔绝吗？当然我是与世隔绝了。与世隔绝是我所知道的唯一方法，这样，我才可以不需要别人来提醒我在任何方面与世隔绝了。这并不意味着我对其他人怀有成见。羡慕他们？当然。赞叹他们？经常。悄悄地研究他们？每天。然而我还是不能了解他们多一点。可是喜欢你不理解的东西，无缘无故地被与之疏远，渴望与之接触，谁要想这样呢？我来问你，贝奇，谁又想这样呢？"

"你讲完了吗？"她问我，"这竟然成为我一生中最长的磨难之一。"

"但是你想知道我比划船和晒日光浴更不能理解的东西吗？那就是，在网上阅读关于划船和晒日光浴的信息！在互联网出现之前我就已经落后了一段距离。我还需要再落后一段距离吗？我没能做他们在做的事情，那我还要花这段没有做这些事情的时间来阅读他们做这些事情的信息吗？还要点开他们做这些事情的所有视频，评述他们做这些事情是多么地幸运，喜欢、点赞、收藏所有这些事情，为之发帖子、发推特，然而失联的感觉却比以往任何时候都强烈吗？更紧密的联系这个主意是哪儿来的？我一生中失联的感觉从来没有现在这么强烈过。这就像富人才会变得更富。联系者联系得更紧密，失联者失联得更厉害。不，谢谢了，伙计，这我做不来。贝奇，在脸书出现之前，这个世界已经够折磨人的了。"

"我收回说你对别人有成见的话，"她说，"而且以后我再也再也不建议你创建网站或者脸书网页了。"

我是一名牙医，不是网站。我是一团糨糊，不是什么名牌。我是个真人，不是什么账户。他们试图以购买记录、个人喜好处方药品和可预测行为等一整套的东西来概括我的生活。那不是一个真正的人。那是笼中的动物。

她问我："你最后一次去教堂是什么时候？"我回答后，她说："'从没有'并不是一个选择。人人都至少去过一次教堂。你还是诚实些吧。"我回答了，她又说："噢，天啊！没有人崇拜那个什么指点宝藏的矮妖精。首先，指点宝藏的矮妖精不是蓝色的。其次，你和所有人同样都知道，天和地并不是指点宝藏的矮妖精们所创造的。我觉得没有任何理由来信仰那些矮妖精，而有全部的理由来信仰上帝。我看见上帝在天上，我看见上帝在街里。你真的能够坐在那里，说你感觉不到上帝之手在这个世界上的工作吗？"我回答了她，她又说："人们感觉不到宇宙大爆炸的功效。当我们努力讨论上帝的时候,你为什么总是提起宇宙大爆炸这个话题呢?"我回答了她,她又说:"但是你不会因为宇宙大爆炸而成为好人。只是因为上帝你才成为好人。难道你不想成为好人吗?"我回答了她,她又说:"形而上学敲诈个屁。我要求你回答我。你认为你是好人吗?"我回答说是,我认为我是好人。接着她又说,她考虑一小会儿,然后,她把声音降低,用手扶住我的手臂,她说:"可是你还好吗? 你还好吗?"

康维尔夫人和我来到电脑屏幕前,康妮已经先我们一步在此观看网页。果然,在屏幕上有一个奥罗克牙科诊所的网站。当时我想,这么说是有两家奥罗克牙科诊所了。可怜的康维尔夫人迷惑不解,而且她会感到失望的。艾康妮点击了"关于我们"那一页。我们四个人就出现了:艾比·鲍尔,牙医助手;贝奇·康维尔,首席牙科保健师;康妮·普洛茨,业务经理;和我,保罗·C.奥罗克医生,牙科博士。这并不是另一家奥罗克牙科诊所。这是我们的奥罗克牙科诊所,我的奥罗克牙科诊所。

我质问:"这是谁做的?"

康妮说:"不是我。"

贝奇说:"不是我。"

康妮问:"艾比?"

艾比迅速地摇了摇头。

"这总得有人做吧?"我说。

大家都看向了我。

我说:"肯定不是我做的。"

康维尔夫人说:"一定是你做的。看,我们就在那儿。"

我们又望向屏幕。我们就在那儿。

在奥罗克牙科诊所网站"关于我们"的网页上,康维尔夫人的照片是一张她高中毕业那年的老照片,取自于1969年她高中的年鉴。这张黑白头像她自己感觉还是不错的,因为照片使她看上去很年轻甚至漂亮,尽管到1969年时,她那种蓬松式发型早已经过时。照片上的人与我右侧站着的这个留着短发的悍妇根本没有任何共同之处。艾比的照片是一张职业照头像,经过润色,光泽感很好。艾比是什么演员之类的吗?我怎么会知道?她从不与我谈论任何事情。照片上的她简直令人感到销魂,很有戏剧张力,同样,这和她真人一点儿都不像。网页上没有康妮的照片,这使她无端地生气。她认为,这表明业务经理这个位置有没有并不重要。我们诊所里根本没人管她叫什么业务经理,但是,就这一事实我并不给予任何评论。我的照片是监控录像拍摄的,是在我下楼梯的过程中拍摄的,具体地说,我是在第86街和雷克斯街的地铁站往地下走的时候遭偷拍的。我看上去像是FBI通缉的恐怖分子。

我又问道:"这是谁做的?"

我的三位雇员都茫然地看着我。

我说:"这我不能接受。"

康维尔夫人说:"我认为这很好。"

"我认为得把它撤掉。"

"什么？为什么？这正是我们一直需要的啊！"她说，"不管是谁做的，这事儿做得好！"

"不管是谁做的，"我说，"第一，他没经过我的允许；第二，他的动机我一点儿头绪也没有。谁能做出这种事情来呢？这很令人不安。我们都应该感到不安。"

"一定是你自己做的，你只是不记得罢了。或者，有可能你是在某个无声拍卖会上赢得的。噢，他们一定是从一个玻璃鱼缸里将你的名片抽了出来！"

"可能性非常小，贝奇。"我又对康妮说，"去查查是谁干的。"

她问我："怎么查？"

我毫无头绪。

"你不会找人查吗？"

"我找谁去查？"

"气死我了！"我说。

我们主页的下面只有一个名字：西珥设计。我在谷歌上搜寻西珥设计，找到了一家闲置的网站，上面有简略的服务项目介绍，和一个电子邮件地址：info@seirdesign.com。我立即发去了一封电子邮件。

我写道：

亲爱的西珥设计，

我叫保罗·C.奥罗克。我拥有并经营的奥罗克牙科诊所位于曼哈顿派克大街969号。我给您写信的目的是请您取消（或者撤下，或者用任何您熟悉的方式）您未经我允许给我的诊所创建的网站。

您是否到处给那些没有这方面要求的人创建网站呢？或者说有人冒充保罗·C.奥罗克去找了您？如果是这样，我很想知道这个冒充者到底是谁。我是真正的保罗·C.奥罗克，我还就告诉您，我不想要什么网站。希望您能够想象一下您的牙科诊所突然间有了个网站，这是多么令人不安！

期待您尽快答复。

我感觉受到了侵犯，又那么无助，每天查好几遍我的信箱，但是却没有任何音信。

由电视套餐直播提供的棒球套餐我每年都续约新的计划，而且我还用老式的录放机录下红袜队的所有比赛。自1984年以来，除了几场因为停电而丢失的比赛之外，红袜队的所有比赛我都有录像。我现在已经使用上了我的第七台录放机。因为担心这东西停产，在柜橱里我还存放着另外七台以留备用。每次比赛之前我都吃同样的晚餐（一盘鸡肉和米饭），在比赛的当晚，我也不做任何计划。我从来不看第六局。

康妮曾经问过我："为什么不看第六局呢？"

"只是一种迷信。"

"但为什么不是第五局或者第七局呢？"

"为什么不是第四局，"我说，"或者第八局呢？"

"我要问的就是，你为什么要迷信？"

"因为不迷信就会遭厄运。"我说。

如果红袜队在常规赛赛季的任何时候落后于纽约扬基队九场比赛,我就开车穿过荷兰隧道进入新泽西,住进北伯根的霍华德·约翰逊酒店,在城外观看那天晚上的比赛,试图改变我所支持球队的命运。

"如果你这么恨扬基队,"康妮问我,"你为什么还要搬到纽约来住呢?"

"就是为了弄懂究竟是什么样的城市才能够制造出像扬基队球迷这样的魔鬼来。"

尽管自从2004年以来,我的一切都发生了变化,但是我仍然观看红袜队的比赛,不管比赛在什么时间进行。我观看红袜队比赛的时间真是太久、太久了,如果不看他们比赛,我就会站在我的起居室里,不知道自己该做什么。噢,要做的事有很多。目前要做的事情比世界历史上任何时期要做的事情都多。而且,要想找到做什么事的场所,哪一座城市也比不上纽约。我可以吃比萨。我可以吃寿司。我可以在酒吧里点羊奶酪,喝比诺葡萄酒,直到我的灵魂沉浸在波希米亚主义和对比利·哈乐黛的崇拜之中,喝到酩酊大醉。我可以南下去布鲁克林酒店,来一杯烈性黑啤酒。在前往布鲁克林酒店的一路上,有五六家酒吧我可以停下来去喝一杯。沿路还有西班牙小杂货店和韩国食品店,我可以停下来买些新鲜的有机水果和蔬菜。我可以坐在意大利后裔开的酒吧里,来一盘肉丸子和一瓶葡萄酒。桶装啤酒正是新潮。我可以来一大杯桶装啤酒。或者做点儿什么完全出乎意料的事情,比如调头返回市里,前往第34街,买张票到帝国大厦的观景台上。不行,帝国大厦已经关门了。到这时,许多地方都已关门或者准备关门:博物馆、美术馆、书店。你得努力不受这种限制。你得想那些仍然可以去的地方。我可以来杯星巴克。或者来个硬面包圈。或者来一份中东三明治。我再次意识到,我在纽约能够做的许多事情都和吃喝有关。难道我们来到这个地球上,除了吃喝之外,竟然没有别的什么可做了吗?难道下班后我就该回到家里,开始又吃又喝,一直到夜里,大快朵颐中东三明治、热狗、咖喱鸡,然后用一杯又一杯的啤酒和威士忌把这些冲下肚,然后,还没等我来到卫生间,就醉倒在了我的"自豪自由轮椅"上吗?似乎应该是这样。但是不对。人们必须得记住,这座城市给那些希望做些什么、希望自己的夜晚变得有意义的人提供了许多其他的事情可做。比如什么呢?比如去看场电影。纽约市总是上映最好的电影。甚至比看电影还好,去百老汇看话剧。这种事只有在纽约才能做到。但在这个星期五的纽约夜晚,还有多少其他的人都在寻思如何打发自己的时间呢,更不用说那满城的游客,他们来纽约只是为了做来纽约做的事情。最好的演出票定已售罄。就说往剧场赶吧,为了一场演出,你得提前好几个星期做准备,在路上忍受时代广场上那凶狠拥挤的游客。当你赶到了剧场,剧场前面的大遮棚下早已是人山人海;接着是冗长的第一幕,幕间休息,最后,当所有的灯光再次亮起,大家都站起来伸伸懒腰,彼此交流一下对这场演出的感想,同时在心里画个问号:为什么你会在星期五的夜晚孤身一人呢?我才不想在星期五的夜晚让人傻呆呆地观看呢。星期四的夜晚从没有给我带来任何麻烦。给我带来麻烦的总是星期五、星期六、星期日、星期一、星期二和星期三的夜晚。在这些夜晚,我除了吃喝之外没别的出息。这座城市几乎没有别的什么可供你选择。话说回来,如果说这座城市几乎都没有别的什么可供你选择,你想想那些二线城市、那些郊区、那些乡村小镇还能有什么呢?而那些地方的很多人都是职员和农场主。这时你终于会明白,这个国家为什么会充满肥胖的酗酒之徒,以及为他们服务的那些护士和医生。我们漫步街头,我们动作歪歪斜斜。皮肤上的皱褶进化成了还来不及命名的身体部位。我们是在活生生地消费着我们自己,我们奇形怪状身材的发展,与我们联邦政府预算的赤字和折扣枪支商店是成正比的。在全国各地,除了吃喝和开枪之外,你别无他事可做。如果有政府法令限制你只能吃喝,你完全可以看看比赛。我就是这么做的。我也总是这么做:订份外卖观看比赛。这样的命运毕竟还不坏。这让我暂时忘却了那个违反我意愿所建立起来的网站,也让我在一定时间内忘却了我在西珥设计那家网站面前所感到的那种无助之窘态。那天晚上,我们的球队与坦帕湾光芒比赛,我在竭尽全力地集中注意力。真正的秘诀在于把其他所有可能发生的事情都抛在脑后,只专注于比赛,只是现在,随着比赛的进行,外卖也已经订好,那些可能发生的事情才重新浮现在我的脑海,那些事关于人、关于企业,以及某种确切的发生之感。这包括我一个星期几乎每天晚上都受邀参加的各种同行宴会。但是在星期五的晚上我真的想要参加什么同行宴会吗?我最不愿意与之混在一起的就是一帮呆子牙医了。这一直都是我的想法,每当我收到邀请去参加一次同行宴会的时候,我都以那会大大浪费时间为由随意就拒绝了邀请。等到专业职能会进行的那个晚上,我又是独自一人待在了家里,外卖已经预订好,别无他事可做,只能观看比赛。这时,我会从另一个角度来考虑这种宴会。与我不同,这些呆子牙医在星期五夜晚有事可做,不仅仅包括观看一场棒球比赛的常规赛。与我不同,这些牙医也许会进行一次愉快的座谈,或者与某个奇人建立了联系,甚至在学习某种能改善患者健康的新技术。就凭这一点,这个夜晚就会变得很有意义。这揭示出我的头脑封闭,性情乖戾,因为两个星期之前,甚至就在一个星期之前,我就接到了参加一次同行宴会的邀请,但是因为那天晚上有一场比赛,我就立即给拒绝了。在比赛的当晚我什么也不做,尽管我把比赛都录制了下来,而且总可以事后再看,但我就是拒绝参加任何活动,因为比赛的夜晚是神圣不可侵犯的。如果我放弃了唯一神圣不可侵犯的事情,那我成什么人了?我还剩下了什么呢?任何真正的热爱都近乎折磨。假如在2004年美国大联盟冠军赛期间,在红袜队绝地反击之后——那是他们3比0落后之后真正具有历史意义的绝地反击——而且其对手不是别的什么球队,正是纽约扬基队(客观地来说,扬基队也许是体育史上最愚钝、遭谩骂最多的球队,他们那知名的队标令人恶心,你可以在全世界所有的城市都能看见那两个相互交织的字母标识 N 和 Y,其讨厌度只有当年的纳粹党党徽才可以与之媲美,然而却仍然有许多人认为其善良,对之赞誉有加,甚至是崇拜,这充分表明人类的妄想症具有多么大的空间);假如在他们那次绝地反击之后,我对他们的狂爱有所降温,假如在红袜队打败了扬基队、又横扫了红雀队,并获得了世界棒球大赛的冠军从而结束了该队八十六年没有世界冠军的历史之后,我对红袜队的热爱有所降温,那么,我对他们三十年的狂爱就会是一种经不起考验的热爱了,要不是这种热爱让我做到了牺牲,真正的牺牲,与折磨难以区分的牺牲。所以,我当然放弃了那场专业职能会,坐在我的皮制躺椅上,端着啤酒和咖喱鸡,看我们队和光芒队比赛。这只是一场常规赛比赛,而且对手仅仅是光芒队,一支中游队,一支只拿过第三名的球队。尽管这场比赛可能会对后面的赛程有一定影响,但如果发生某种未知的情况,那么,那天晚上的比赛结果就无关紧要。这只是另一场常规赛而已,一生中所观看的数千场比赛中的一场比赛,一场赌注极低的比赛,根本不值得介入什么情感投资。如果你问任何非体育迷,一场常规赛的棒球比赛对他们意味着什么,他们会告诉你:毫无意义。比"毫无意义"还要少。我一想到天下的那些非体育迷们以及他们晚上的那些丰富的活动,就被星期五夜晚这个自由世界弄得浑身无力,因为这个夜晚原本可以选择的其他事情在不停地轻声对我施以诱惑。那些掠过我眼球的一局局的比赛波澜不惊,没有任何重要性。但是这时,球场上会发生一些事情,可能是个很简单的双杀,或者是一个无安打赛局的逐渐形成,继而所有昔日的兴奋都会涌现出来,那种当我六七岁时看着我父亲观看比赛、他的眼睛盯着电视、同时那台电木收音机在烘托气氛时,所有那种无限的神秘感和兴奋感,又都重新涌现出来。柔软的沙发舒适无比,然而他却弃之不坐,反倒坐在他安乐椅子的边缘,那样子好像是在太空舱里监测一次困难的着陆。他管我叫保利①。"保利,去冰箱给我拿罐啤酒来。""保利,别睡了,现在是第六局了,保利,你得看这场比赛,和我说说场上的情况。""我们输了,保利。我们又输了,妈的,这帮只会输的傻逼,他们就是当着你的面输,傻逼!"刚开始看比赛时我总是坐在他的腿上,但是,还没等第一局打完,他就顾不上我了。相反,我却是小心翼翼地附和着他的每一个动作,附和着他躺椅里面弹簧的每一个声音,他每动一次,弹簧就尖叫一声。那些弹簧就像一匹疲惫不堪、屡经鞭挞的老马,但是却仍然忠诚可靠,吟诵着他那首极度紧张、极度绝望之歌。他将一块记录板放在椅子一侧的扶手上,随时记录着比赛的数据。滴滴汗水顺着他手里那罐纳拉甘西特啤酒渗进了脚下的地毯。他犹如坐在了球员席上,浑身上下都在随着比赛的节奏而动。站起,坐下,站起,坐下,踱步,踱步,来回踱步;手腕怪异地扭曲,牙齿咬着拇指的指甲;他站起身来咒骂,这让我惊愕不已;他双膝跪在我旁边的地毯上,偷眼瞄向电视。我用余光观察他,就像演哑剧一样模仿着他的表情。当场内发生的战情让球迷们山呼海啸般地狂跳起来时,他的情绪、他的疯狂度我也都在亦步亦趋地效仿。他的疯狂劲儿宛如泰山压顶。波士顿红袜队到底是什么?这个世界到底是什么?每一次投球都是生与死

---

① 保利是保罗的昵称。

之战。球棒的每一次挥动都是通往梦幻的机遇。我们这是在谈论什么？一场常规赛的棒球比赛。毫无意义。比毫无意义还要少。我是多么热爱那个令我恐怖的男人啊！他就是所有奇迹和美好之化身，直到有一天，他坐在浴缸里，拉上了淋浴帘，对准自己的脑袋开了一枪。

那天晚上的比赛我们一直在落后。我们在美国联盟东区排名第一，领先扬基队一场半，然而在这场比赛中却落后于中游球队光芒队。这令人扫兴，却也恰到好处。这给了我们反败为胜的机会，这是我所在意的唯一取胜之道。但是最后，我们并没有反败为胜。在2011年7月15日，我们9比5输给了狗屎光芒队。我恶心透顶地关掉了电视。我按下了收录机的停止键，倒了带子，退出带子，贴上标签，把它和其他录像带放在一栏里。然后我就上床睡觉了。

我醒来时，时针指向了凌晨差一刻三点。真不敢相信。我竟然连续睡了几乎四个小时。其实仅仅是三个小时多一点儿的连续睡眠，但是我姑且算它四个小时吧。一连三四个星期，我都没有睡这么多觉了吧？我就这样满怀幸福地躺在床上，几乎感到放松了。但是这时，我必须得做出个决定：是起床，还是再努力多睡会儿？大概每三四个星期，我都能够努力地再睡上一两个小时，整晚上能凑上五六个小时吧。其实只是四五个小时，但是我并不那么想。在那样的早上，我总是说"早上好，艾比。早上好，贝奇。早上好，康妮。"所以我就继续躺在床上努力再睡会儿，但是脑袋里想法多多，难以入睡。首先，我想我们队竟然输给了像坦帕湾光芒队那样的狗屎球队，这简直令我沮丧。接着,我又想到头一天晚上我是如何决定独处一处的。为了看一场常规赛的棒球比赛,我放弃了所有其他可能参加的活动,而现在,在三点差一刻的凌晨,对于我和我只能做一次的选择来说,都是太晚了。此时夜晚漆黑如旧,从这漆黑的夜晚和我那些放弃了的选择,我的思绪又飘到了我在这个地球上的最后一个夜晚,这两个夜晚该有多少相似之处。在那最后的夜晚,所有的选择都被错过了,而不仅仅是一个夜晚的选择。每一个夜晚都是无限可能性被错过的夜晚,都是一生就这样过去了的夜晚,都是机会被放弃了的夜晚,而这一切不断发展、探索、冒险、希望和存活。当我努力再次入睡时,这些想法都浮现在了我的脑海里。在我的脑海里,我所生活的地方,爆发了战争,山谷被洪水淹没,森林燃起了大火,海洋吞噬着陆地,海啸将一切都卷入海底,人类还剩下几天或者几个星期的时间,之后,整个世界、我们所经历过的所有甜蜜和惊奇的事情都将会消失在一片黑暗中,剩下的只有那浩瀚的宇宙。我再次入睡的机会又一次化为了乌有。我起了床。我查查邮件。仍然没有西珥设计的回复。我冲了咖啡,做了鸡蛋。我坐在厨房里又开始吃喝,好再维持几个小时,我总是用吃喝的方法来维持自己的生命,或者说通过吃喝分散我的注意力,好不去想维持任何生命都是多么地毫无意义。即使不是全城唯一醒着的人,我也是在我那时入睡之人中唯一醒着的人,然而此时我却难以再次入睡了。也许发生了一系列奇迹,这个夜晚已经解决了其他失眠者问题,而我则是他们中唯一醒着的人,孑然一身坐在厨房里,离天亮还有好几个小时,没有任何选择余地,苦苦思索如何打发自己。我考虑过打电话给康妮,但是如果那样,我必须得看我的手机,继而会发现康妮并没有给我打电话,甚至连一条短信都没有给我发,进而我又会冥思苦想,她没有给我发短信或者打电话,那是在干什么呢?而且我还不得不得出结论,在她可以给我打电话或者发短信的时候,她不仅两样都没有做,她甚至有可能连想都没有想我。也许她正在睡觉,但这并不重要。再说了,如果我给她打电话,我该说什么呢?再没有什么可说的了。所有能说的都说了。给康妮打电话不是个选择。不过我还是拨了电话,但是她没有接。时间太早了。也许她仍在睡觉。我挂了电话。然后,我把头一天晚上的比赛录像拿了出来,放进收录机里,再次看起了比赛,一直看到了天明,把这讨厌的比赛又过了一遍,弄不懂我们为什么会那么惨地输给那支狗屎光芒队。

3

接下来的星期一,我在前台挨着康妮坐了下来。当我挨着康妮坐着时,她从来没有不往手上涂抹护手霜的。我看着她涂抹双手。她的双手就像抹了油的跳着发情舞蹈的动物。而且这么做的绝不仅她一个人:天底下人们都在桌子的里里外外存放着一瓶瓶的护手霜,那天早上,天底下的人们也都刚开始往手上涂抹护手霜。我没说到点子上。我恨我没说到点子上,但我还是彻头彻尾地没说到点子上。我想,假如我能够成为一个护手专家,每天从早到晚还将有多少愉快的小事可供我选择啊,而且,所有那些被人疏远之冷漠和受人讥笑讽刺之苦楚,不都会烟消云散了吗?但是我却不能做到。我讨厌那种湿乎乎的感觉,即使当所有的护手乳液全都涂抹在了手上,再也涂抹不进去了,那种湿乎乎的感觉仍然是阴魂不散。我到了临界点上,再也不想和那种或曰有益健康或曰名利虚荣但却令人生厌的东西有任何瓜葛。我认为那东西极其可恶。在瓶嘴处那点变硬了的乳液,那真是极其可恶。但这只是要点的一部分,并非是要点的全部。为什么我总是站在外面往里面看?为什么我总是个局外人?正如我说的,全天下涂抹护手霜的并非只有康妮一个人。在医疗诊所,在律师事务所,在广告代理公司,在工业园,在货运站,在州议会大厦,在护林站,甚至是军营,人们都在滋润着自己的皮肤。他们一定是掌握了秘诀,这一点我十分确信。他们睡得香甜。他们打垒球。他们携手散步,在静静的夜幕下相互交流着对白天各种事情的看法,身边欢快地跟着自己的宠物狗。这真令人恐怖。他们的休闲让我恐怖。他们看上去是那么闲庭信步,那么地融入了大自然。然而,你却不得不感到奇怪,这种全天都急不可待地涂抹护手霜的狂热劲儿是从哪儿来的呢?康妮的双手正在舞蹈正在发情地交媾,将乳液均匀地揉在双手的各处,在皮肤表层形成了薄薄的一层白膜。这真是一套怪异的动作,真应该在私下里独处的时候去做的动作。而且这并没有必要。康妮的双手很漂亮。从肉眼的角度来看,老人的手才真正需要滋润护理。老人点缀着老年斑的双手,骨瘦如柴,布满青筋,真的已是油灯即将燃尽。我和艾比会隔着患者面对而坐。她等待着递给我仪器,我会指向那位患者的双手(在灯光下,那位老年患者正举着手捂住嘴巴),我会指向患者那双凸凹不平、布满老年斑的手说:"这就是康妮在努力预防发生的吗?"艾比还是艾比,她对这个问题不发表任何看法。噢,我确信,她肯定有很多看法,但是不屑于将任何看法从粉红色大口罩的后面送出。不过我认为,如果我不在场,她也许会高兴地表达看法的。在每天的某个时段,我敢肯定,艾比肯定希望我患了中风而行动不便。那时,她将终于开启久久关闭的闸门。我会变得只能眼珠转动,双颊凹陷,嘴角不由自主地流着口水,这些对于她来说都是无尽的鼓励。躺在地上,我会开天辟地头一次地听到她一泻千里地抒发着原汁原味的情怀。我边给椅子上的老妇人修理牙齿,边问她:"你润肤吗,艾比?"她看我的表情好像是在问:"我润肤吗?"我说:"很明显,滋润双手这非常重要。滋润其他部位也十分重要。"其他部位也重要!我这张嘴在不断地冒出最愚蠢的废话!最愚蠢的、总是无辜的、最容易误解的废话!她是绝不会说出来的,但是她一定在那么想。而我们两个人在想的事情,坐在椅子上的那个老娘们儿很可能也在想。

当康妮的双手滋润到了一定程度之后,她手指舞蹈的速度就降低了。刚才那种疯狂舞动的节奏减速为轻柔的、更有目的性的节奏。这时,她的大业已经完成,刚才的乳液已经吸收进了皮肤,不再是那种岩浆四溢的一层薄膜,此时减慢的速度也很像是润滑的动作。她不再是涂抹乳液,她正在更加聚精会神地将乳液揉进皮肤里,每次聚焦一根手指,以及手指之间那块小小的浅色蹼膜。她双手紧握,似乎在做出一种具有美感的祈祷,然后又将双手分开,轻轻撸过拇指,其整个过程犹如一位棒球选手在耐心给自己的新棒球手套上油一样。她的结束动作(她的注意力有一半儿已经转移到了某件新的东西上)是一系列礼仪式的、完全安静的抱手动作,这只手抱着那只手,那只手又抱着这只手,这只手反过来又抱上了那只手,如此等等,向任何观看她的人传递出一种又满意地完成了一件工作的难以言表的满足感。我毫不夸张地告诉你,我被感动得流泪了。我承认,不是谁都让我感动流泪。观看大吉姆游侠滋润双手,我是不会感动得流泪的。只有康妮才能让我流泪,也只有康妮总能让我感到歉意,为我不能更感同身受地理解我周围为什么有那么多人在费力地减轻那些众多的小小烦恼,因为在我看来,那都是空虚无聊的舒适礼仪。

她并没有抬头看我,只是说:"看,你又来了。"

"什么?"

"盯着我看。物化我。"

"我没有物化你。"

"你总是把我物化。"她说,"你把我理想化,然后,当你发现我并不完美时,你就会失望。你怪我没有神仙那么好。这让我感觉很累。"

我说:"相信我。如果有人知道你不完美,那个人就是我。"

"那你为什么要这么做呢?你为什么总是细细地观察我?这么久了,你不觉得厌恶吗?尤其是,你表明得十分清楚,清楚得简直让人痛苦,就是我差得远了。"

"我从前认为你是完美的,但那是很早以前的事情了。"

"所以求求你,别再这么看我了。"

我说:"真希望当初让你教教我关于护手霜的知识了。"

"教你护手霜知识?"

"对,为什么要涂抹护手霜?"

"涂抹护手霜的原因不言自明。"她说,"抹上之后,你会感觉更好。"

"我从没感觉更好过。我总感觉那是黏糊糊的。"

"把它揉进去就不一样了。把它揉进去之后,你会感觉很好。你的双手会感觉很好。它们会感觉受到了滋润。"

"但是等到年老时,手照样会布满老年斑,会骨瘦如柴,会青筋凸凹,涂抹那玩意儿还有什么意义吗?"

"因为问题的关键是让你的手现在要感觉舒服。"她说着,终于转过身来,用手掌拍了拍我的脑门。她又转回身,目光移向了上帝,大挥手臂,向上帝乞求。那个动作若不是时间太长,真可以算是个喜剧动作。"现在你往手上涂抹一点儿乳液,把它揉进去,然后再看看你的双手是否还是感觉不好?"

"我不会感觉好的。"我说。

"是啊,"她说,"因为如果你按我说的做,你可能会喜欢的。而上天不允许你喜欢什么东西,因为你知道即将发生什么,因为你知道双手将要布满老年斑而且最终要死去。与其做了什么事喜欢它,但是最终又失去了它,莫不如干脆什么也不做算了。"

我站起身来走开。然后我又回来了。

我说:"你没有回我的电话。"

"你别再打电话了,保罗。"

"那是在夜里。我的头脑有些糊涂。"

"夜里只是半个问题。"

"我试过只发短信。"

"我从来没有收到过你的一条短信。"

"小孩子才发短信。我讨厌发短信,会弄得我手指生疼。但这并不是说我不想试试。"

"不管是电话还是短信,保罗,在那个时间段,都意味着一回事。"

"我打电话不是为了重新和好。"我说,"我们说过我们可以保持朋友关系。是朋友给朋友打电话。"

她说:"我们不能和好如初。我们永远不能和好如初了。"

"所以那并不是我打电话的原因。"

"那是什么原因?"

"夜晚。"

她第二次抬起头来看我。

"那就不是我的问题了。"她说。

我猜,"对小妹妹俯首帖耳"这话说得挺好。它唤起某种画面。你眼前出现了一个胆小鬼,一个很娘娘气的男孩儿。像拿掉一副假牙那样,他将自己的睾丸拿掉并顺手放在床头几上,然后舒适地依偎在耐费尔提蒂皇后①的身旁,观看《西雅图不眠夜》。如果那是你的嗜好,但愿上帝保佑你。和血腥、狂热、最后可能遭到监禁那些内容无关的浪漫事情,我是从来不做的。我不对小妹妹俯首帖耳。我是被阴道彻底控制。我被阴道控制着,若能全身而退,那就是我最大的奢望了。正如常言所说,弄不死我,我就更加强大,你就可以期待某个母老虎对你的无情虐待,最后让她把你弄得筋疲力尽,死于石榴裙下。

所谓被阴道控制,就是不宣而至,就是死缠烂打。就是不

---

① 公元前十四世纪埃及皇后。

管什么时间都在打电话。就是把"我爱你"挂着嘴边,大概从第二次约会时就开始说,之后也是不厌其烦地说个不停。当她们警觉我的发展过快时,我就下双倍的赌注,开始又送她们鲜花又送水果。被阴道控制,就意味着我相信我从此找到了我生活中所缺少的一切。那些我爱上的女人,她们填补了一个巨大的空间,若她们不再填补,我会回到毫无意义的生活(比毫无意义还少,因为我经历过了完满)。因为担心失去她们,我想尽了各种办法,有时候办法堪称孤注一掷,其结果必然让她们纷纷逃离。若说被阴道控制,其实我只有四次经历(如果不算那十来次稍微沾点儿边儿或者短暂的经历):一次是我五岁时,一次是我十二岁时,第三次是我十九岁时,最后一次是康妮到我这里工作时,当时我三十六岁,康妮二十七岁。每一次(也许除了那第一次,那时我年龄太小,除了她的名字叫爱丽森、我们手拉手的记忆和在体育场满是垃圾的露天看台下痛哭之外,别的我很难想起)被阴道控制后,我都忘却了我真正的自我。我是指我之所以成为我的那些凭借:上学时成绩优异,对红袜队疯狂追逐,坚信没有上帝。所有这一切都骤然消失,还剩下什么呢?人本身还在吗?我唯一发现的是无节制的需求。女孩儿,或者女人(首先是爱丽森,接着是希瑟·贝里舍尔,然后是萨姆·桑塔克洛斯,最后是康妮)简直成为了我的一切,我能说起我自己的就是,我是爱着爱丽森的保罗,或者我是爱着康妮的保罗。当然,最开始她们都觉得我的恭维十分受用,因为有一个人对她们是那么地倾心、那么地在意,但是在需要、妒忌、难以遏制且又随处滥用的赞美,以及令父母和朋友都感到害怕的某种强迫症等一阵狗屎风暴的重压下,那种令她们感到受用的感觉很快就粉碎殆尽。在恋爱前我所尊崇的一切都离我而去。对于我自己来说,而且,毫无疑问,对于我欲望的对象来说,我似乎成了一个令人讨厌的、患有强迫症的家伙,根本不能给她们回报以爱情。毋庸置疑,几段恋情都没有维持多久。关于爱丽森,我已经把我所记得的都说了。在我父亲死后不久,我就爱上了希瑟。现在回顾那段恋情,除了希瑟湿润的舌头给我带来的新鲜刺激之外,希瑟的父亲,罗伊·贝里舍尔,也给我留下了很深的印象。他是我们学校棒球队的教练,开皮卡车,手臂上的青筋真令人羡慕。(我很难想象贝里舍尔先生会穿着衣服躺在没水的浴缸里,对着发黄的水泥天花板一盯就是好几个小时,然后就开车拉我去商城买了十双跑鞋。为了不让他老婆看见,他在公寓楼的后面挖了一个大坑,把鞋子都藏在了里面。)总统日周末,我和希瑟在她家的车库里亲热了许久,吃饭的时候,边看着贝里舍尔先生摆弄他的警用无线电接收器,边欣赏他手臂上的青筋。星期二开学后,这段恋情戛然而止,希瑟把我甩了,换了一个发型极其难看的小子。我感到震惊,心中受到了伤害,觉得十分没有面子,因为我离开了希瑟的舌头,那是我尝过的第一个舌头,而且,从某种程度上说,它促成了我从事牙医这门行业,唤醒了我对嘴巴和所有关于嘴巴奇迹的热情;我还感到极其愤怒,因为一股反复无常和不可妥协的力量先是将我的爸爸夺走,此刻又将贝里舍尔先生夺走了。我的反应和任何人一样:走了十二英里的路程来到商城,坐进了一辆没有锁的车子的后座,让那位毫无疑心的监护人又驱车大概十二英里把我送到他家,在车库里等很久,然后进入他的家里,找到一间衣柜,在那里手淫一把之后睡觉,第二天一早,当他们全家吃早饭时,我和他们来了个集体照面。

我在萨曼莎·桑塔克洛斯手上所经历过的那段阴道控制则让我受到了更多的磨难,最后的结局是我从肯特堡的缅因大学被转走,而且还对我的人身自由规定了某些限制,不允许我再踏入校园一步。萨曼莎和我共处了十一个星期,在这段时光里,我们两人都认识到,我们的灵魂终于被唤醒,我们的心扉首次洋溢着爱情。我们立刻变得形影不离,上下课我们计算好路线,从而减少我们分开的时间。我们吃饭、学习、睡觉都在一起,为了不打扰她的室友,我们夜里谈话都尽量耳语。喝咖啡我们共用一个杯子,喝饮料我们共用一根吸管,刷牙我们共用一把牙刷。我们用嘴互相喂食西瓜块儿。我们盖着一床毯子观看电影和球赛,在学生会那里我们坐在一起写作业,时不时地抬起头来互相呆看几眼,带着毫无掩饰的狂热。萨曼莎总是在吸吮棒棒糖。我就是爱听那块糖球碰撞在她那结实白皙牙齿上的声音,看着那根糖棒在她的嘴唇上变得多汁,直到最后,她用白齿将剩下的那点儿糖块咬得粉碎。她将那些碎末塞窄地咀嚼了几下,然后将其全部化入腹中。一切都结束之后,那根木棍也放进了一个空可乐罐里(里面也有糖纸和咀嚼完的口香糖),她用舌头舔舔上嘴唇来搜寻残存的小碎渣,如果搜寻到一个,随即收入嘴里,将其固定在上下犬齿尖之间。之后,她还要把嘴唇上遗留的那层糖舔舐干净,先是圆润、双峰凸起的上唇,然后是有着更为完美的垂直线下的下唇。至于萨曼莎·桑塔克洛斯的性格和秉性,我基本不知道,但是我毫不怀疑的是,我很想永远地生活在她那光润的红色下唇的边缘,那块紫红色的海角,冬天受到她糖浆般呼吸的温暖,夏天和她同样沐浴在那让她脸上长出雀斑的炎热中。

我真切了解萨姆①的一点(因为她时刻地在给我留下印象),是她对自己父母的那种强烈的、无条件的爱,这与我形成了鲜明的对比,因为我总是羞于提及我的父母。萨姆谈到她父母时,那样子就像她打算永远与他们生活在一起,而上大学,与其说是一段反叛和自我发现的时期,不如说是毕生之恋中的一次小别。她的父母让我有一种近乎羡慕嫉妒恨的感觉。一头金发的鲍勃·桑塔克洛斯身材魁梧,家具生意做得很成功,现在,很多天上午他都去打高尔夫球。把萨姆(和她的弟弟尼克)拉扯大的芭芭拉现在忙着打网球、做慈善事业。在我们见面之前,他们的形象已经深深地印在了我的脑海里:只几天的时间,他们已经无可比拟,仅一星期时间,他们就成了神话中的人物。结果,当感恩节我和萨姆一同出现在他们面前时,我是既害怕又紧张,就像爱萨姆一样,我也爱着他们。我本打算向他们宣布我要娶他们的女儿为妻(萨姆说:"等下,等下,你打算做什么?")。桑塔克洛斯一家是宛如画中人一般完美的天主教家庭,整洁的车库,高大结实的橡树,各个时期的家庭照片,所有这些将赦免和改正我童年时期所有的罪孽

---

① 萨曼莎的昵称。

和缺点。就像我对希瑟·贝里舍尔的痴爱一样,我对萨姆·桑塔克洛斯的痴爱也有一种外在的因素,这和我们共同喜爱宠物狗、喜爱齐柏林飞艇没有关系,与她那金色发梢的卷曲和红色嘴巴的味道都没有任何关系。桑塔克洛斯家没有人员稀疏的葬礼,不用在车座下翻找硬币,从来不为了吃通心粉去回收站去卖什么废旧物品,没有政府任命的心理咨询师,也没有人自杀。我爱萨姆,想和她结婚,但是我也爱桑塔克洛斯先生和桑塔克洛斯夫人,想被他们收养,想永远、永远地生活在他们幸福生活的光环下。我会坚信上帝,皈依天主教,谴责堕胎,喝马提尼酒,以美元为荣,帮助穷人,周游世界去行侠仗义,做所有桑塔克洛斯家族区别于奥罗克家族的事情。

  但是萨姆变了心。我们正手拉手全速地跑向我们永恒之爱的悬崖,但是,正当我跳起身来时,她却戛然止步,结果我就像在卡通片里一样,一个人浮在空中,挣扎着寻找地面,然而下面却没有地面,我直接坠入了万丈深渊。尽管我隐约地注意到,我山盟海誓般爱的承诺没有收到同样频率的爱的承诺,接着甚至根本没有了任何回馈,但是我却没有发现它的发生,或者说我刻意地不让自己看到它的发生。我努力地反思所发生的一切,反思我的所作所为。情形似乎是这样的:我的所作所为只不过是继续做我和萨姆这十一个星期以来一直在做的事情,那就是我们把对方视为自己的一切。我还在继续前行的时候她却骤然止步,而且我继续前行的做法使得她更加深信,她的骤然止步是绝对正确的选择。我再也没有了我自己的我,除了对她怀有满腔爱情的那个我之外,而正如所有人都知道的那样,那个自我正是招致受虐快于爱慕的自我。

我猜我开始对她构成了威胁。大概来说,我所做的就是坐在她公寓前的楼梯上放声大哭。当她终于让我进去后,我就努力控制住我自己,这样,在她面前,我就可以一把鼻涕一把泪地向她倾诉。哭泣仍然在继续,但不像是在外面那么歇斯底里地号啕大哭了。有一两次,当她和室友回来时,发现我在公寓里。我趴在萨姆的床上等她们回来,眼泪浸湿了她那个没有洗涤的枕头。这对任何人都没有任何威胁。可是她们却不喜欢我待在那里。第一次有点儿吓人和不可思议,我交出了钥匙,并保证再不进来。但是当然了,我还有一把备用的钥匙,于是我又故技重演。我对萨姆的床单已经癖嗜成瘾,而且一想到她把我甩掉了我就恶心得要死。我做不到偷偷钻进来,呼吸她的床单,触摸她的物品,嗅觉她的乳液,翻看她的相册,然后就离开,因为我离不开。她的房间是我唯一想要逗留的地方,不管她在还是不在。而且,因为她不想和我在一起,所以我在她房间时她并不在。当她第二次发现我在她房间里时,她报告了校警。我母亲不得不赶到学校领我出来。她为我担心,他们都为我担心,他们也确实该为我担心,因为我什么都不是了,我原是爱着萨姆的保罗,现在则是爱着萨姆却没有了萨姆的保罗,因此我比什么都不是都不如了。我看见了上帝,但是上帝却走了。

几年之后,当我的这道感情关差不多冲破了,并且已经在缅因大学的另一个医学预科专业学习了两个学期之后,萨曼莎找到了我并告诉我,她常常怀念我们在一起的时光,对于分手她很是懊悔。她为离开我而深感痛苦,因为在我之前和我之后,没有哪一个男生像我一样那么强烈地爱过她。她终于明白我的爱对她有多么重要,并希望我能给她第二次机会。她问我是否仍然爱着她,我说是的。六个月之后,我们又住在了一起。她的父母并未同意,但是这我并不在意,萨姆也不在意。这次我可不是被阴道控制了,我有的只是爱。更重要的是,我感到了一阵惊叹:我惊叹,我不仅让萨曼莎·桑塔克洛斯重新回到了我的怀抱,而且,她比以往任何时候都爱我。多么伟大的逆转啊!

我们的关系持续了大约一年的时间。在这一年时间里,我们一起去了桑塔克洛斯家几次,我也尽我最大的努力像从前那样看他们。但是我已经葬送了我获得他们认可的机会,他们也不知道什么叫作宽恕。他们不认可我。此时,我已经从对他们的爱中清醒,所以,不认可我就等于不认可这个世界。事实上,他们确实不认可这个世界:他们在批评和谴责这个世界。他们募捐,参与食品捐赠,但是他们却瞧不起穷人。他们指责同性恋者损害了美国,他们很可能也指责非洲裔美国人和职业女性。萨姆的祖父,老桑塔克洛斯,对被广泛认为美国最伟大的总统之一的富兰克林·罗斯福怀有让人摸不着头脑的怨恨,况且罗斯福已经去世五十多年了。怨恨。当比尔·克林顿出现在电视屏幕上时,萨姆的母亲非要出屋躲避一会儿不可。对于这些方面,我领悟得很少。渐渐地,昔日的那个自我获得了肯定。我发现我很难相信,为了这些极端保守主义者,我曾经考虑过要皈依天主教。因此,出于报复,我整天不绝于耳地让可怜的萨姆听我挖苦谩骂天主教的虚伪和基督教的种种愚蠢之处。之后,在一天的晚饭时,我当着桑塔克洛斯全家的面坦诚告知我的无神论观点,这让他们全家惊愕不已。萨姆的母亲跑进另一间屋子,咒骂我是魔鬼本人,喊叫说从此不准我再踏入他们家门半步。萨姆赶紧追过去安抚她母亲。对于我来说,这无关紧要了。萨姆和我也没有维系多久。她的父母要求她在我和他们之间做出选择。她绝不放弃生养她并且爱她胜过世界上任何人的这两个人。失去萨姆我很伤心。对于她来说,我十分不合适,对于我来说,她也十分不合适。但是有一件事情令我高兴:在经历了这些阴道控制之后,我回归了原来的自我。那个自我尽管显得含糊不清,尽管易于消失,但总还是我的回归之处。

康妮以临时工的身份来到奥罗克牙科诊所工作。第一天,我就感觉到了我的自我在欲动。在第二天结束时,我建议她离开临时工中介公司,以全职的身份为我工作。她可以得到丰厚的薪水,获得全额医保,并享有最佳的免费口腔护理。我提出付给她的薪水要远远高于普通接待员所能够得到的待遇。是的,我正在迅速地迷失。但是有个声音在告诉我赶紧把我自己召唤回来,告诉我记住昔日那个有自尊的自我,告诉我进入这个美丽的临时工的轨道务必要谨慎慢行,这样我就不会重蹈覆辙,就不会重复过去的那种令人尴尬的错误。这是我第一次有这种意识。当康妮接受了我开出的条件并来到奥罗克牙科诊所工作时,我就尽我最大的努力来使自己忙忙碌碌,因为在我真正的自我中,不小的一部分正是牙医,这个牙医每天都要医治很多患者,每天都是全天忙碌,星期四则更长些,他的业务范围在扩大,他有员工需要管理,每个月还有六万美元的收入需要保护。尽管我开始爱上了康妮,但是我想,若让我牺牲以上那些东西来换取一次结果可以预料到会十分糟糕的恋情,那可不明智。所以,尽管我一如往常被阴道控制,我却来了个另辟蹊径。我保持缄默不语。我装作毫不在意。我表演得很淡然,但并非是心如止水,而是克制有度,早上来时带着神秘兮兮的气场,下班时带走闷闷不乐的尊严。我狡猾地把重心倾注于最好的自我,星期五潇洒地去吃比萨饼,对待康维尔夫人礼貌有加,而且将我的抱怨和不满统统锁在我肚子里,好像我是一个有很多事情需要祈祷的基督教僧侣。伙计,我的意思是说,这都是一场表演。爱情使你变得高贵。那么,如果这场爱情是自编自导的,那会如何呢?如果最后,当爱情消失,就像赢了彩票和失去一条腿的人一样,我们最终要回到最原来的自我,那会如何呢?

我把对康妮的爱痛苦地压抑了六个月的时间,直到有一天晚上,奥罗克牙科诊所买单,我们在一家下等酒吧单独处在了一起。我们两人犹如滔滔江水,尽诉衷肠。那之后,我们就生活在了一起。

对她而言,我表现得一定像个成功人士。牙医。职业人士。不动产所有者。我并没有让她知道,现在我既然和她待在了一起,我的那份自我已经消失了。她似乎也没有注意到。直到我的自我再度占据了上风,她才恍然大悟。而这时,一切都开始变得一团糟。

看完康妮涂抹护手霜之后,我就去工作了。那天上午来了位患有帕金森症的老妇人。她的儿子约莫不到五十岁,用手臂搀扶着她坐在了椅子上。她一直颤抖个不停。对于她来说,即使是把嘴张开也非常困难。我用了一个支撑物将她的嘴撑住,使她不能吞咽。艾比一直在清理她的口腔,不过这位老妇人仍是继续顽固地做着规律的吞咽动作。这是喉咙后部淡粉色肌肉的本能动作。我的这位帕金森症患者犹如一个被判了刑的人,在一间吵闹的监狱被关了很久之后,正面临着死刑的惩罚。她那天上午之所以来就诊,原因是她在吃吐司面包的时候丢了一颗牙。她儿子一直没有找到那颗牙。他一直在道歉,好像他在某种程度上令他母亲失望了。人们总是把断了的牙齿带到我这里,就像那是仍然还有温度的手指和脚趾,因为他们相信我或许能做到某种快速的移植手术。如果你掉了颗牙,干脆把它扔掉。或者放在枕头下面。我真的无能为力。我向他做了解释,这使他心里好受了许多。然后我就仔细地检查了他母亲的口腔。这张嘴在这个地球上还有一两年的存留时间,因为颤抖和吞咽困难使其更是雪上加霜。我检查的结果是一种罕见但却立即能识别的病情,且很有可能是由于化疗所引起的:颌骨坏死。我这位被判了死刑的患者现在可以将颌骨坏死加在她的单子上,再加上她的什么癌症和帕金森症等重症,那可真是没得救了。她的颌骨十分腐烂和柔软,她早上吃的那口吐司面包竟然把那颗丢失了的牙顶进了牙床,现在嵌在骨头里。我用镊子将其取出,没有让她感觉到任何疼痛。我说:"这就是那颗牙。"

康妮手里拿着iPad站在走廊里。

"有事儿?"

她说:"等你有空的。"

当时我们开始用iPad了。一年之前,我们就买新电脑。那之前的一年,"口腔器材"的人员过来把我们整个系统都升了级,这样,我们的电子办公就比从前优秀了。几乎从所有方面来看,为了改善办公而购买器材都该是基于成本效益分析所做出的理性选择,但是当新技术流行起来,如果你不是第一时间将其抓住,你就犯了致命的错误。

"我只想问,"当我来到走廊时,她说,"你在这上面看你的个人页面了吗?"

"在什么上面?"

"在我们这个网站上。"

我夺过来那个iPad,说:"简直疯了。一个周末的时间够多了,他们怎么还没有撤掉?他们甚至都没有给我回复电子邮件。"

"你看你的个人页面了吗?"

我再次感到了疑惑。能是谁干的呢?我把哪个患者给安排晚了吗?我对哪个临时工无礼了吗?我突然有了个想法。"你知道这可能是谁吗?"

"谁?"

"无名氏。"

"无名氏是谁?"

我提醒她,就是那个做了齿桥不付钱并且在谷歌上撰文污蔑我的人渣。

她说:"那大概是两年前的事儿了吧?他真的还会……"

"这不公平!"我说,"鼻孔里有鼻涕真的不是很麻烦。"

"看你的简介。"她说。

奥罗克博士,缅因州人,行医已有十余年。他的牙科修复技艺超群,为患者带来了福音。他友善、和蔼的性格加上他渊博的知识,保证你去就诊时心情愉快,精神放松。

我抬起头对她说:"不管是谁写的,他对我和我们的诊所有很深入的了解。"

她问我:"怪异的那部分你看了吗?"

我的简历是以一段怪异的话语结束的。

因此,来吧,我将与你们建立盟约。因我将把你们变成一个伟大的民族。但必须让你的人民远离那些军阀,切勿以我的名义与其树敌。如你们记住我的盟约,汝将不被吞噬掉。但是如果你们将我当作了神,崇拜我,并启用萨泰利琴和小手鼓来预测我的意图并发动战争,那你们将被吞噬无存。因人类不了解我。

"这到底写的是什么啊?"我边找寻她的表情边问,"从《圣经》里搬出来的吗?"

"听起来像。"

"怎么放进我的简介上了?"

她耸了耸肩。

"你的简介上有这东西吗?"

她摇摇头。

"贝奇的呢?艾比的呢?"

"只有你的有。"她说。

"我不信基督教啊,"我说,"我不想在我的网站上出现《圣经》上的语录。这是谁干的呢?"

她从我手中拿走了iPad,说:"也许你该和贝奇谈谈。"

康维尔夫人每天上下班都带着一部翻烂了折过角的伊格那丢版《圣经》,当然了,还有画线笔记,绿色的人造革皮面上用镀金字母烫有她的名字,伊丽莎白·安妮·康维尔。这部厚卷她保存了近半个世纪,自从她接受了首次圣餐之时起,这部厚卷就从来没有离开过她。我对康维尔夫人的矛盾心理在此书上得到完美的化身。一方面,她在各个方面都他妈的堪称是个专家,她的权威性以及她那傲慢的音调都是源自于《圣经》那部典范的知识大全。但是后来,在一次不经意的机会,当她不在我的视野之内,我往她打开的手提包里瞥了一眼她那部无时不在的具有图腾意义的厚卷,这时,康维尔夫人,这位首席母老虎,就会转世投胎成为伊丽莎白·安妮·康维尔,成为一位绝对亲切友好、无足轻重的小人物。我很容易地想象得出,这位小人物极少为自己着想,而一旦发现自己的名字烫在了圣书上,她便会激动得热泪盈眶的。我想象着这个略显尴尬、没有安全感的小姑娘,想告诉她上帝爱着她。我不想贝奇·康维尔,也不想任何别人做这件事,因为我相信,这些人在内心深处都是丑陋的,没有价值的,多余的,微不足道的,不可爱的。我想,如果上帝没有别的意图,那么仅从这点上论,上帝是正确的。我心里说,感谢上帝有上帝!当凡人一筹莫展时,他做了多么了不起的伟绩,他给予了什么样的博爱啊。那些痛苦的孤独者、毁容者、残疾者,再也不用述诸旁观者们内疚得要死的同情心了,因为上帝爱着他们。因为有上帝的存在,就连那些傲慢的母老虎、喋喋不休训斥人的家伙和好管闲事的笨蛋也可能懂得爱呢。

当我出现在她面前时,她说:"我已经告诉过你了,那根本不是我做的。你认为我会骗你吗?"

"我也不知道该怎么想了,贝奇。一开始,我们发现有人不顾我的意愿,为我的诊所建了一个网站,接着,又在我个人页面上发现了一堆疑似《圣经》上的晦涩难懂的话语。我知道你懂得《圣经》。"

"噢,天哪!可那并不意味着我懂建立网站啊!"

"我的意思不是说那是你亲自建的。"

"那个网站的建立和我一点儿关系都没有。"她说,"这里没有我的责任,我也没有从《圣经》里摘什么语录放在那上面。假如让我来摘选,我肯定也不会选择那段。"

"那是哪一段?"我问。

她又看了一下 iPad。无论康维尔夫人何时阅读什么东西，她噘起来的嘴唇周围的那些缩小了的汗毛就会随着她每读一个词而上下蠕动，她那样子就像在一片树叶上爬行的毛毛虫。

"'但是如果你们将我当作了神，'"最后一部分她提高了声音，慢慢地读着，"'崇拜我，并启用萨泰利琴和小手鼓来预测我的意图并发动战争，那你们将被吞噬无存。'我认为耶稣从没有说过这样的话。"

"那是从哪儿来的呢？"

"我猜可能是出自《旧约》，"她说，"这样的话语太严厉了，像犹太人说的话。"

她把 iPad 还给我。

"也许你该和康妮谈谈。"她说。

在网上把我刻画成了犹太人而不是基督教徒，我的烦恼要少些。我仍然感觉烦恼，因为我不是犹太人，但是不管怎么说，还是好些。你可以是个不信奉犹太教的犹太人，我生来就不是犹太人，而且仅仅为了坚持不信奉而皈依犹太教也是毫无意义的，所以，我就是个不信奉犹太教的非犹太人，然而无论如何我也无法做一个不信奉基督教的基督教徒。在信与不信救世主基督以及上帝众多的奇迹和预言上，你只能选择一个。我认为，当你是个基督教教徒，你其实什么事情也不怎么做，只需表示你的信仰，而人家犹太人，即使不信奉犹太教，在一次逾越节的家宴上所做的也比一个百分之百基督教徒坐在长椅上一年所做的事情还要多，这真具有讽刺意味。从新生儿的角度来看,不管你生来就是基督教教徒或者犹太教教徒,这似乎都是一样的,但是取决于人一生的是你后天的成长。基督教教徒可以放弃基督教继而成为无神论者或者佛教教徒,或者一个什么也不是的普通人,但是犹太教教徒则永远是犹太人,比如,无神论的犹太人,或者信奉佛教的犹太人,这个中的原因我不得而解。我所认识的一些犹太人,比如康妮,很是憎恶这种原生的事实,但是作为非犹太人,我却衷心地羡慕这里面所含有的宿命感觉,那种固定了身份感和部落的归属感,正因为如此,我才对网上编造我是犹太人不那么介意;而如果编造我是基督教教徒,那可是人神共愤和极其恶毒的侮辱了。

在认识康妮之前,我根本不了解犹太教。在认识康妮之前,我甚至不知道我是否能用"犹太人"这个词。这个词对我来说,对我这双异教徒耳朵来说,听起来都非常有刺痛感,也许对我这张毋庸置疑的异教徒嘴巴,尤其更有刺痛感。我担心,如果某些犹太人听到我说这个词,他们会认为这是一种加强版的成见,会唤醒所有昔日的敌对和仇恨。纳粹对犹太人大屠杀所留下的一个不大不小的后遗症就是,第二次世界大战之后许久出生的、对犹太教了解甚少或者对犹太人民了解甚少的非犹太裔美国人,很担心说"犹太人"这个词来冒犯犹太人。

在认识康妮之前,我和犹太人之间的交往仅限于检查他们的嘴巴。犹太人的嘴巴从任何方面来说和基督教教徒的嘴巴都是一样的。对我来说,那都是一张大嘴巴,一张张开了的、紧张的、尴尬痛苦的、慢慢腐烂的嘴巴。都是同样的龋齿洞，同样的炎症，同样的牙根感染，同样的神经痛，同样的抱怨，同样的失败，同样的命运。听我说，关于犹太人，我所知道的，也是我唯一想知道的，而且我认为是我唯一需要知道的，这就是：他们为这个世界生了一个儿子，一个名字叫桑迪·科菲克斯的左撇子棒球投手，他为道奇队参赛，三个赛季获得了美国棒球大联盟的赛扬奖，而且像一个真正的美国英雄那样，他憎恶扬基队。

　　康妮出生于一个保守的犹太人家庭。让我感到惊讶的是，我发现我很喜欢参加赎罪日的礼仪活动，甚至那些荒诞冗长的礼拜仪式我也能从头坐到尾，究其原因，因为这些仪式不是为我所作。在很大程度上，这些仪式是为康妮而作的。康妮已经不信奉犹太教，而且在关于宗教问题上，她和我的感觉已经趋于一致，即便她还说不出口"我不信上帝。"这并不是因为什么迷信或者某个残留的信仰在作祟，而是拒绝把话说死。她宁可称呼自己为不彻底的无神论者。她认为，这样，当她偶尔读诗唤起的宗教冲动就不会完全被关闭。

　　有趣儿的是，她和萨姆·桑塔克洛斯相比截然不同。萨姆认为天主教的教义是至高无上的，她的家人就像在三维的节日卡片里，穿着运动衣衫，挥动最好品牌的高尔夫球杆，阖家健康，其乐融融。尽管我抛弃了桑塔克洛斯家族的那种核完美的重压已有许多年，而且我还发现，在他们那种电视剧似的虚伪表面之下，他们还愤世嫉俗、冷嘲热讽、唯利是图且充满了偏见，但我仍然认为萨姆对她父母的那种坦诚不顾一切的热爱是一种了不起的境界。我希望我们所有人都能拥有一颗这样不受羁绊的心。我最希望康妮拥有一颗这样的心，因为我想，她的家庭也许真的配得上这样的心。但是她犹豫不决。传统已显乏味。她的家庭近似疯狂。而且上帝的影响力太过强大。上帝的影响力会不会触及到我呢？

　　上帝的影响力并没有触及到我，因为这个上帝和被钉在十字架上的人没有任何关系。很幸运的是，犹太人的上帝，犹太人上帝的形象，犹太人上帝的臣民，他们都没有惩罚这一说和自命不凡的劲儿，没有说救世主在死后的第三天复活回到人世，没有圣餐，没有三位一体所带来的逻辑扭曲，没有长时间的血腥征战和折磨，没有人类大毁灭威胁的影子，没有两性关系上的道貌岸然和假正经，不顽固坚持新教的道德观念，不自鸣得意，不夺走人性好奇的权利，而且，最重要的是，没有为了圣诞树和十条戒律而杀戮的好战心态。相反，普洛茨家人所吟诵的祷文和圣歌中的教义都隐含在希伯来文中；礼仪和传统都有数千年的悠久历史，尽管困难重重仍然坚持不懈；安息日餐桌上辩论激烈；远亲和谐相处宛如亲兄弟；辩论时难免情绪激动，口中食物或许喷洒四处；谈话中引经据典，不时地蹦出渊博知识；最后，在夜晚临别时，大家都久久不愿散去，弄得口干舌燥，浑身乏力。所有这一切对我来说都不是问题，而问题正是在这里。

　　康妮从没给过我理由让我破门而入，在陌生人的衣柜里手淫；或者给她母亲打电话，可是从前我曾经给萨姆·桑塔克洛斯的母亲打过电话，曾经使用过类似于"那声音……那声音"的绝望的、晦涩难懂的话语和她说话。康妮回报给我的爱是从前任何女人都没有给予过我的。尽管这里出现了问题（那就是，出于爱我的原因，我怀疑她就像我曾经做过的那样，有效地压抑了她真正的自我，还有，秋后算账之日正等待着我们），但是我却能够或多或少地像一个成年人那样保留一定距离，保持头脑清醒。我并没有像爱上鲍勃和芭芭拉·桑塔克洛斯或者他们之前的罗伊·贝里舍尔以及他手臂上的青筋那样，爱上蕾切尔和霍华德·普洛茨。我的行为中规中矩。但是有一段时间，我却险些有点儿过于依恋康妮的所有亲戚们，而且这种感觉绝不逊色于我对贝里舍尔家以及桑塔克洛斯家的感觉：一种极力讨好、阿谀奉承、略微失态的很想属于他们中间一员、属于他们家庭中一员的愿望，想自信地融入其中，心安理得地伸手到餐桌对面拿一根小胡萝卜或者一根炸薯条，悠然地躺在地毯上和他们有啥说啥（而且会道出他们最内心深处的想法），想拥抱一下就会得到响应，在门口处说晚安时听到他们说"我们爱你，保罗。"真的，我最想听到的其实就是"我们"那个词了。尽管我桀骜不驯、孤芳自赏，但是我却真正想被这个包容一切和具有强制性的简单的词"我们"所深情地接纳。我想被吸收、被收编，继而成为更伟大、具有历史意义、名垂千古的一个集体中的一分子。成为他们中的一员。他们家族中的一员。康妮的家族就是这种"我们"的真实所在。它有一个核心：她母亲，父亲，一个兄弟和两个姊妹；然后又分叉为叔和舅、姑和姨、堂、表兄弟姐妹，远房堂、表兄弟姐妹，侄儿侄女，外甥外甥女，祖父母，外祖父母，叔、伯祖父，舅姥爷、姑姥姥……我从来没有见过这样的大家族。在这个庞大的人类群体里,哼唱着一首同心协力的曲调,我似乎觉得,它重要的任务就是坚守阵地,让自己毫发无损。当然,家族里也有死亡,在年轻一代人中也有抽大麻、不喜欢自己犹太人身份的叛逆者。但这些都是个别现象。大多数时间,他们都相互照应,体贴关怀。他们为了家族中这个和那个成员无限地操心烦恼,相互解救于困境之中,如果家族中举行男孩或女孩成人仪式、结婚纪念仪式、重要的生日庆典、逾越节以及赎罪日,不管有什么困难,全家的人都要聚到一起参加这些盛会。

尽管一开始当我们不得不一起和她的家人待一段儿时间时,康妮还翻翻眼珠并且还装出厌烦的样子,但是我允许她无拘无束、毫无羞涩地爱他们,果然,我不久就看到了她和她妈妈之间的那种特殊的亲密感,她和她爸爸之间所传递的那种柔情蜜意。她和兄弟姐妹们逗乐,和堂表兄弟姐妹们欢声笑语,她孝敬照顾老人,犹如从小在犹太人定居点的小房子里就从父母那里学来的一样。但是若说保护起我来,她也如母老虎一样厉害,我是她的非犹太裔男孩儿。如果她最终嫁给了一个非犹太人,家族是不会来举行庆祝的。他们可以接受,正像他们已经"接受了"康妮的世俗化行为一样,但是他们仍寄以希望,想让我们离犹太教更亲近些,想让我最终皈依犹太教。但是当然了,我是绝不会皈依的,因为我不信上帝。就我自己而言,因为我爱他们,我尽量克制自己不发表我无神论的冷言冷语来侮辱他们的耳朵,而当年和桑塔克洛斯家人在一起时,我却没有做到。我爱康妮的家人,但是我却努力不泄露真情,这不仅因为我不想在康妮的眼里显得那么绝望,而且还因为我觉得我这是一种病态,我为什么总是爱上那些偷走我心的女孩的组织严密和思想保守的家庭呢?听凭自己把命运交给那些毫无提防地接受我非理性爱着的人这一点我已经烦透了。我多么希望我能像那种罪犯似的男朋友那样,是被骗到了家庭聚会上不得已而为之。那些哥们儿浑身一副沉默寡言的样子,他们根本不在意人们在其背后如何议论他们,而且,就凭这点,女孩子们却更加疯狂地爱上了他们。就算当普洛茨家的人张嘴说话时,我能设法不露出我的那种傻笑,就算他们诙谐幽默时,我的笑声不是最响亮的,就算在聚会过后,我能克制住自己不给他们邮寄礼物,我也不会是那种坏脾气男性的典范。在普洛茨家人的餐桌上,难以压抑的热情仍然使我感觉像个快乐的婊子。在康妮表妹的婚礼上,我仍然能够像女人那样喜极而泣。在婚宴上,我仍能喝得酩酊大醉,且仍能蹒跚于各桌之间,对这位普洛茨家人说,我非常喜欢她的鞋子,对那位普洛茨家人说,他的医疗供货企业有多么成功。我跳起霍拉舞。这是一种传统的庆祝舞蹈,新娘和新郎在椅子上,由一排舞者举上举下。我很是兴奋,我真的举起了新郎的椅子(我几乎不认识他),一圈儿一圈儿地跳,很是开心。

  当这支舞蹈结束时,我发现康妮不见了,就又来了一杯酒,坐下来喘口气。这时,她伯父斯图尔特走到我面前。我说:"你好,斯图!"说完我就后悔了。我竟然这么称呼他!我就有这么一个讨人厌的毛病,为了快速地拉近关系,把某些男人的名字叫一半儿。引起我这么叫的不是这个名字本身,而是叫这个名字的人。康妮的伯父身材并不高,但是却颇有风范。他寡言少语,但是一旦讲话,人人都静静地聆听。他是长兄,家族长,逾越节礼仪的主持人。

也许我称呼他为斯图和接下来要发生的事情没有任何关系。也许他无意中听到了整个晚上我对康妮的亲戚们所给予的某些赞扬,并觉得那些赞扬有些过头。或者,也许他就是不喜欢我在舞池中的那种放纵。他在桌旁坐下,我们中间隔着一把椅子。他稍微往前倾了下身子。之前我从来没有感觉到他如此近距离地注意我。

他问:"你知道'亲犹太人'这个词吗?"

我回答:"就是爱犹太人民的人吧?"

他缓缓地点点头。他的亚莫克圆帽几乎像有魔法一样扣在了他那头发稀少的后脑勺上,"你想听个笑话吗?"

我并不认为他是那种爱讲笑话的人。也许他知道我爱听笑话?

"当然啊,"我说,"我喜欢听您讲一个。"

他开始讲之前看了我许久,久得让我的记忆中只感觉,那嘈杂的音乐已渐渐无声,他的目光遮住了灯光。

"一个犹太人坐在酒吧里,这时,一个憎恨犹太人的人和一个爱犹太人的人走了进来,"他终于开口讲了,"他们坐在了这个犹太人的两侧。那个憎恨犹太人的人对这个犹太人说,他正在和那个爱犹太人的人辩论,焦点就是犹太人该喜欢他们两个中的哪一个。那个憎恨犹太人的人认为,犹太人应该喜欢他而不喜欢那个爱犹太人的人。那个爱犹太人的人不相信这一点。犹太人怎么会喜欢一个恶毒憎恨犹太人的人,而不喜欢一个见到犹太人就热烈拥抱的人呢?'你怎么看?'那个恨犹太人的人说,'你能给我们解决吗?'这时,这个犹太人转过身来面向那个爱犹太人的人,将大拇指甩向后面的那个憎恨犹太人的人,说,'我喜欢他。至少他在说真话。'"

斯图尔特伯父讲完笑话之后并没有笑。他甚至连一丝笑容都没有展露。我的笑声一般来说都有些过于响亮但却非常礼貌,这时我却如鲠在喉,笑不出来。他站起身,离开了桌子。

"为什么是我?"

我说:"她说那话应该不是耶稣说的。她认为那属于犹太人的范畴。"

"犹太人的范畴?"

"是引自于《旧约》吧。"

她说:"好吧,如果那属于犹太人的范畴,那一定是我了,对吧?我的意思是说,我正是这里的犹太人。"

"请你再去看一下然后告诉我,看那是否引自于《旧约》,好吗?"

"你觉得我把《圣经》都熟记于胸了吗?"

我说:"希伯来语学校你读了多少年?"

"所以我就成了这个形象是吗——一个致力于希伯来文化的军师?"

我说:"求你了,康妮。"

她再次看了一眼那一段话语。

"我觉得这听起来还是挺像那种落后倒退的东西,基督总是说这种让人们'噢,啊,哇!'之类的事情,"她说,"但是谁知道呢。也许这是犹太教的东西。你为什么不谷歌一下?"

康妮非常喜欢查阅谷歌。谷歌能帮助解决各种难题,常常使我们如释重负。在一家饭店,我们两个会突然忘了波纹贝壳状通心粉和圆筒形通心粉之间的区别,她就会在谷歌上查阅"波纹贝壳状通心粉与圆筒形通心粉之间的区别",然后答案就跃然在目。我们无须再去听饭店服务员用自己的行话给我们讲解这两者之间的区别了,因为他的讲解充满了人类固有的含糊其辞的手法。我们从自己的手机上就能得到确切的定义。或者,当我们喝葡萄酒时,我或许问康妮一个问题,因为在葡萄酒问题上,她懂得比我多。我问:"白葡萄酒是不是比红葡萄酒需要更多的时间来醒呢?"这个答案她并不知道,或者说她曾经知道过,但是却忘记了,现在也急切想知道,因此在餐桌上,她就迫不及待地查询,我则耐心地等待。结果,她不仅了解到白葡萄酒醒过之后的效果,而且还了解到很多关于葡萄、增色和氧化技术方面的知识。她眼睛紧盯着手机屏幕,时不时地跟我胡乱讲几句,总是心不在焉,讲解得也稀里糊涂。她有时还会忘记谁演了什么,谁唱了某一首歌,或者某男是不是仍和某女出双入对等等这类八卦内容,她就急切地寻找答案,根本顾不上和我说句话。她所生活的世界再也没有猜测和回忆,也根本没有信念,因为事实只需点击几下即可知道。这简直逼得我要发疯。陪伴我们餐桌的是维基百科,About.com,IMDB,餐厅指南,Time Out 纽约,一百条汤博乐,《纽约时报》,《人物》杂志。这让我烦得要死。难道一无所知不也是一种乐趣吗?这种奇特的乐趣难道我们都忘了?难道我们就不能错一把吗?我们在那个倒霉的手机上的争执,远多于我们要做什么、去什么地方、做爱和做爱的频率、我对红袜队的痴迷等等事情上的争执。(除了孩子之外。我们争执最多的是关于孩子。)当我对争执感到厌烦时,我就说:"月亮其实是一颗较暗淡的恒星",或者"玉米饼里都掺大麻",或者"我最喜欢的肖恩·潘的电影是《阿甘正传》",之后就专心干自己的事,直到她在谷歌上查到,把手机屏幕在我眼前晃来晃去,好像那手机在对我说,不,不,不,不。然后我就说:"才他妈不是汤姆·汉克斯呢!是肖恩·潘!"她就说:"他妈的就在这儿,你看!汤姆·汉克斯。"我就说:"真不能相信你非得在网上查这种玩意儿!"随之,那晚上我们的关系就变得非常紧张。

她坐下来在谷歌上查找这个段落。没有任何相关的结果出现。

"根本不是从《圣经》上摘下来的。"她说,"好像是有人故意在玩你。"

我说:"有人故意在玩我。"

她说:"这可有点儿犹太人的感觉了。"

那天上午11:34的时候,我给西珥设计写了信:

> 自星期五以来我就一直等待你的回复。我认为,吃IT行业这碗饭的人都非常定期地查看自己的电子邮箱,

既然各行业的人都很定期地查看自己的电子邮箱。你没有给我回复令我很是不满。这事很急。有人偷走了我的身份。而且是在你的帮助下。据我的理解,就是你偷走了我的身份。请你想好,如果我还是收不到你的回复,我将到商业改进局去告发你。

请尽快回复。

"商业改进局,"康妮说,"脸书上的孩子们会笑翻天的。"
我问:"你有什么建议吗?"
十五分钟之后,我又写道:

你是不是让我做了齿桥而欠我八千美元的查克·哈格蒂,亦称作"无名氏"的那位? 一个人不应该对别人的生活实施这种权力。但是如你过去专业地呈现出来的,在互联网上人们都是这样对吗,查克?

"贝奇给珀金斯先生清洗好了。"
我说:"好的,我就来。"

请你解释为什么从《圣经》上引用那段话,又为什么把它放在了我的个人页面上。我不喜欢别人将我和什么信仰体系联系在一起。我是个无神论者。我不想让人以为我在这里是经营着某种福音教义活动。口腔就是口腔。我会尽我最大的努力来医治口腔疾病,不管以后从这嘴里冒出来什么样的宗教狗屁。我认为那篇个人简介是对我的人身攻击。赶快将其删除，否则我的律师会找上你。

"奥罗克医生？"
"怎么？"
"珀金斯先生在等你。"
是贝奇在告诉我这事儿。"我知道了，贝奇。我会尽快去珀金斯先生那儿。但是你看，眼下我有点儿小忙。"
"可是我看你却是在上网。"她说，"我怎么不知道互联网比珀金斯先生重要呢。"
"等我这边儿得空，我就去给珀金斯先生做冠套，贝奇。请你不要多管闲事儿。"
给珀金斯先生做完冠套之后，我继续写道：

当我在给患者做很有难度的冠套时，我不需要这种影响我注意力的烂事儿。也许你在应对什么紧急情况。我可以想象出某种紧急情形，比如你的孩子病了，你要送他去医院。但是诚实点吧，你和我都知道，你身边肯定带着手机，很可能还带着电脑，在候诊室里你都能上网。因为如今，不管孩子病得多厉害，你也不可能在候诊室里干坐着，连邮件都不查看了，是吧？我也有候诊室，我时刻都在看着这种事情的发生。即使在急诊室，你也会发短信，写电子邮件，或者发推特，告诉人们你的孩子在急诊室里如何如何,告诉人们你是多么担惊受怕。所以我认为,你极有可能已经看到了我的邮件,而故意不回答我。这我不能接受。我根本不在IT业,我还整天上网呢。

我与互联网的关系就像我和:)的关系一样。我憎恶:)这个表情,也憎恶我是别人:)的对象,憎恶他们的:-),憎恶他们的:>。我最憎恶:-))因为这让我能想起我的双下巴。还有什么:(和:-(和;-)以及;)和*-)等等,这些我甚至都不懂得是什么意思,不过还有更令人费解的,比如D:<或者>:)O或者:-&。这些由白痴们所设计的语言简化符号就是这样一堆极其复杂的象形文字,简直超出了我的智力范围。接下来还有各种表情图,胖胖的黄色圆脸带着长长的眼睫毛和红色的舌头,好像是在屏幕上冲我眨眼挑逗,非常性感,弄得我真想去和她们做爱。每当我看到带有表情图的电子邮件时,我都会感到一种强烈的性欲受挫感在不断威胁我工作日的心理平衡,我真想到茅房去边盯着iPad边撸一发,不幸又会被某个保健师的吆喝声给打断。我发誓永远不用表情符号……直到有一天,我未加思索很随意地使用了我的第一个:)符号,而没过多久,尽管我最初还是很反感,:)竟然成了我日常和同事、患者、陌生人交流的主要符号,在我红袜聊天室和信息板上明显的位置上,只要有我的帖子,就有这个符号。对这个世界上最懒惰的行为和最令人讨厌的冲动,我如婴儿般毫无防备能力,在科学技术面前,原则被腐蚀一空,我亦毫无防备能力。很快,我就开始接纳:(和;)和;(,那之后,又开始接纳表情动画,现在,尽管我根本没有打算让我极其丰富的人类情感臣服于这些肤浅的符号，臣服于这种青少年的打字方法，可是我却整天地在节节败退，并将这些表情符号赋予了我内心生活微妙、颤抖的重担，并要求它们不辱使命……可是我仍然不确定这是如何发生的，是什么时候发生的。即使当我愤然而立，憎恨那些表情符号过于简化了我真正的情感，我仍在不断地使用它。假如我对这些表情符号从厌恶到最终的投降没有反映出我与互联网的纠结关系，它是不会让我感到如此悲伤的。我在竭尽努力来抵御互联网对我的狡诈诱惑，直到有一天，我懒散地坐在行驶于中央公园的F线上，忘记了所有其他事情，只顾着查看我的手机内容，完全融在了互联网浩瀚的世界里。

这也就意味着，给西珥设计发送了电子邮件之后，即使珀金斯先生仍在等待，我还是花了片刻时间浏览了下互联网，找到什么值得看的东西就点击一下……塔利班袭击……叛军占得上风……软弱的欧盟……红袜队进入最佳状态……南苏丹宣布……阿黛尔首张专辑……孟加拉……红袜队七月表现亮眼……检察官试图……再次保险……性感女孩儿穿高跟鞋秀美腿……关注我们……保护你的……免费货运……

"奥罗克医生？"

是康妮在叫我。"怎么？"

"艾比说珀金斯先生的冠套脱落了。"

我问："为什么艾比不自己来告诉我呢？为什么艾比什么事情也不告诉我？"

"她怕你。"她说。

"怕我？我们一整天不都是隔着患者面对而坐嘛！"

"别对报信儿的发火啊。"她说。

我进去检查了珀金斯先生的情况。他的冠套根本没有问题。

你想知道这里的讽刺吗？我的员工一直在告诉我，说我想回避隐私泄露风险和回避丑陋的互联网丑闻等等东西的担心是多余的，是不会被一家告诉顾客何时开店、如何查找地址的不起眼的小网站所侵害的。但是你猜怎样？我对隐私遭泄露的担心现在看来真他妈的被证实了，就是因为不起眼的小网站所为！就是你的所为！所以，你他妈的赶紧给我回复！

"奥罗克医生？"

是贝奇叫我。"怎么？"

"看你时间安排这么紧，很抱歉我过来打扰你。"她说，"我只是想让你知道，戴德霍夫夫人的口腔我给清理完了。"

"谢谢你。"我说，"噢，贝奇？"

"怎么？"

"对不起我先前和你发火了。我情绪不好。"

"你为什么情绪不好？"

"你忘了那个网站了吗？你忘了我的身份已经被偷了吗？"

"噢，看在上帝的分上，"她说，"咱们不要太夸张了好不好?"

"你为什么不觉得烦恼呢?"我问,"他们竟然不怕麻烦地找到了你高中的年鉴照片。"

"那张照片我从来没有讨厌过。"

"问题不在这儿。"

她说:"现在你的诊所有了一个很棒的小网站。我认为这根本算不上什么盗窃身份。"

"那么你和我之间就永远不会相互理解了,贝奇。"

她走开了。我写道:

你做的事情十分病态。

"奥罗克医生?"

康妮又来了。"怎么?"

"珀金斯先生拒绝离开。他说颜色掉了。"

"颜色没有掉。"

"他说掉了。"

我说:"天啊,我这就过去。"

我过去给珀金斯先生看牙。颜色并没有掉。

你未经我允许给我建立了一个网站。这需要纠正一下。要尽快纠正。在事态失去掌控之前就纠正。事态是不是已经失去了掌控?让"我的"网站停止存在,这能否做到?网站是什么东西?它怎么能够跑到网上?你怎么把它拿下？我相信这些都是愚蠢的问题，只会使你笑话我对现代世界了解得多么少，但无所谓。有没有我能去的什么地方，让我能够触到某个具体的东西？那个装着你用来设计我的网站的编码的东西，我能不能去把这个东西撤除并且毁掉呢？那是不是说，它就永远地撤下了互联网，还是说它还会存在下去？我有一种模糊的印象，那就是它能永久地存在着。那是不是就是人们所称之为的"缓存"？"我的"网站是不是永久地"缓存"了？一个我并没有要的网站？

在通常情况下，我在给某位患者做着某种治疗时，脑子里都在寻思着罗斯和那个女孩儿的事情，那个女孩儿叫什么来着？是罗斯和……她叫什么来着？名字开头应该是……哦，开头是什么来着？妈的，想不起来了，哦，是不是……噢，等下，对了，当然了，啊，人若笨起来真是不可收拾，不是罗斯和瑞秋嘛！罗斯和瑞秋，这人人都记得啊！挺上口的，罗斯和瑞秋。还有，罗斯妹妹的名字叫……就是和瑞秋处朋友的那个女孩儿……哦，很明显，他们都是朋友，但是单独拿出来说，和瑞秋还是室友的那个女孩儿，除非是另外那个女孩儿，就是那个傻乎乎的金发女孩儿，丽莎·库卓，自从那个节目结束之后，那个傻乎乎女孩就再没有火起来，实际上她们一个也没有火起来，不过她们可都是多少百万的富翁了，所以你可能会问，这有什么关系呢？然而真理却是，你一旦演了一档大热的电视剧，你最好只想着自己享受就行了，因为你绝不会再演别的东西了。你就是那个角色了。当你琢磨时,你就会觉得那很抑郁,因为,尽管他们每一个人都过着奢华的生活,但是这种奢华生活将越来越缺少目的。我来到这个世界上,假如我不能做我擅长做的工作,那我真不敢想象!给患者治愈牙疾病,我是真觉得很有意义呢,比如今天来这里看牙的患者是因为昨天夜里他做梦时把牙弄断了……开头的字母……我不知道名字的开头是什么……我可以按着字母表的顺序往下找,看是否能勾起我的记忆,这方法有时候很灵,并非总灵,但是,为什么不用呢?别的还有什么灵验的吗?……A,不对,B,不对,C,不对,但是C……为什么C……C肯定和什么有关,那个剧中一个人的名字是以C……啊,钱德勒!莫妮卡就是钱德勒约会的那个朋友的名字。莫妮卡是瑞秋的朋友……哦,很显然,他们都是朋友。他们是罗斯、瑞秋、莫妮卡和钱德勒,和另外两个人……真不能相信,那两个人我想不起来了,不过那个意大利男孩儿,他的名字就在这儿,我是说就在这儿,就在我嘴边儿……是叫乔伊吧?我认为他叫乔伊。我想艾比是不是知道呢。她很可能知道。一看她就知道她知道。但是你觉得她会告诉我吗?如果我问她,她就会,哈?什么?我?我认为那个人确实叫乔伊。可是,最后那个人叫什么呢……

"奥罗克医生?"

康妮正站在门口。

"等你有空闲的。"她说。

"康妮,《老友记》里第三个女孩儿叫什么名字?就是那个傻乎乎的金发女孩儿?自从那个节目结束之后,那个女演员一直没怎么火起来的那个?"

"菲比?"

"菲比!该死!就是那个名字!菲比!好了,戴德霍夫夫人,"我对我的患者说,"你可以往外吐了。"戴德霍夫夫人大约吐了十分钟。我朝康妮走过去。

"你有回信了。"她说。

她把iPad递给我。

你了解你自己的程度如何?

我说:"就这么一句话?我给他写了那么多的电子邮件,可是他给我回复的竟然是我了解我自己的程度如何?这绝对不可以接受。"

"还有……"

"还有什么?"

"你的简介被修改了。"

"怎么修改的?"

他们把网站撤了下来,或者下网了,或者用其他什么手段,把我的网页做了修改,然后又放了上去。除了一个地方之外,其他都没有变。原来那段怪诞的语录后面又加了一段新的怪诞的语录。

萨菲克重新将我们召集到一起,我们和他一起留在了以色列的土地上。我们没有城市赋予我们名字;也没有国王来任命我们的指挥官;也没有国王来让我们成为战争的武器;我们也没有法律来遵循,除了一条。看啊,让你们的心灵因怀疑而神圣;因为如果上帝知道,也只有上帝知道。因此我们就追随萨菲克,从而没有被消灭掉。

我喊道:"又是宗教!贝奇!萨菲克是谁?"

"谁是谁?"她从墙的另一侧回问我。在牙科诊所里谁说什么大家都能够听到,就像在小隔间和浴室隔间一样,牙诊所的墙壁总比天花板低一尺的距离。这个中的原因就连最有经验的牙医也解释不了。

我说:"萨菲克!"

如果她不能告诉我那些人物是谁,她读书和做画线笔记还有什么用?

"《新约》里面没有叫那个名字的。"她喊道。

康妮说:"我从来没听过有人叫萨菲克这个名字。但是,这个词我却知道。"

"这个词?"

"萨菲克是希伯来语的一个词。"

"它什么意思?"

她说:"怀疑。"

"怀疑?"

"那是希伯来语中表示'怀疑'的词。"

"我了解我自己的程度如何?"我给西珥设计写信。

滚你妈的蛋！这就是我了解我自己的程度。

我那天的最后一位患者是一个五岁的孩子。她抱怨自己有一颗牙齿松动了。这孩子的父母很容易归类：如果听到孩子玩耍时被小伙伴拽了头发，就赶紧把孩子送医院找脑科专家看。他们就属于这一类！我看了看孩子的母亲，不到四十岁，开着沃尔沃，母乳喂养，家风严谨，是个自己买菜做饭的传统型。我又看了看孩子的父亲，精心修整的胡须，整洁的服饰，是个技术精干的保守型。不能因为他们一有拽头发这样的小事儿就来麻烦医疗体系，我就把他们赶走吧？如果没有这种拽头发恐惧症，我每月的收入就该减少一半儿了。（从另一方面来说，假如不是因为对牙医的恐惧，我的收入就会翻番儿了。）可怜天下父母心不是，如果父母为孩子牙齿松动而忧心忡忡地来找我，那我就乐于迎合他们吧。这就是我当时的想法，去耐心地迎合他们，可是当我把灯头照在女孩儿的嘴里时，却发现孩子有七颗蛀牙。才五岁的孩子竟然有七颗蛀牙。那颗松动的牙齿之所以还没有掉，是因为它已经完了。牙齿已经烂透了。我告诉他们，别无选择，牙齿只能拔掉。孩子母亲开始哭泣，孩子父亲的表情羞愧难当。为了让孩子入睡，他们每天晚上给孩子吃一根棒棒糖。孩子母亲说："听见她哭我就揪心。"孩子父亲说："棒棒糖真管用，吃了她就安静了。"他们不让孩子直接喝水龙头的水，他们不给孩子吃任何没有标上有机品标签的食品，他们甚至都不考虑使用无糖的棒棒糖来做替代品,因为任何无糖的食品都有大量的人造增甜剂,而增甜剂那鬼东西会致癌,但是他们却让孩子每晚躺在床上十个小时去把嘴巴烂掉,这样孩子就不哭不闹了而且能够安然入睡。当谈起父母如何坑了自己时人人都会怨天怨地,但是他们却没有意识到,一旦他们也为人父母时,他们在心里就不再是那个无辜受害的孩子了,反而变身为引起无限痛苦的愚昧无知的罪犯。

我想让康妮明白的其实也是这一点。她想要孩子,而我不想。我想,当我们刚开始相处的时候我是想要孩子的。我想,现在终于有了可以是一切的某样东西了:孩子。从他们出生那一刻起,直到你离开这个世界之前他们聚在你周围听你说最后一句话,以及这之间的所有里程碑。但是当孩子成为一切,他们也就真的成了一切:不能去饭店了,不能去百老汇看剧了,什么电影、博物馆、艺术馆,以及这个城市所提供的所有其他活动,这一切都没有了。对于我来说,那并非是一个不可逾越的难题,因为这些场所过去我毕竟享受得也不多。但是这些东西在我的生活中是一种选择,而选择却很重要。有了选择就有了自由,如果有了孩子就会使这些选择变得无效,就会限制那个自由,所以我在想,我是否会因此而憎恨我的孩子们。我不想完全是因为我自己的决定而憎恨我的孩子们,那个决定就是我把他们带到这个世界的决定。已经有太多的人悔恨自己的决定了。他们把自己的孩子带进了商店,这时,你就会在他们烦恼、充满仇怨的眼神里看到他们自己的悔恨。我想对他们说:"嗨,这孩子长牙不是他的选择,而是你们的选择。而现在,这些牙齿来到了世上,并且需要清洗,你们就负起责任,赶紧他妈的握住孩子的手行不?"但是这话由我说起来倒是容易。我没有孩子。

不过,我时不时地想,如果有个儿子,如果有个能继承我的儿子,这倒是不错。我会想象康妮喊叫:"吉米·奥罗克!"或者"小保罗!你赶紧给我过来!"我就会想,有一个和我叫同名的了!儿子和继承人!我有儿子和继承人了!但是到那个时候,我该是很老了,肯定得过四十了。这时,我想那个儿子和继承人的时间就少了,想我该有多老的时间就多了,人生已经过去一多半儿,而被叫作儿子的那个孩子则身强体健,无忧无虑,处在如花年华,正在步步为营地把我赶老。我想,去他妈的蛋吧!如果孩子在不停地提醒我,我早晚得死去,那我才不要孩子呢。

我会告诉康妮,她就试图给我解释,那种想法彻头彻尾都是错的。她说,当孩子出生了,和我们在一起,是我们家庭的一员时,我就不会有这种感觉了。

这听起来不错。但是,正如我不想憎恶我的孩子,我也不想让自己太爱他们。那些不愿意听自己小女孩夜里又哭又闹的父母,因为那时已经夜深人静,所以,他们就痛苦地想,为什么不给她吃棒棒糖呢,这样,几年之后,这个孩子就有了七颗蛀牙,而且还拔掉了一颗牙。这就是我们处理问题的态度,给队里的每一个孩子都颁发参与奖。我不想因为爱我的孩子就对他们的缺点、局限性和性格平庸视而不见,更不用说对性格的缺陷和犯罪倾向了。一个孩子真的可能成为一切,而正是这一点让我害怕。因为,一旦孩子成为了一切,你不仅有可能失去所有的观察视角并开始自豪地展示孩子的参与奖,而且,每当孩子离开你的视野,你还有可能为他的生命担惊受怕。我不想生活在永恒的担心中。人永远不会从孩子死亡的痛苦中解脱出来。我知道我不能。我知道,养一个孩子会给我机会让他的童年超越我那倒霉的童年,也可用来让我彻底走出我父亲的自杀并且庆祝人的生命,但是,如果那个孩子教会了我如何去爱他,或者从根本上教会我如何去爱,然后我却失去了他,就像我失去了我父亲一样,那我就彻底完了。我将彻底认输。去他妈的吧,去他妈的这个世界,去他妈的所有伤心。我就把这些话都告诉康妮,接着她就会告诉我,如果我有那种感觉,那我已经沦为了担心的奴隶,好自为之吧。

　　我不想要孩子还有最后一条原因。这个原因我从来没告诉过康妮。我从来没有认真地想过要自杀,但是一旦有了孩子,那就完全阻止我自杀的选择了。正如我说过的,选择是很重要的。

4

根据我的律师,塔尔斯曼—洛布—哈特律师事务所的马克·塔尔斯曼的意见,我们要做的第一件事就是找到是谁注册了这个网站。网站的域名是 www.drpaulcorourkedental.com,应该是在域名信息查询(WHOIS)数据库注册的,这个数据库要求注册人提供自己的个人联系信息。

那一长串地域名中间的那个字母C取自我的中间名,康拉德,也是我父亲的名字。我恨康拉德这个名字。我尤其恨的是,康拉德一辈子都被叫作了康妮。康妮不是男人的名字。那是女人的名字,尤其是,就我个人而言,那是我曾经认为我可以娶为妻子的女人的名字,但是现在这个女人也成了一种永无希望的暗示。有一段时间,我没能意识到这种联系,因为这两个康妮天差地远。其中一个我几乎不了解,而另一个我则熟知每一寸肌肤至亲。没有人,我是说,没有一个人知道我名字中的C代表着什么,甚至连康妮也不知道。我的驾照、我的任何职业资质证书或其他什么正式的文件中都没有注册这个名字。我的中间名字唯一出现过一次是当我和康妮聊天时,当时我当着她的面撒了谎。我告诉她我的中间名字叫扫罗。

她疑惑不解地看了我一眼:"你的名字叫保罗·扫罗·奥罗克?"

怪不得她有这么一问,我就是顺嘴说出来的。我选了唯一和我的真名押韵的名字。在接下来的聊天中,我把任何纠正的机会都放弃了,别无选择,干脆硬挺吧。

我说:"听起来挺怪的,是不是?"

她说:"我认识几个叫扫罗的人。你看上去可不像扫罗。"

"我的二年级老师也总是这么说。"我真的是谎上加谎了。我为什么非要说谎呢?我补充说:"怎么和你说呢?我的父母都是怪人。"

"他们是嬉皮士吗?"

"不是。"我说,"就是穷人。"

至少这一点是真的。

不管怎么说,不管那个建立 www.drpaulcorourkedental.com 网站的人是谁,他对我的身世的了解甚至超过了康妮,而康妮对我的了解则超过了任何其他人。不过,她仍然认为我的全名叫保罗·扫罗·奥罗克。

我撒谎的时候我在什么地方呢?我是说真实的我,我所了解的并为之自豪的我,说话直率的我,倡导真理和消灭幻觉的我。我在哪儿呢?在哪儿也找不到。伙计,这还不能说明我被阴道控制的程度吗?那可真是弥天大谎。通过谎言来立身处世是我更好的一个版本。这个人生长在佛罗里达,去过那里的美国太空营,去过蒙大拿,在那里驯过马,去过夏威夷,在那里参加过帆板比赛;父亲在死于越南战场之前曾效力于小联盟的红袜队;母亲一生中的挚爱命丧在他奉庄战役之后竞技状态依然如初,每天打网球坚持不懈。一个有着更好人生经历的我。尽管这个谎言家过去星光灿烂,但是我绝不喜欢他;我也不喜欢我自己,或许如果我说了实话并坚持自己就是自己,但是我仍不喜欢这个我。我只能逃离这种关系,要不就崩溃,要不就和盘端出,别无其他选择。或者说,比如在康妮这一段上,来一些折中主义。

在"爱更爱"大楼外面有一个碎石子烟灰缸,我和楼里的业主们都到这里来吸烟。有一两个吸烟伙伴也到我这里来看牙,但是再没有别人来了。当你看见你的牙医在碎石子烟灰缸前那么不知廉耻地猛吸最后两口烟之后,你就很难再相信他了。我每次出去吸烟,总会有人再次问我关于我戴的手套。我有一条理论,是真还是假我不知道,戴手套可以减少刚吸过烟的味道。我想尽量避免这种味道,回到诊所之后好不去受康维尔夫人的指责。我左手没戴手套,而右手戴着一只带有粉末感的新橡胶手套,拿出烟卷叼到嘴上。这时,大楼里的住户们,尽管都已经老得打蔫儿、似乎得靠插管子吸氧才能生存,这时却全都目不转睛地盯着我右手上的手套,好像在努力将其印在脑子里,等待最终警方询问时好做笔录。

网站出现之后的第二天,宁静的海面上升腾起一层热浪,将东海岸弥漫在浓浓的大雾中。从外面跑进室内之后,我浑身黏糊糊地难受,并且感觉一阵头痛袭来。那一根释放氰化物的鬼东西让我的毛细血管都结成了疙瘩,我的太阳穴绷得很紧且发热。室内到处都弥漫着牙诊所特有的那种防腐剂和胶质的药味儿,这时借助中央空调更是张牙舞爪,但是却并没有任何穿透力。我喜欢我的候诊室。我喜欢一对对的椅子,喜欢这些民间框架艺术。我喜欢这处独立开辟出来的空间。我决不想让我的候诊室感受太大的压力。我们这里可不是阿巴拉契亚山区里的什么拔牙、钻牙诊所,在那里,孩子们拔牙时就像捉人游戏那样,抓到一拨孩子,孩子们就哭嗷叫声一片,而家长们则像一群吸食了冰毒的瘾君子,惊恐万状地颤抖不已。这里是上东部地区的派克大街。派克大街的候诊室必须是文明高雅的。必须要高级。我的候诊室里就很高级,里面布满了(但不是太满)适度发福的中年人,布满了可以上广告的健康面孔(或者说是口腔)。患者一进入我的候诊室,立即就会产生一种一尘不染、职业高手的印象。我常常觉得不在我的候诊室里多待些时间,去享受那种舒适和精心布置的空间是一种浪费——太多的人只把这里看成一个亡羊补牢的地方。

  我坐在其中一把椅子上。就诊室那边儿声音嘈杂。康维尔夫人正在为一位患者清理口腔;我能想象出带有香味儿的清洁剂流入圣光之中。毫无疑问,艾比已经开始接待第二位患者,同时她也在纳闷儿我跑到哪里去了。我在这里呢,在我的候诊室里,手里举着手机却在偷偷窥视着康妮。那天上午,她把头发紧紧地盘在了脑后,好像她就要去莫斯科大剧院演出。但是当她转过身去时,你就可以从后面看到,在紧箍着的发带两侧,卷发暴涨,在灯光下,颜色从红棕色到褐色飘逸不定。康妮染了头发,但是她头发的浓密度和天然的卷曲绝对是享受到了先天的遗传,尤其是她耳朵和脖颈周围的发际线处,头发呈较小的卷花,真是美到了极致。伙计,这么跟你说吧,那简直就是一头万能之上帝的美发!有时候,她把发髻盘在头顶上,犹如一股小型龙卷风在那里升腾;有时候她把发髻稍微挪向脑后,呈现出一派东方式的宁静有序。我也爱看她把发髻松开的时刻。她先将发带套在一只手腕上,抬起右手放到额头处,开始从前往后像梳理羽毛那样地顺头发,同时用左手将其牢牢握住。她先从一侧顺,直到那侧的头发全部收入髻中,然后又顺另一侧,最后顺中间。这个工程她做得很快,轻轻抬起的臂肘,宛如要展翅飞翔。她唯一停顿的瞬间是将某个发结扭开,或者将光滑头发上漏掉的发卷理顺了。之后,正当我以为她做完了时,她又换了手,这时开始用左手梳理头发,用右手固定住头发。最后,她神速地将发带从手腕取下套在发髻上。她将发带拉长,将浓厚的卷发套进越来越紧的发带中。她又将发带勒紧了一圈儿,然后又是一圈儿,然后是最后一圈儿。这时,发带已经紧得不能再紧,她的动作开始缓慢下来,头发也是一寸一寸地硬生生地塞了进去。她皱了下眉,我想象那是把头发根给揪疼了。接下来还有一节整理工作:头发已经固定住,解放了的双手随即开始做一些小的调整,舒缓一下这里或那里过于绷紧的地方,但总是小心翼翼,生怕把整个工程毁于一旦。稳固头发这一阶段的工作最多也就是十秒或者十五秒的时间。等到她那桀骜不驯的头发彻底被她征服之后,她就可以腾出双手去做各种工作了。

康妮总是抱怨,说我把她物化了,说我把她身体之美理想化了,然后,当我发现她其实就是一个凡人时,我就会怨天怨地说自己上了当。她认为我在和她的关系上(以及和其他大多人的关系上)做了手脚,在一段关系开始时将对方夸得天花乱坠,但是长期来看,谁也达不到那个标准。我的问题是,我太过于浪漫。异性的第一次脸红就会给我这种或者那种的好感,但是当我揭开表层的面纱发现了缺陷时,一切就结束了。她说,我对生活的这种基本态度最终会让我厌恶人类,孤独一生,永远不会幸福。我不同意。但我就是喜欢看她。现在难了一些,因为我知道了她所有的缺点,但是她的样子仍然非常迷人。

不过,那天上午情况稍微有些不同,因为,尽管我十分享受地观看她整理她的马尾辫,但是我很快发现,我更注意的是她在做什么,而不是她的长相。这一刻,她站在桌子前;那一刻,她踮起脚尖去够架子上的一份病例;她伸手去接电话;她面带微笑(她洁白的犬齿只比门牙长出半毫米)递出一张预约提示卡;她为一位患者准备好病例夹。

也就在这时,我开始感觉到,我也正在被别人注视。我转过身去,看见我的一个患者正在细细地观察我——我已经给这位患者处理了六七次牙疾了——努力想确认我的身份。我想她认为我可能是她的牙医。

我微笑一下随即转过身去,把手机举到了眼前,开始关注互联网。我瞥了下留言板,浏览了网友们对昨晚比赛的反应。然后我看了布鲁克莱恩棒球资料统计分析上欧文的文章,和"杨基去死69"的详细报道。之后我看了几个(静音的)视频集锦,又在一两个博客上和留言板上留下了一两条评论。然后,我又小心翼翼地将注意力聚焦在康妮的身上。

此时她正在签收UPS快递送来的一个包裹。她还打电话给失约的患者,重新做安排,拿起桌子上我很少注意的插花,将冰水机灌满,并换下了打印机上的墨盒。当某个患者满嘴流血走出诊室时,她都是患者的出气筒,因为我们做的第一件事就是要他的共付医疗费。

我又将目光投向我的手机。我仍在默默地被我的患者所仔细地观察,她还在努力地确认我是否就是她的牙医。我继续在信息板上往下滑动,而就在这时,我看见了他们接下来所做的事情。

他们把我放在了留言板和博客上。

我定期地在两处都留言,但总是以化名的方式,比如用头号亚兹粉丝。我从来不用牙科博士保罗·C.奥罗克医生这个名字在上面留言。可是现在,却有一位叫牙科博士保罗·C.奥罗克医生的在留言板和博客上第一次出现了。

他在上面这么说:"了不起的第三局。为艾尔斯伯雷加油!如想查看更多的评论,请点击这里。"

还有"多么具有决定性的第八局啊!麦克唐纳三次击球跑垒得分!还有,请看这个。"

"牙科博士保罗·C.奥罗克医生"提供的链接与红袜队没有任何关系。第一篇文章是关于以色列人与巴勒斯坦人之间的令人震惊的新发展报告。第二篇文章是关于濒危部落和其他被边缘化的人民。

不知道过了多久之后,我又发现她们三个人,艾比、康妮和康维尔夫人正从前台的位置看着我。

康妮说:"真的吗?又来了?"

康维尔夫人神态严峻地摇摇头。艾比目光移向一侧,匆匆走开,到另外一个地方去默默地苛评我。

我冲我的患者莞尔一笑:把戏拆穿了,我就是她的牙医。我拿着手机向前台走去。

"你们看!"我说,"看这个!他们把我全端出来了。在留言板上有我,在博客上有我。到处都有我!"

康维尔夫人向前探过身来,双手按在桌子上,手指节岔开,如同双手牢牢扎在地面的橄榄球后卫,眼珠子从老花镜上面滚动着,问我为什么在门诊高峰期间我却非得坐在候诊室里不可。我告诉了她,她说:"那种'完整的经历'感觉如何呀?"我告诉了她,她说:"那你认为,一个牙医及时地给自己的患者治病,这种'完整的经历'是不是可以升华呢?"我告诉了她,她说:"就是因为你及时地给患者治疗,我们才不会有那种'钻个洞就收钱'的名声。耶稣、玛利亚和约瑟夫啊!"她说。"有时候我认为我们都是在为一个亲爱的小丑打工呢。"

她失望地走开。我绕过桌子,坐在了康妮身旁。我让她看了以头号亚兹粉丝署名的评论和帖子。我说:"那是我。还有谁会这么吐槽弗兰科纳?"然后,我让她看了留言板上最新的成员和所有博客上最新的发帖人,牙科博士保罗·C.奥罗克医生。我说:"那也是我,但是我可没有发那个帖子。'了不起的第三局'？'为艾尔斯伯雷加油'？那是白痴说的话。我从来不发那种白痴的帖子。"

"你说这个是你？"她说着用手指了指手机上我的名字。

"是我的名字，可帖子不是我发的，因为我从来不发那种白痴说梦话的帖子，也从来不用我的真名。"

"为什么从来不用你的真名？"

"为了保护隐私。"我说。

"因此你就用这个名字，这个叫头号亚兹粉丝的名字，在上面发帖子？"

"对，头号亚兹粉丝。那个是我。这个牙科博士保罗·C.奥罗克医生，他是另外一个人。还不能那么说，因为那也是我。我就是牙科博士保罗·C.奥罗克医生。"

"所以，为了保护你的隐私，"她说道，"你就避免使用你的真名，而这正好给了别人机会使用上你的真名并偷走你的身份。"

她就那样面无表情地看着我，等我回答。

我说："你似乎没有明白问题的关键。"

她说："噢，我认为我明白了。"

"先是那个网站。现在是这个。我知道你认为，一提到互联网，我就会犯偏执狂，但是你看看这个。难道这个还不能证明我一直提醒你们的那个问题吗？这是一场革命，康妮。人人都以为新的世界秩序将会是美好的，但我认为不会。你看他们怎么对待我的就全知道了。而我又是谁呢？我是个名不见经传的小人物啊。"

"等一下，"她说，她眼睛盯着屏幕，"你的名字叫保罗·C.奥罗克？"

"是啊，怎么？"

"中间那个C代表什么？"

"什么？"

"那个C。它代表什么？我记得你的中间名字叫扫罗。"

我说："保罗·扫罗·奥罗克？那听起来不太对劲啊。"

"那你为什么告诉我那是你的中间名字呢？"

"我真的怀疑我是否告诉过你，说我的名字叫保罗·扫罗·奥罗克。"我说完即轻描淡写地笑了笑，因为那其中的荒诞太过于明显了。

"可是你告诉过我的。"

"如果我告诉过你，"我说，"那我一定是在开玩笑。"

她说："你当时可不是在开玩笑。"

"求求你了，我们抓住问题的重点行不行？有人在冒充我。他们在用我的真名在博客上和留言板上发帖子。他们在假装是我，但那却不是我。"

"那如果你不是保罗·扫罗·奥罗克，你到底是谁？"

"保罗·康拉德。"我说。

"你父亲的名字？"

"那是我母亲给起的。估计我父亲没觉得自己那么了不起，要让任何人继承他的名字。不过，如果他处在躁狂状态中，他会很高兴地给我取名字叫康拉德·康拉德·康拉德。"

她说："让我看看那东西。"我把手机递给她，"它们链接到哪儿?"

"一篇文章是《泰晤士报》上的,内容是巴以之间的局势,另一篇文章,我说不太准,是关于濒危人或者什么内容的。"

她开始点击起来。

"你对这篇文章做了评论。"她说。

"我做了什么?"

"《泰晤士报》上的那篇。你在后面做了评论。"

我们一起看那篇评论:

> 牙科博士保罗·C.奥罗克医生,纽约曼哈顿
>
> 在新千年伊始,他们只是众多的神秘教派中的一个,与基督教几乎难以区别,而在当时,基督教正受到重重迫害。但是与基督教不同的是,这个教派没有使徒,没有运动,也没有保罗那种要重走古罗马帝国之路的强烈愿望。他们是从已经灭绝了的亚玛力人的废墟上崛起的一个民族,而当基督教的大潮席卷全世界时,他们的信息被淹没了,他们的人民被消灭了。《坎塔维斯蒂克》读起来犹如一部不断灭绝的长篇巨卷。他们灭绝了,"一部分人在哭泣,一部分人在微笑,一部分人跪下来却拒绝祈祷。"然而,一个剩下的人重新出现,在很后的章节里却遭到追捕,最后彻底地被灭绝。
>
> 2011-07-18,8:04pm

她说:"这段评论十分怪异。"

"那不是我写的!"

"别激动。我没说那是你写的。我只是说那很怪异。评论与这篇文章没有任何关系。"她又看了一遍评论。她说:"我读过亚玛力人的历史。"她把这个词输进谷歌里面。她读到:"巴勒斯坦以南一个游牧部落的名字。亚玛力人不是阿拉伯族,是以东人的一支(因此也是希伯来人的一支),可以从《创世记》第36章第12节,和《历代志》(上)第1章第36节中得出结论。亚玛力人——"她突然间停止。"亚玛力人,"她转向我说,"你知道那是什么部落,对吧?"

"亚玛力人是谁?"

她说:"在古代,那是犹太人的敌人。阴魂不散的敌人。他永远不死,只是化身再生。"她又转向手机。"亚玛力是以扫的第一个儿子埃利法斯和西珥的女儿蒂姆娜妾之子……"

"西珥?"我说,"就是西珥设计那个名字里的西珥?"

"他们的祖籍不详,这一点在数字上也有所显示,如第24章,第20节,在这节里,亚玛力人被称作'民族之首'。亚玛力人是第一个与以色列人有来往的民族……徒劳地反对他们进攻离西奈不远的利非订。"

"西奈,亚玛力人,这些和我没有任何关系,"我说,"这一切和我有什么关系吗?"

她把手机还给我。她也不知道,只是耸耸肩。

偷盗个人信息的目的就是为了劫人钱财。他们是什么时候且又如何地劫我的钱财呢?是不是那个叫无名氏的人,或者有个比他还邪恶、技术还厉害的另外一个人呢？或者说,这又完全是另外一回事儿,一件深不可测的事物在防火墙后面蓄势待发,让防火墙阻碍住我的视野,而目的并非把我变成某个网上邪恶活动的受害者,而是变成罪魁祸首呢？

以我的名义写的这些东西似乎含有深意,大有古人之风。如果我的反应不是暴怒,也许我会……怎么呢？我猜,应该是尴尬。那是一种荒诞的责任感。不是真的保罗·C.奥罗克在说话。那是一个冒名顶替者,是一个更富决心和神秘感的保罗·C.奥罗克,和我不同的是,他有话要说,而且不吐不快。我在互联网上不做评论,当然,除了我对红袜队的评论,因为,绝对坦白地说,真的保罗·C.奥罗克没有什么大不了的事情要说。

"发现了我对《泰晤士报》文章的评论。"我给西珥设计写道。

还发现了我在红袜队留言板上的帖子。我有话对你说,朋友:我才不发那种愚蠢的狗屎帖子呢。你的冒名顶替阴谋不会得逞。了解我的人都知道,我若发帖子,我只发有档次的帖子。他们也知道,我他妈的根本不关心什么神秘教派,西奈或者什么亚玛力人,虽然听起来似乎很有趣。

我又回到工作上。我真不想回到工作上。这并不是说我不喜欢工作,而是说,当我回到工作上时,再次坐在椅子上,从艾比手里接过探针，重新开启诊断和修补过程——我不喜欢这些。这一切都太熟悉不过了。可是，当我工作了五到十分钟，进入了状态后，我又会重新聚焦工作，从一位患者移向另一位患者，做咬牙印，装新牙，为即将结婚的新娘子设计灿烂的新微笑。整天陷在诊室里，告诉人们使用牙线的好处，并不总会消除我在活着这种稍纵即逝的念头。除了我所熟悉的环境的沉闷之外，除了难以遏制的在我员工中间的那种任性的感觉之外，除了我许多患者的谴责之外（在他们眼中，我顶多就是一个给他们带来巨大麻烦的人），还是有让我高兴的理由。对牙套感兴趣的寡妇。克服了恐惧的孩子们。还有那些患者，他们按照诊所的安排，自己刷牙，用牙线清理牙缝，使用喷水洁牙器，不费多少力气，无须听什么讲座，最后，带着他们应得的微笑向我们致谢。这些时候，工作就不让我痛苦了。那是上天所赐的礼物，我知道，那是真正能够抵制我自我强迫症的最好的防御武器。

　　那天，来就诊的一位患者患的是面部神经麻痹症。那天夜里他醒来时发觉自己的面部完全不能动弹，这种很难解释的面部神经麻痹症状通常发生在肥胖者和老人身上。我的这位患者有些超重，但是仍然很年轻，然而他给我的印象是，他没有好好地照料自己。他的样子是那种典型的工作超负荷、喝酒又过度的纽约人，好像是对他这种生活的公开报复，他的面部神经致使他的面部出现了暂时性的畸形。那是几天之前发生的，若不管它，它也会慢慢地自己好起来。而他同时的麻烦是出现了脓肿。面部神经麻痹这个突发病让他大脑里的某根神经错乱,使得他不像常人那样面部肌肉下垂,而是将右侧的面颊上扬并悬在那里,令他的表情看上去很像一只疯狗在龇牙咆哮。他的龇牙状态为他目前的口腔健康状况开了一个小窗口,而在这种最不适宜的时候,他的口腔健康状况在变糟。面部神经麻痹和给他第一颗臼齿带来危险的这种突然发作的脓肿,这两者之间或许有着联系。或许我的这位患者对自己的时间表也是敷衍搪塞(病人是最不可靠的人群),其实脓肿发作已经有很长时间了,而他自己却对之不理不睬,正如他现在所说,这根本不疼。好吧,你不理不睬,直到面部神经麻痹这个突发疾病替他掀起了门帘,这回可倒好,他口腔内的感染让全世界都看到了,因为人们已经在瞠目结舌地看着这个可怜的家伙,他那凶狠的笑容多么像守在大门口的杜宾犬啊!

　　他的一根副根管长歪了,要将里面全部腐烂的部分都清理干净,如同将手伸到电冰箱的后面把电线插头插进去一样。当我快结束时,康妮进来告诉我有一个电话找我。

　　她说:"是塔尔斯曼的电话。"

　　"是塔尔斯曼。"我拿起听筒时,塔尔斯曼说。塔尔斯曼说话时称自己为塔尔斯曼。

　　那个网站的注册人是一个叫阿尔·弗拉什蒂克的人。

　　"弗拉什蒂克,这名字听起来好熟悉。"我说。

　　"听起来像'不拉屎提裤子',"塔尔斯曼说。他总是那么有帮助。

　　我撂下电话。"查查我们这里是否有个叫弗拉什蒂克的患者。"我对康妮说。

十分钟之后,她拿着阿尔·弗拉什蒂克的病历递给我。我最后一次见到他是在一月份,当时他告诉我,他要去以色列。

"是这个家伙!"我说,"我知道他。就是这个家伙说要上你的。"

"什么?"

"没错!打麻药嗨起来的那个。贝奇!"我喊道,"是我们的患者!"

她正在处理一位患者,"什么患者?"

"就是那个使用冥想技巧的那个!记得吗?"

"谁?"

"那个信佛的!说不用打麻药就可以拔牙的那个,噢,算了。阿尔·弗拉什蒂克,"我对康妮说,"这事儿竟然是他干的!"

"你对阿尔·弗拉什蒂克到底怎么啦?"

我说:"我对我的这些患者到底怎么了?给他修理牙齿啊。但是他对我说了件事儿。当我送他到门口时,他说了件事儿。"

"他说了什么?"

"他说他要去以色列,但那并不是因为他是犹太人。当时我在帮他套衣服。他说他是什么……什么民族方面的,记不清了。我当时以为那是麻醉剂在作祟。"

"民族方面的?"

我绞尽脑汁去想,但是脑中一片茫茫之海。

"你好,阿尔·弗拉什蒂克。"我写道。

你就这么报答一个为你修复牙齿的人吗?

网站第二天发生了变化,我个人页面登载了一段更长的《圣经》或者疑似《圣经》的段落,那几乎讲的就是一个故事,或者是训诫,或者是寓言,或者是别的什么。段落的开始是那种没完没了的宗谱关系的东西,每当我试图阅读真的《圣经》时,这种东西都能把我累得筋疲力尽,谁谁娶了谁为妻子,然后是纳妾,接着,经过无数次的推杯换盏之后,又和女儿搞到一起。故事中所有的人物都具备了玩具店靠墙摆放的《星球大战》里小雕像的名字,那些小雕像与小饰品装饰物分别出售。一个人名字叫廷,他有个儿子叫玛姆卡姆,玛姆卡姆有个妻子叫格珀罗洁。关于廷和他的家人再也没有提过第二次,但是毫无疑问,在我们看着一系列的中间人物和小人物的过程中,他们是有某种分量的。最后我们看到了亚玛力人的国王,阿加格。亚玛力人是一个强大的贵族部落,往上可以追溯到亚伯拉罕。他们和平地居住在一个叫哈扎松的地方。他们饲养牛、骆驼和羊。"就是这样一个部落走向了战场。他们武器装备精良,拥有雄兵十二万四千五百人,他们万众一心,士气高昂。"我的个人页面上这样写道。

一天,亚玛力人遭到从西面来的以色列人的攻击。以色列人将目标盯在了一部没有防卫能力的老弱病残亚玛力人身上，掠走了他们的骆驼，随即逃之夭夭。为了报复，亚玛力人调兵遣将准备战争。但是这时，摩西出现了。"摩西走上前来向阿加格国王鞠躬并献上礼物，对他说，听我的话，我为汝祈祷；不要把罪过归咎于以色列人，因为法老已经奴役我们四百三十年了。"摩西向阿加格讲述了以色列人长期被奴役于埃及、在沙漠上漂泊的苦难经历，可是他们认准的那个上帝却似乎抛弃了他们。他乞求阿加格宽恕他们抢劫亚玛力人的卑鄙行为，说那是因为他们饥饿、疲惫和恐慌到了极点。"因此，阿加格十分可怜以色列人，就将奶油、牛奶和小牛肉摆在他们面前。他们食之。以色列人离开时，又被赠予了数伊法的亚麻和大量的大麦和调料。"

一切安好，直到以色列人集结起了一支浩大的军队，再次向亚玛力人进攻。"以色列人向他们发动了战争，他们吹着号角，进攻中所向披靡。"亚玛力国王阿加格担心，冷酷无情、嗜血成性的以色列人可能会占领"从丹到贝尔谢巴"的全部迦南土地，从而履行和他们部落主神的盟约。阿加格就对他的人民说："让我们请来埃及人的众神，请来迦南人的众神，请来非利士人的众神，和他们结盟，他们有可能将我们从我们敌人手中解救出来。"当迦南所有部落的众神都赶到了这里来保护亚玛力人这一消息传遍了整个军营时，士兵们的欢呼声震天动地。但是当战斗开始时，众神并没有给他们带来多少好处。仅三天时间，以色列军队就将亚玛力人的十二万大军打得只剩下了七万人。他们逃回本营，接着又放弃了哈扎松，逃往雷非丁去避难。这样的故事我能跟着读下来感觉真是不轻松。

对亚玛力人穷追不舍的正是那些身体健壮、得神灵启示的以色列人。这时,阿加格对他的人民说,好吧,很显然,我们的那项战略措施需要我们反思。把那些众神请来并没有给我们带来多少运气。也许诸神之间相互嫉妒。也许一个神的力量抵消了另外一个神的力量。我真的给你们解释不了为什么会这样,因为我不是神,我只是一个国王。但是有一件事情是肯定的。我们祈祷的教堂在我们的后方。"听我的心声,亚玛力人的孩子们,听我讲话:你们和天下所有的神们都示好了,但是和他们结的盟约却是一纸欺骗。这里的每一个神都把你们弄得哀鸿遍野,任凭猛禽野兽叼啄啃咬。而且,你们的孩子们也都变成了怪物。"

他告诉他们,我们应该这样来做,接着给他们描述了他想好的一个计策,再请一位神来到军营。但是这次只请了一位神,这就是按照以色列人的做法,因为只信一个神,这对于他们来说似乎确实奏了效。这位神的名字叫莫勒克,他承诺,他会给予许多帮助,只要亚玛力人信守盟约,具体包括各种祈祷和献祭,绕着一个装满了小麦和黄金的神殿走三圈,以及一个超奇异的神法:将十位自愿的战士的小手指切掉,大概战斗开始之前不会痊愈。"这时,他就会把你们看作是一个民族引导到他的麾下,他就会成为你们的神;这时,你们就会知道,他就是你们的神莫勒克,这一信念将解救你们于以色列人的水火。"我的个人页面上这样写道。之后,他们就进入了战斗,却又损失了三万人。

因此他们就离开雷非丁来到一个叫哈措尔的地方躲避,

在那里，他们争吵不休，舔舐伤口，不知道下一步该如何去做。以色列人似乎真的决心坚强，以色列人的主神也绝非三心二意之辈，而总是全神贯注，指挥灵验。你会得到这样的印象，以色列人的主神在真正地呵护着他的人民，这让阿加格有了主意。他将他的人民召集到一起。读到此时我感到，将人民召集到自己麾下的这种做法正在成为一种熟悉的比喻，你会情不自禁地为那些召集人的命运所担心。"每一项盟约都彻底毁掉了亚玛力人的城市；每一个声音都导致了悲惨的毁灭。现在还有一个神能拯救你们，那就是唯一的活神，是他帮助你们的敌人来到了牛奶和蜂蜜之乡，使他们成为了一个伟大的民族，给予了他们天地的法规和安息日，使得他们神圣和净化，通过盟约将他们团结在一起，让他们永远拥有这片土地，一代一代地传下去。现在我告诉你们，亚玛力人所有的孩子们，"阿加格用一种新的诗句继续说着，诗句的每一行都跃然显示在我的网页上，"活神和以色列人站在了一起，和伊弗雷姆的所有孩子们站在了一起。如果你们认真地追随以色列的活神，你们就不会死在刀剑之下。"

　　打不过他们，就加入他们。这对于处在绝望中的亚玛力人来说不失为一条上策。他们找到一个长相酷似以色列人的战士，派他潜入敌营，四处打探，看看会有什么收获。第三天之后，他回到本营汇报道，为了一切都要像以色列人那样，他们必须建造一艘方舟，而且木料必须要用塞伊耳相思木，长和宽必须要多少多少肘尺，关于方舟和神殿也有各种规定，如果有人犯了罪，他们必须找到一头没有任何疤痕的小公牛来进行赎罪祭,你不能逼迫兄弟去做奴隶,还有许多许多其他的规定。噢,还有,每人都必须做割礼。每个人都说:"割礼?什么叫作割礼?"这位长相酷似以色列人的年轻人告诉了大家这是怎么一回事,大家就说,"耶稣基督啊,你开什么玩笑?"那位长相酷似以色列人的年轻人说他愿意行割礼。这样,所有人都自己行了割礼,之后他们就派了一个信使到以色列一方,告诉了他们自己的做法,他们向以色列人的主神祈祷,愿自己不死在刀剑之下。

当以色列人听到亚玛力人都行了割礼"而且都在痛苦中",他们就大举队伍穿越过峡谷,开始对其残酷的杀戮。"除了四百人骑着骆驼逃往西珥山之外,亚玛力部落一个人也没有剩下。"

我的个人页面是这样结束的:"摘自《坎塔维斯蒂克》,25至29次驻扎。"我转头看看康妮。她也在同我一起阅读。

"我在希伯来语学校学的和这不一样。"她说。

"还是我。"我写道。

别以为我不在思考我为什么还要给你写信,阿尔。看你已经给我带到了何方。但是现在,我已经知道了你是谁,而且可以开始对你采取法律程序,也许你该悬崖勒马,停止所有这些活动了。尤其是关于宗教的那些狗屎。我宁可你来诈取我的钱财。成年人割礼?一个叫阿加格的哥们?我希望你把这些狗屎话当真,因为,万一这个世界上真有上帝，你就等着下地狱吧。

我会随口说出"我宁可自杀"或者"我割腕算了"或者"唯一的解决方法就是我们都死掉"等等之类的话，这时她就会十分沮丧，稍微安静一会儿之后，她就会满怀激情地说："希望你说的不是真话。千万别拿自杀来开玩笑。"当我在思考时（她希望我不是认真的但又批评我开玩笑），她又说："只有上帝才能决定生死。自杀就等于抛弃了上帝所创造的一切，抛弃了人间之美和世间的意义。难道你没有发现世界上有美丽的东西吗？"我告诉了她，她又说："我不想知道关于那些网站的事情。请你把那些恶心的网站留着自己用吧。我想说的是日出，日落，月亮和星星，植物园里的花草，小推车里的婴儿。互联网上除了那些败坏名声的成年女性之外，难道你就不觉得有别的什么美丽的吗？"我告诉了她，她又说："自由是一个概念，而我对这个概念的接受前提是不损害任何其他概念。但自杀不是自由。那不是自由。那是终极的监狱。我的天啊，年轻人，"她继续说，"难道你不看你周围的世界吗？难道你从来不对自己说，往上看！往上看！这样，你就会有机会看见一只鸟或者是一片云，看见能让你心里充满欢乐的东西。难道不是这样嘛？"我告诉了她，她又说："是的，我同意，一切都如过眼烟云。但是我的天，保罗，当事物存在时，我们不去充分地拥有它，这还有什么意义呢？一切都转瞬即逝。即便丑陋也是啊。痛苦也是啊。当你让欢乐从你身旁走过而你却抓住了丑陋和痛苦不放，你知道你给你自己造成了多么大的危害吗?"我告诉了她,她又说:"我不认为那就是诚实。我认为那是没有过上充实的生活。难道你不想过上最充实的生活吗?"我告诉了她,她又说:"有这种感觉的不仅是你一个人。如果你想知道那叫什么,那我告诉你,那叫绝望。我遇到过许多人,在他们发现上帝之前——"我打断了她的话,正如我打断过她一千次那样,但是她又说:"好吧,如果非得不提上帝,那我们暂时就不提。这绝对是个错误,但是为了把事情辨清楚,咱们就先不提上帝。但是你要考虑,如果我们在这里只能停留如此短暂的时间,而且机会又仅有这么多,你就得考虑追求真善美。就算仅仅是为了保持良好的心情,我们不都应该追求真善美吗?"我告诉了她,她又说:"我理解,如果整天都在查看口腔的感染和忽略牙齿保健的后果,确实看不到多少美丽的东西。但是从地铁站到这里这段距离呢?你那些徒步旅行呢?难道你就没有许多机会前后左右看看去发现……我不知道怎么说了,去发现什么能够帮助你前进的东西吗?"我告诉了她,她又说:"我知道地铁里都是些不愉快的人,保罗。唉。"她十分恼火地叹了口气。但是她仍然坚持开导我,可爱的、压抑不住的贝奇。她说:"我说的不是地铁里的那些沮丧的人们。"我会补充几句,她又说:"也不是那些残疾者,或者烧伤者,或者流浪汉。我问的是你从地铁站走到这里和从这里走到地铁站之间的路。"我回答了她,她又说:"噢,我的天,你在街上走路时别老看手机了,你看看周围的事情。你为什么总是看手机呢?"我告诉了她,她又说:"如果你知道这仅能让你暂时不去想那些你不愿意想的事情,你为什么还要成为手机的奴隶呢?"我告诉了她,她又说:"这是我听到的最亵渎神灵的话语。一点小小的技术绝对不能代替上帝的位置。看在上天的分上,我们谈论的是万能的上帝啊。不管有没有手机,我们仍然有祈祷的最原始的需求,难道不是吗?"我告诉了她,她又说:"发送和接收电子邮件和短信可不是一种新的祈祷形式。难道你不明白,你手中的那部小机器将你的注意力移开了上帝和上帝所创造的世界,结果是徒增你的绝望吗?"我告诉了她,她又说:"我根本不在意手机所创造的世界。我绝不与上帝的世界抗争。"我问她,如果我不看手机,那我应该看什么呢,马上又抢着说了几个可以看的东西,她又说:"是的,可以看地面。是的,可以看大楼。是的,可以看来往的行人。你可能会感到惊讶,"她顿了顿,"可能会为你所发现的美丽和欢乐而感到惊讶。难道你不想感到惊讶?"我告诉了她,她又说,这时她略微侧了下头,略微噘了下嘴,伸出一只手,说:"亲爱的,这对你来说不算太晚。真的不算太晚,年轻人。绝不算晚。"

那天晚些时候,康妮过来对我说:"你有没有对我的姨夫迈克尔讲过一个关于神父和拉比的笑话?"

迈克尔是她母亲妹妹萨莉的丈夫。他拥有一家房地产监理公司。萨莉一直待在家里照顾和教育孩子们,孩子们现在都已经长大成人。他们全家住在扬克斯[①]的一处小房子里,但这房子非常适合他们,堪称完美。不知怎的,你一进入房子里

---

① 美国纽约州东南部城市,纽约市的郊区。

面就会感觉到这一点。你就会想,住在里面的人既体贴又热情,是知足常乐的那种。知足常乐真是某种天赐的礼物。我只去过他们家里一次,当时迈克尔姨夫的母亲逝世了,他们正在守丧。我从来没有守过丧。这种仪式对我来说很是生疏,就不得不在互联网上查询一下,这样,在康妮面前我不至于显得朽木不可雕。在迈克尔和萨莉的小房子里,那么多的人在夜晚为迈克尔姨夫的母亲守丧,当人们为死者唱起挽歌,将几乎欢乐的气氛重新拉回到肃穆庄严的氛围时,场面真是令人震撼。在迈克尔姨夫或者萨莉姨妈,或者他们的孩子们,或者迈克尔的兄弟姐妹们中间,是绝对没有欢乐气氛的,但是在外围的我们之中(我就悄悄地待在外围),很多人都在友好地聊天。我想这和其他任何的葬礼都是大同小异,外围喧嚣阵阵,核心则悲痛欲绝。但是我也知道,守丧这一习俗本身又和我所经历过的任何其他仪式并不一样。在爱尔兰,家里的儿子参加守灵,安葬死者,然后一个人待着家里孤独地绝望,但是犹太人的儿子则和家人及朋友一起伤心欲绝地守丧七日。

"神父和拉比的笑话?"我问,"怎么会提起这个? 我有大概六个月没有见到迈克尔了。"

"那应该是很久以前的事情了。"

"那你为什么现在提起它?"

"有个谣传。当时我并没有在意。我当时以为人们故意找事。你知不知道一个关于神父和拉比的笑话?"

我稍停片刻,"我知道许多笑话。"

"有多少是关于神父和拉比的?"

我装作想了想。

"给我讲一个。"她说。

我清了清嗓子。"一个神父,和一个拉比……啊哼……不好意思。好,一个神父和一个拉比,约好一天早上去高尔夫球场打一场高尔夫球,但是他们前面却有四个人迟迟不退场。"我顿了顿,"这个笑话是当年我打高尔夫球时听来的,那好像是一辈子以前的事儿了,康妮。我有多久没打高尔夫球了……你为什么想知道这个?"

"我想听你讲给我姨夫迈克尔的那个笑话。"

"我不确定我给你姨夫迈克尔讲过这个笑话。"

"给我讲那个笑话,保罗。"

在诊室里我要求他们称呼我奥罗克医生,甚至保罗大夫也行,但是我并没有指出她的违规行为。

"所以,他们就把球场管理员叫了过来,话说,似乎是有三个人,一个基督教神父,一个天主教教士,还有一个犹太教拉比,他们三个一起去打高尔夫球。正如我刚才说的,那是很久以前的事儿了。"她用手做了个手势,好像在说我在她前面开车太慢了,"话说,他们把管理员叫了过来,那位基督教神父说:'我们等着开球已经有二十分钟了,但是我们前面的那些人难道要打上一万年吗?怎么回事儿?'管理员向他们道歉。'我能理解你们神职人员为什么要生气,'他说,'但是请耐心些。那些在你们前面打球的人是盲人。'基督教神父说了句万福玛利亚和祝福,天主教教士则做了祷告。"

我停了下来。

"你为什么停了?"

"还要继续讲吗?"

"那句话就是包袱?"

"不是。"

"把包袱抖出来。"

"但是那位犹太教拉比,他却把管理员叫到了一旁,对他说:'他们不能夜里打吗?'"

"不错。"她说,却没有露出笑容。

"你没有笑。"

"我想知道,你为什么认为把这个笑话讲给我姨夫迈克尔很合适。"

如果我给迈克尔讲了那个笑话,那是因为我想让他笑。我想让他喜欢我。我想让他们所有人都喜欢我。我想成为普洛茨家族的一员。我想成为犹太人的普洛茨,能够守丧,能去犹太教堂,能和康妮生儿育女,而在我们后面做坚强后盾的正是普洛茨这个庞大的家族。

我说:"怎么? 这个笑话是反犹太人的吗? 它不反犹太人,是吧?"

我总是疑神疑鬼,生怕说了什么反犹太人的话语。

"当时他正在为他母亲守丧。"她说。

"什么?"

"难道你没有想过那个时间可能不太合适吗?"

"不对,康妮,"我说,"我给他讲那个笑话不是在那个时间。当时我是不会给他讲那个笑话的。当时我是不会给他讲任何笑话的。谁告诉你我给他讲那个笑话了?"

"我跟你说了,那是谣传。我当时并没有多想。"

"你现在也不该多想!康妮,行了吧,当迈克尔在守丧时,我是不会给他讲笑话的。我不会那么愚蠢的。"

"是吗,保罗·扫罗?"她说,"请你告诉我你不愚蠢在哪儿?"

我离开了她去处理一位患者。

这些年来,我路过派克大街旁边的卡尔顿·B.苏克哈特古旧书籍文物店许多次了,但是从没有想过要进里面去看看。那个星期五我进去看了。他家店里一半是摆放着古旧书籍的书架,一半是装有文物的柜橱。主厅铺着双倍宽的巴西硬木地板,踩在脚底下吱吱作响,就像船即将破碎一样。一个相同色调的梯子可沿着书架滑动,你似乎可以听到人类历史上那些死在重要关头的人物在向你窃窃私语。店主的桌子被一级台阶和一排扭曲的扶手栏杆所隔开,栏杆如棕色玻璃那样精致。在他身后上方有机玻璃框架内摆放着一把剑柄镶嵌有宝石的古剑。他说那是"十字军东征时的。"在他右侧的陈列柜里,一排头骨犹如服从长官命令那样向永恒望去。我们的谈话是从我问询他桌上的一块石头开始的。那块石头看上去和普通的石头没什么两样,还没有一个棒球那么大,但实际上,那是从耶路撒冷的一次著名的考古挖掘中所发现的宝贝。此时,苏克哈特把它当作镇纸来用。我的一股同情心油然而生,这样一块宝贝石头被迫离开了它所依恋的葬有各种秘密的古墓王国，此时竟然被放在第82街上一间密室的一叠发票上。

我对他讲了那个为我的牙科诊所做的不请自来的网站，以及以我的名义所发的那些骗人的帖子。

"你有没有听过一部叫作《坎塔维斯蒂克》的古书？"我问他。

"坎塔维斯蒂克是什么意思？"他问。

"驻扎记录的汇总吧？"

"什么驻扎啊？"他问。

他说的每一个词要是加上点语调就成了那种假英国口音。他的衬衣袖子挽到了臂肘；我们谈话时，他的手不断地抚摸自己手臂上那些厚厚的白色卷曲的汗毛。给我的感觉是，他那个动作多少有些下流。

这些年来，苏克哈特经手了许多备受关注的交易：一次是和一位约旦人和以色列博物馆之间谈妥的死海古卷的一片残片，一次是关于一部原版的古登堡《圣经》。在两次的交易中，他都是卖方的代理人。九十年代末，一位私人收藏家和热化学家指控苏克哈特造假，使得他的名声受挫。碳技术检测证明，他对一页阿里波版本的《旧约》抄本（在失传已久的旧约前五卷中）的年代鉴定误差了好几百年。互联网真是一个藏宝墓穴。

我递给他一张我个人页面的打印件。他顾不得拿起桌子上的眼镜，就立即坐了下来。

"不对，不对，这全都错了，"他看完并摘掉了眼镜对我说，"不是以色列人攻击了亚玛力人，而是亚玛力人攻击了以色列人。"他很快用舌头舔了下拇指和食指,以谷歌搜索的速度翻阅起桌子上的钦定《圣经》来。"'要记住,当你们出埃及时,亚玛力人是如何对待你们的;记住他们是如何遇到你们,并当你们伤病满营、疲惫不堪时,他们是如何袭击你们后营的;他们不惧怕上帝。'"

"我个人页面说他们试图皈依。"

"皈依犹太教?"他说,"不可能。亚玛力人是不信神的野蛮人。他们只知道偷骆驼。"

"后来他们怎么样了?"

"还有别的人,他们又怎么样了? 赫梯人、伊韦蒂斯人、阿莫里特人、比利洗人、以东人、耶布斯人、摩押人。他们都被同化进了主流部落了吗? 他们都演变成印欧人了吗? 或者说他们都灭亡了吗?"

"但是在故事结尾时,说还剩下四百人。"我说。

"那是这上面说的,"他示意那张打印纸说,"但是这与《圣经》上的记载却大相径庭,真的是大相径庭。"

"《圣经》上是怎么写的?"

"那四百个人被抹去了。"

"抹去了?"

他露出了微笑,似乎从古代的杀戮中获得了乐趣。"消灭了。根除了。当然了,那是上帝的命令。"

他又用拇指滑过湿湿的舌头,重新翻阅起钦定《圣经》来。

"他们中的一些人,甚至是西缅的儿子们,"他诵读道,"来到了西珥山……他们消灭了所剩下的亚玛力人。"他靠在了椅背上,"那是有记载以来的第一次灭种族大屠杀。"他说。

我查到了"我"在《泰晤士报》网站上的评论,拿给他看。

"'他们是从已经灭绝了的亚玛力人的废墟上崛起的一个民族。'"苏克哈特读道,他用手指梳理着他手臂上毛茸茸的宠物们,陷入一阵沉思,"这个到底是什么意思呢?"

当我与萨姆·桑塔克洛斯相爱时,我对天主教产生了兴趣。我弄懂了"天主教的"这个形容词如何成了一个诋毁性的词,以及当天主教教徒们刚来到美国时所面临的各种偏见。美国不是一个天主教的国度,来到美国的定居者和革命者几乎都是这个或者那个派别的新教,因而他们都公开地质疑天主教的爱国主义,因为天主教教徒们很自然地只忠于罗马。新教教徒尽其所能地排斥天主教教徒,当这一做法不奏效时,他们就将他们限制在(如果我记得准确的话)新建立的马里兰州境内。我感到了震惊。我从来没有意识到基督教教徒之间竟然有这么强烈的对立情绪,而他们共同的中心人物却总是和羊羔和孩子们在一起(如果不是吊死在十字架上)。但是实际上,基督教教徒们真的互不信任和互相憎恨;而且,因为桑塔克洛斯家族是天主教教徒,还因为对于我来说,他们就是真诚和善良的化身,他们有复活节寻蛋的史诗游戏,有豪华的外国轿车,一连串死去的可爱宠物狗的回忆,换句话说,他们拥有美国所许诺的一切一切,所以我就站在了天主教一边。

一天晚上,我和萨姆一起回来。我有些想要找桑塔克洛斯家人的小毛病,但同时又沉湎于想精神上、肉体上成为他们家族一员并且将自己改造成桑塔克洛斯般纯洁神圣人格的想法,这时,我们周围都是疯狂派对的人们,我就对鲍勃·桑塔克洛斯说:"我真不能相信这些年来天主教教徒们所遭受的待遇。"我继续和他探讨几年前我所学到的一些历史知识,这时我感到我的桑塔克洛斯狂热情绪高涨到了极点。我列举了托马斯·莫尔的处决,"巴比伦荡妇"这个对罗马主教的污蔑称呼,以及美国阻挠天主教教徒在地方担任公职的效忠誓言。"还有1844年费城整个那次本土人排斥天主教的暴乱。"我随口说。我还想提及约翰·F.肯尼迪当年竞选总统时向全美国所做出的不依靠教皇的史无前例的承诺。鲍勃·桑塔克洛斯是个大块头,深棕色的头发,蓝色的眼睛略显焦躁不安。他称呼我为希拉里,我认为他并不是有意冒犯我,但是到底为什么我不明白。"是的,"他说着眼光又投向了我,我就坐在他面前。他的眼神里突然闪出了一个念头:"嗨,你住的那套公寓房怎么样?"

　　我和萨姆实际上已经生活在了一起,但是为了避免向亲朋好友过多地解释这种婚前同居的尴尬,桑塔克洛斯夫妇主动付钱以我的名义租了一套公寓房,房子尽管空着不用,但是却能给萨姆的父母提供以必要的保护伞。然而,当桑塔克洛斯夫妇要来看我们(或者桑塔克洛斯夫妇的朋友,或者父母是桑塔克洛斯朋友的萨姆的朋友,这些朋友的父母有可能在你最不需要的时候给你嚼舌头,当这些人来看我们时),我就会被要求在"我的公寓"里待些时间。根据具体情况而定,有时候我可能被要求在那里待上整个一个夜晚。也就是如果要避免桑塔克洛斯夫妇晚上和我们告别时,发现我仍在"萨曼莎的"房间里逗留不走,从而不得不联想到罪恶的后果。在萨姆的要求下,在对黑白颠倒的一时认同下,我同意维持这种假象,(所有人当中,竟然我会同意!)我在慢慢地领悟,没有黑白颠倒,没有谎言和虚伪,你就不可能过上你渴望的理想化的美国生活。唯一给完美带来瑕疵的就是那些为取得完美不得不采取的堕落手段。

"很好啊,"我对鲍勃说,"谢谢你们给我买了地方住。"

他说:"哦,我们觉得你交完学费什么的之后手头不太宽裕。"

"是这样,"我说,"大多数时间我都是穷得叮当响。"

"你肯定不愿意睡在地板上。"

"不愿意,"我说,"那不好玩儿。"

"希拉里,"他说,"我该再来一杯马丁尼酒了。"

后来在派对上,我们听他和两位以前兄弟会里的哥们回忆他们在德雷塞尔大学考试中各种作弊的经历。

如果你期待像鲍勃·桑塔克洛斯这样一位悠闲自得、对世间琐事毫无烦恼的人去关心百多年前受虐待的天主教教徒,这很不合乎情理。他对那段反天主教的历史根本不在意,因为那从来没有阻碍过他结交朋友或者获取财富。我对天主教教徒们所受到的不公正待遇很是愤愤不平(我把这一问题也看成了我个人的恩怨,因为我看着桑塔克洛斯夫妇,不能理解为什么这么好的人竟然成为了别人憎恨的对象),这就是我爱的表白,可我又不能期待鲍勃·桑塔克洛斯来弄明白我的这份苦心。他真是个头脑简单但却个人魅力无穷的家伙,他就是这样,面带微笑,抓住机会,走向好运。而且,他已经喝了四杯马丁尼酒了。假如我是那种在派对上谈论棒球的人该多好啊,那样,我就有可能成为他的女婿了。

当我遇到普洛茨夫妇时,我决心和他们谈论体育、天气、明星八卦、新车型、政界丑闻、油价、打高尔夫球的技巧和其他成百上千的完全无关紧要的事情。我向康妮发誓我要保持克制,也就是说,和她家人谈话时要保持克制,这样就可以不让我显得是个大傻瓜了。为什么不呢?我三十六岁,受过教育,是一名成功的牙医,事业蒸蒸日上。我还要证明什么呢?在我认识康妮之前,她带回去的都是邋里邋遢的无名音乐家和不成功的诗人。我从只言片语中了解到,这些人偷了她家的红酒,还猥亵了她家的沙发靠垫。至少我有工作有薪水。我在普洛茨家的餐桌上只需露出笑容,表现出敬意。逐渐地,通过这种方法,我就会被接受,甚至被拥抱。我告诉自己,如果我坚持按照这种简单的方法来做,有一天他们甚至会爱我。

但是普洛茨家族可不是桑塔克洛斯家族那种在鸡尾酒会上谈天说地的类型。在普洛茨家族的聚会上,当一个普洛茨家族成员在说服另一个成员时,他会被第三个成员无情地驳倒。这里没有生活中柴米油盐的小事儿。谈话的重点完全是时事政治,包括我们美国的政治和以色列的政治,而且他们的观点都颇有见地。他们会为每一个观点争论得脸红脖子粗,每一个观点都是关系着生死攸关的大事。就连诸如书籍、电影、菜谱、谁把车停在哪儿了、为什么停在那儿、表上走了多少时间等这类琐事也都是生死攸关的大事。这些人的前辈们曾在纽约下东区沿街叫卖和做生意，含辛茹苦地送自己的孩子攻读夜校，对自己的劳动所得格外珍惜，一切都来之不易。对待任何事情他们都不敷衍了事。这正是我喜欢他们的地方，而且我尊重他们超过了对桑塔克洛斯夫妇的尊重。由于年龄、我个人的成功以及从过去错误中所吸取的教训，我的性格已经趋于更加克制，但同时，在我第一次接触一个美国犹太人家庭时，我就完全迷上了这个令人兴奋的家族，迷上了他们的谈话，迷上了他们的团结。

身为一个无神论者最不幸的东西并不是失去了上帝和上帝所给予的安抚和承诺（绝不是小事儿），而是失去了至关重要的人类词汇。高雅、慈悲、超验：尽管我们对世界最初的成因观点不同，但是我和任何有信仰的人一样，能够真实地感受到这些方面，可是我却没有合适的词语来表达它们。我不得不借用这些来自僵死的旧秩序的词汇。因此当我爱上了康妮，并且与普洛茨家人认识的时候，我感觉得到了上帝的祝福——虽然这并不是我会使用的词汇。

尽管大多数时候我能够克制自己，但是我却做了一两件不妥的事情。我已经提到了在康妮妹妹的婚礼上我说出的赞誉之词和我疯狂跳霍拉舞的尴尬。有一次，当康妮刚离开听不见时，我很冲动地向她的叔叔艾拉和婶婶安妮表示，愿意为他们终身免费保护牙齿。

"你们可以随时来找我，"我边说边递给艾拉我的名片，"你们根本不用事先预约。"

艾拉将名片翻过来,看了眼空空的背面,然后将名片递给妻子。

"我有个牙医。"艾拉说,"我需要两个牙医吗?"

"这位先生是好意,艾拉。"安妮说,示意丈夫别往下说,并对我的好意表示感谢。"但确实是这样,"她补充道,"我们二十年来看的都是一个牙医。勒克斯医生。您认识勒克斯医生吗?"

我摇摇头。

"怪不得您不认识,他在新泽西。那儿的牙医技术谁也赶不上勒克斯医生。"

我说:"哦,您以后任何时候来都行。比如当您遇到紧急情况时。"

"如果我遇到紧急情况,"艾拉说,"我会打电话找勒克斯的。"

安妮皱了皱眉。"他的意思是谢谢您。"她对我说。

大概在那个时候,我开始研究犹太人和犹太教。只要有机会我就会去图书馆查阅资料。吸引我的绝对不是古代罗马人的故事(太遥远了),也不是纳粹(太熟悉了),而是一个较小规模的事件:一伙以色列人被加上了莫须有的罪名而被处决,但是他们所有的财产却立即被当地的神职人员转换为现金;五十名犹太人被烧死在墓地的木台上;而他们的哭叫声却被客观冷静地报道在了一家基督教的杂志上;从大火中被抱出来的孩子被进行基督教洗礼,而在熊熊大火中丧生的这些孩子的父母无法阻止。这个世界从来没有像犹太人史书上写得如此这样邪恶,这样偏激,或者这样病态过。这个世界似乎从来没有这么不可救赎。我想向人倾诉,也许微不足道,很快就会被略过,就像当年我用反天主教这个题目和鲍勃·桑塔克洛斯套近乎一样;可是如果和反犹太主义这段历史相比,那可真是小巫见大巫了。我最想向康妮的伯父斯图尔特倾诉。我也不知道为什么。也许是他的庄严,他的全神贯注。他给人一种奇特的印象,似乎吃得很少,已经超脱了食物,而在其他更高类别事物中、在《摩西五经》中、在寂静中寻找营养。但是我遏制住了这些冲动。康妮的伯父不需要我就那些我负不了责任的历史冤案向他道歉。我也不想让他认为我道歉是在作秀,或者认为我是在可怜他和他之前的所有犹太人。我只想让他知道我知道这段历史。但是我到底知道什么呢?即使我知道一切(想知道关于犹太人的历史、犹太人受的苦难、犹太人的神学的一切,这其实是不可能的),那又怎样?我想,我可以走到斯图尔特伯父面前,对他说"我一直在阅读关于十字军东征的书籍",或者"我一直在阅读关于犹太人被大屠杀的书籍",或者"我一直在阅读关于犹太人被迫改变宗教信仰的书籍"。但是,我真是在谈论关于十字军东征、关于犹太人遭大规模屠杀和被迫改变宗教信仰的事情吗?或者是仅谈论我自己?我很是怀疑,正如我先前和鲍勃·桑塔克洛斯那场诚挚的谈话一样,我其实只是在谈论我自己。然而,与鲍勃·桑塔克洛斯不同的是,斯图尔特·普洛茨对此很在意。我担心我开始谨慎克制地谈论起这些题目时,而斯图尔特伯父只听到了"十字军东征,嗨!犹太人遭到大屠杀,嗨!被迫改变宗教信仰,哇!"好像那是某种愤怒金曲集锦般接连不断的怒火,在这个历史阶段凭借后见之明很容易站在对的一方。我曾发誓牢牢遏制住我易与别人共感的浪漫特点,坚决不提及反犹太主义的历史,不提及犹太人被赶出法国、西班牙和英国的那段旧事,也不提及二战期间纳粹对数百万犹太人的大屠杀,这些事件之重大,其本身就是在鼓励我克制,使我必须克制。

之后,在康妮表亲西奥的生日宴会上的那个夜晚,我犯了个错误。

说我一生都是个无神论者,这其实并不十分准确。在我爸爸死之前,我父母是一个新教教堂的堂区居民,但是他们对教堂的事务十分冷淡,那个教堂他们也许仅去过几次。那个教堂也没有什么操作上的原则,对我们去教堂与否并没有什么约束,不过有一次,当我八岁的时候,我们连续去了教堂六个星期,包括星期日学校和星期三聚餐。那是我父亲的主意,是那种心血来潮时的想法,不让我们到街上去玩耍可以避免出事儿。他可能得到过这样的启示,上帝是他痛苦的解脱,他的痛苦包括,他有时会将家具店所有在售的铁质品都买到家里,当妈妈把东西退回去后,他就站在厨房水槽那里流泪。(可以想象,当时的我站在一个正常的角度看着他,既对这种成人的行为感到迷惑不解,又被他的哭声弄得心神不宁。)后来,他死之后,我妈妈加入了一系列的教会——现在想来,她为了冷静地应对这一突如其来的事件做了很多的努力,这是其中一种——浸礼会教会、路德宗教会、新教圣公会、神召会、基督会、香草教会、福音派教会、宣讲惩罚的教会和宣讲捐赠的教会……然后又回到家里坐在沙发上,像大多数美国人采用的吊唁方式那样,对着电视机这个公众的隐私。

然而,在那段时间,从弯腰将双手放在膝盖上的女人那里,从身着黑衣总在摞椅子的男人那里,从那些鼓励我坐在他们怀里的执事那里,我了解到上帝是真实存在的,而且还在看着下面的我们。上帝是万能的,而且慈悲,并把所有坏的东西都统统拿走了。他派来他的儿子耶稣基督为我们的罪孽来殉难,如果我听凭上帝的安排,耶稣就会爱我。如果我全身心地爱耶稣,上帝就会在一个叫作天堂的地方将爸爸还给我。爸爸的伤口将会痊愈,爸爸的罪孽将会被宽恕。他再也不会知道什么是悲伤,妈妈就会爱他而且永远不会哭泣,在天堂,我们三个将永远不会再分离。因为我太想相信这一切了,我一时间竟然真的信了上帝。

就是在那个时候,我了解到了关于马丁·路德的一些事情。在星期日学校,老师鼓励我们把路德看作英雄,因为他敢于直面教皇并代表人民将《圣经》夺了回来。如果在我与信奉天主教的桑塔克洛斯家人结交的那段短暂的时期里,我没有太瞧得起他的话,这时我却逐渐明白,路德的遗产毫不逊色于美国自身,因为他给新教带来了各种各样的教义。然而,在犹太人的书籍中,路德却绝非英雄。路德认为,当他从邪恶的教皇手里夺回来了《圣经》并终于释放了神之道的全部力量,犹太人就应该立即全体皈依本教。你不由得不佩服这个人实在太有种了。犹太人在耶稣面前没有皈依,在罗马帝国的压迫下和对耶路撒冷的掠夺中没有皈依,在十字军东征的大火中没有皈依,甚至当欧洲的王室剥夺了他们的财富并将他们的后代流放致死,他们仍没有皈依;但是,路德认为,如果我给他们每人一本自己的福音书,那就该解决问题了。但是犹太人仍然没有皈依,所以他就改变了主意,坐下来写作《论犹太人及他们的谎言》,该书的题目很显然表述了他的真实感情。

我真的想问康妮的伯父斯图尔特,他知道路德关于犹太人的那些话语是多么不负责任和可恶吗?他知道路德的作品为差不多五百年持续的反犹太主义搭上了舞台,从而最终导致了纳粹对犹太人的大屠杀吗?我想问他对路德的那对骇人的湿漉漉的德国睾丸怎么看。但即使那个时候,他也是令人望而生畏的,而且那还是在康妮妹妹的婚礼上他坐在我旁边给我讲那个笑话之前。但是我就是不能缄默不语,而在我读了路德的生平,并且此时看到了普洛茨家族在庆祝之后,我更是不能缄默不语了。这里都是犹太人和他们的谎言,他们就在这里,用路德的话说,这群"浑身上下都是剧毒的虫子,"聚在了一起庆祝西奥的生日:康妮的祖母格洛丽亚·普洛茨由于视网膜退化而双目失明,但却慈祥地对着她的孙辈儿们微笑;她的堂兄乔尔笑声洪亮爽朗;她姐姐黛博拉怀里抱着熟睡的婴儿;她叔叔艾拉单独站在那里吃着饼干。路德得出结论:"我们不杀掉他们这就是犯错误。"他说要杀掉的就是这些人:姑妈姨娘,叔伯舅舅,堂表兄弟姐妹,送给你礼物的人,喝潘趣酒的人。我向艾拉走过去。

我对他说:"我在读关于马丁·路德的书籍。"他看了看我。"您知道吗?他写了一本叫作《论犹太人及他们的谎言》的小册子。"他抬起了眉毛看着我,嘴里仍嚼着饼干。"我一直在看这个小册子。"

"为什么?"

"为什么?"

"是的,"他说着咽了一口,"为什么?"

"因为我以前从没有读过他的书。"

他用一张纸巾随意地擦了擦胡子,眼睛仍看着我。

"那家伙是个大大的反犹太派。"

过了一会儿,他说:"还有呢?"

"他还说了极为难听的话。看,我抄录了一些。"

我掏出了几张图书馆所提供的小纸条,在上面我记下了路德的某些最著名的语录。我将纸条递给艾拉。

艾拉读道:"'不论你何时看到或者想到一个犹太人,你都要告诫自己:看,我看到的那张嘴曾经诅咒谩骂过我们所有的星期六,曾经朝我们亲爱的主、用自己的鲜血替我们赎罪的耶稣基督吐过口水;那张嘴还祈祷和诅咒……'"他突然停了下来,抬眼看我。"你为什么把这些东西写下来?"

我把这些话抄写了下来,那是因为这种语录竟然被写出来,甚至还作为出版物留了下来,这令我感到了震怒。但是此时,我却把这些东西抄写在了图书馆的小纸条上随身带着,而且还拿给在聚会上欢乐的人们来看。突然,我在艾拉的眼神里看到了某种东西,那东西近似于疯狂。

"你走到哪儿口袋里都装着这些语录吗?"

"并不总是。"我说。

"语录不错。"他说着把纸条还给了我。他走开了。不用张嘴，他那双眉毛足以表明了他对我的看法。

那时我可能说了或者做了任何事。后来，在凌晨三点，我瞪大了眼睛惊恐地想到，我确实有可能给迈克尔·普洛茨讲了那个笑话，甚至是在他给他母亲守丧时讲给他的。

我见到苏克哈特的那天上午，我排队买香烟时看到了一本名人杂志上的一个标题，大字体写着"道恩和泰勒重归于好了吗？"那天白天我给患者治牙时，我脑海里又掠过了这个标题。我并不知道道恩和泰勒重归于好了，更不用说知道当初他们是怎么分开的而现在又和好了。更令我不安的是，我不知道道恩和泰勒这两个人到底是谁。道恩和泰勒……我在想，道恩和泰勒到底是谁呢？很显然我应该知道他们，因为那本非常有名的名人杂志上刊登了他们有待商榷的言归于好，而且占封面篇幅巨大。但是我却不知道他们是谁，而正因为我不知道他们是谁，我意识到，我又一次落伍了。我会保持一段时间不落伍，但是当"道恩和泰勒重归于好了吗？"这样的八卦标题一出现，我就知道我又落伍了。我为什么总是这么落伍呢？哦，我年龄大了，这是其一。其二，我不看道恩和泰勒这类演员所演的电视节目、电影和MV。而且，寻找道恩和泰勒等人的非法的在线色情视频对我来说也太难了。然而，不管我多么不在意了解道恩和泰勒，我还是感觉落伍了。现在我急切地需要知道道恩和泰勒到底是谁。我想，至少我该了解道恩是否就是这场恋情中的男子，还是泰勒是那个男子。

不能仅凭道恩和泰勒这类名字做出臆断。道恩就是那个男子,这一点我很确信,但是我又认为"道恩"可能是"朵恩"的另一种拼法。这么一看,朵恩就是那个女子,而泰勒则是那个男子。除非,我突然想到,他们两个都是男子,或者都是女子。在当今这个时代,名人杂志封皮上的两个人名不一定是由一男一女构成的。这很可能就是一对儿同性夫妻,比如艾伦和波蒂娅。我知道艾伦和波蒂娅。我知道布拉德和安吉利娜。在布拉德和安吉利娜之前,我还知道布拉德和珍,在布拉德和珍之前,我还知道布拉德和格温妮丝,正如在汤姆和凯蒂之前,我还知道汤姆和妮可,在此之前还知道汤姆和米米。我还知道布鲁斯和黛米,约翰尼和凯特,还有本和珍妮弗。我知道多少名人情侣啊,而且又有多少名人情侣成了明日黄花呢!对于现在道恩和泰勒的粉丝们来说,布鲁斯和黛米早已是上个世纪八十年代的老古董了。上个世纪八十年代只是三十年前的事情。现在道恩和泰勒的粉丝想象八十年代的事情就像我想象上个世纪五十年代一样。一夜之间,八十年代就变成了五十年代。真令人不敢相信。根据现在道恩和泰勒的粉丝们的观点,我甚至可能曾经戴上浣熊帽,蜷缩在桌子底下躲避苏联军队的空袭。很快,二十一世纪的第一个十年就会变成上个世纪的八十年代,到那时候甚至没有人会记得道恩和泰勒是谁了,再往后,我们就都不在这个世界上了。所以我必须以极快的速度查到道恩和泰勒是谁,我的患者啊滚你的吧。(我正在进行一项患者迫切需要的移植手术,正在缝合下颌牙床)我抬眼瞧了瞧艾比。我想,艾比应该知道道恩和泰勒是谁。但是我不能问她,如果她怕我怕得都不敢和我说话,我怎么能问她。毫无疑问,她会在心里讥讽我连道恩和泰勒是谁都不知道,因为人人都知道道恩和泰勒。我能想象出她心里的话,"他不知道道恩和泰勒是谁?他真可怜,太落伍了。他真可怜,又老又落伍又抑郁,甚至没有了思想。"我决不能问艾比。我想,我只能先坐在这儿,把这个缝合手术做完,忍受十五分钟在美国这漫长流放的痛苦,然后才能拿起我的手机补上我缺的这一课……

"奥罗克医生?"

康妮手里拿着iPad在叫我。

"等你有空儿过来一下。"她说。

"康妮,快折磨死我了,"我说,"道恩和泰勒是谁啊?"

她看我的表情好像我刚喝了一盒氯。"你不知道道恩和泰勒是谁?"

"也知道,也不知道。"我说。

她告诉了我这两个人是谁。他们简直是微不足道的明星!

我做完了牙床移植缝合手术之后,就到走廊里去找她。

"刚有人发来了朋友请求。"她说。

"你是说在脸书上?"

"是的,在脸书上。"

"你为什么要告诉我呢?我在乎吗?听着,你要听我的意见吗?有朋友那可是棒极了。不可替代,真的。朋友不知道要好过家庭多少倍。但是下次你查阅你手机上的通讯录时,你要问问你自己,这些人当中到底有多少是你的朋友。你能找到一个,也许两个。而且,如果你真的开始认真审视这两个人,你就会发现,自从你们上次谈过话之后,时间已经过去了许久许久,然后,最有可能的是,你们中间已经隔了数座大山,你们已经没有共同语言。所以,如果你征求我的意见,我建议拒绝请求。那是谁发来的?"

她把iPad递过来,说:"是你。"

照片还是摄像头级别的照片。当我坐在椅子上给患者治疗牙病时,从第三号诊室的窗口处,一只长焦镜头对准了我。

我的名字也在上面:保罗·C.奥罗克医生,牙科博士,纽约曼哈顿。

在"活动和兴趣"一栏中,写着"波士顿红袜队。"

波士顿红袜队,一种活动和一种兴趣。不是寻死觅活的疯狂追逐。不是休赛期的神圣誓言。不是对死者的哀悼。不是超越理智的使命感。只是一个兴趣。我出于兴趣关注着他们的比赛,不管是主场还是客场,不管是赢还是输,诸如此类。也许第二天早上读一读报纸上的报道。像我这样的球迷有数百万,只是出于兴趣。不是"冠心病和康复",不是"献身和痛失",更不是"生与死"。只是"活动和兴趣"。一切就被写成这样,再简单不过。三十年的追逐相伴,愚蠢的泪水,每场延长赛的心惊胆战。这一切都没写。只是一种活动和一种兴趣。

对我与红袜队的关系如此不公平地轻描淡写,不是我愤怒的唯一原因。我就没有其他兴趣了吗？那班卓琴呢？室内长曲棍球呢？西班牙语呢？在退出俱乐部之前，我花钱请来钢铁厂的一位伙计，让他把我俯瞰布鲁克林步行街阳台上的铁栏杆截掉了三尺；我在失眠的长夜里，经常挥杆将球打进东河里，直到纽约港务局的船开着探照灯过来追责。"活动和兴趣"一栏里怎么不写"河上高尔夫球"呢？

2011年的夏天，"脸书"还只有一个免费号码供用户和非用户来投诉或者用以解决问题。挂电话的人可以听到这种友好的留言："感谢您给'脸书'用户部致电。很抱歉，我们目前没有电话客服业务。"

我按了许多按键来试图前进一步，听到人工服务，但什么忙也帮不了。

若说让人们相互间能够进行交流，世界上没有哪一项发明能够比过互联网了，印刷机、电报、邮局或者电话，这些当年风靡一时的技术现在都只能望尘莫及。但是一个人，一个谁也听不见、人微言轻的一个人的声音，又怎么和互联网本身进行交流呢？它把错误发送给谁呢？怎么能够得以纠正呢？

"你为什么要打电话呢？"康妮问，"谁给脸书打电话啊？"

"难道他们不该有什么客服吗？"

"他们没有客户。"

"热线呢？投诉中心呢？难道你连拿起电话打给朋友都不行吗？"

"我们登录网站看他们怎么建议。"她说。

"网站！"我喊道，"这太让人愤怒了，仅仅说了一种活动和一种兴趣！这帮他妈的混蛋家伙！"

"喂！"

我喊出了杜比环绕立体声。她朝着候诊室的方向点了下头。

"镇静。"

"怎么镇静？"我小声说。

她看着屏幕好久。"乌尔姆是什么？"她问。

"什么是什么？"

"乌尔姆。你这里注册的是乌尔姆。"

我又看了一眼平板电脑。尽管我对我的"活动和兴趣"一栏看得十分仔细，但是我却忽略了"我"在上面所注册的宗教信仰：乌尔姆。

"弗拉什蒂克就这么叫我！"

"谁？"

"我的患者！就是他注册了我的网站。"

"就是那个说要去以色列的人吗？"

"他说他自己是乌尔姆。他说我也是。"

"那是什么？"

"不知道，但是他们会认为我就是这样的。"

"谁会认为？"

"任何人。每一个人。我失控了，康妮。我感到了无能为力。你看这个！他们绑架了我的生活！"

"那只是在网上。"她说。

我想了想我的生活与我网上生活之间的区别。

"连销号都不能。"我说。

"销号?"

"我试着销号,可就是销不了。再也退不出来了。我陷在里面了。"我说着看了看我的脸书网页,"这就是我了。"

我给塔尔斯曼打了个电话。他给我介绍了一位网络法律方面的高手。

然后我就给西珥设计写信。我把愤怒、威胁和凶狠的报复等都抛在了一边,只求和他动之以情,晓之以理。

> 我不知道我在哪方面得罪了您,但是肯定是冒犯了您,因为您现在正在毁掉我的生活。

很快我收到了他的回信。这仅是第二封回信,和第一次回信差不多。

> 关于您的生活您真正了解什么呢?

我给苏克哈特打了个电话。他听说过乌尔姆,那是德国的一个城市,是阿尔伯特·爱因斯坦的出生地。但是若说那是古代亚玛力人的后裔?他持怀疑态度。

"从《圣经》时代幸存下来的第二个犹太人部落……"他的声音越来越小,"我觉得这不大可能。"

我问他是否找到了关于那本圣书《坎塔维斯蒂克》的任何

线索。

"我简单查了查,"他说,"网上根本没有,我也没有听说过。我替你也做了几次调查,我就不跟你卖关子了。这么跟你说吧,"他补充道,"这听起来几乎是真实存在的。"

那天晚些时候,我坐下来给一位新来的患者看牙。他坐下来的第一件事就是告诉我他怕疼。他说,大家都怕疼,但是他比别人更怕疼。所以,一般来说,他不看牙医。我们放在他嘴里给他做X光检查的塑料装置他竟然受不了。他也不让我们给他清理或者抛光牙齿,因为他担心疼。他只是想把嘴张开,让我们用光照一照里面,然后告诉他他并没有患口腔癌。几个月前,他睡觉醒来时感觉自己患了口腔溃疡或者某种其他的小毛病,他以为这种小毛病来得神秘去得也会神秘,但是这次,这个小毛病却没有去掉。这些天来甚至这几个星期以来,他一直用舌头探试那个地方,他觉得那东西可能还长大了些。我问他那个东西在他口腔里到底有几个月了时,他回答说也许一共有六七个月了。"好吧,"我说,"让我们来看看。"但是他却不张嘴。当我说完"好吧,让我们来看看"之后,从来没有人不张嘴过。他甚至咬紧牙关,噘起了嘴唇,开始死死地盯着我,好像我们俩是拳击场上刚刚谋面、浑身冒汗、被性饥渴灼身的对手。我说:"希望我的话已经讲得很明白。""我来这里不是看牙医的。我菌斑增加了或者患上了什么牙龈炎,我才不在乎呢。"

"我知道我口腔里出了问题,你可能要做这种或者那种的处理。那我不管。我让你明白的最重要问题就是，我不能忍受即使是最小的一点儿痛苦。我也不信什么麻醉剂。等麻醉剂药劲儿过去之后，那还是疼痛，我真的、真的不能忍受。你完全听清楚了吗？"

我把探测器交还给艾比，将双手举起，那样子犹如刚放下一把手枪。

"请你大声说出来让我听见，"他说，"你听清楚了吗？"

"听清楚了。"我说。

他张开了嘴。他很有可能还能活六个月。

等我把那个患者转诊给了一个肿瘤学家之后，等我们那天最后一位患者离开、一切归于祥和寂静、机器休息、电视关掉、我的三位雇员每个人都着手处理自己的事情之后，我就开始做清理工作。清理工作一般都由艾比来做，但是那天晚上我觉得我该做点清理工作。我给椅子消了毒，把灯具擦了擦。我把台案上所有的东西都挪了下来，把它们彻底地清洗了一次。我把洗涤槽也擦洗了一遍。我把医疗垃圾和普通垃圾都倒掉之后，走到前台去收拾那里的垃圾，却被那里一摞旧的病例表吸引住。这些病例表有的还未归档，有的很久以前已经归档、现在已经被换上了新的文件夹正准备储存起来。我随意拣了一份：麦科马克，莫迪。上次约诊时间：04/19/04。我把它扔进了垃圾袋。我把那堆所有的病历表都扔掉了。我从架子上又拿起了一份病历：卡斯纳，瑞安。上次约诊时间：09/08/05。这个也扔掉了。我又拿下了更多的病历表扔掉。

康维尔夫人歪着头看我。"你这是在干什么啊?"我没有理她。她走过来一步,说:"你这是在干什么?"

我又打开一个垃圾袋,扔进了更多的病历表。她从第一个垃圾袋里拣出来一份病历表打开。"这个你不能扔,"她仔细地看着病历表说,"你没有看到这上面上次约诊的时间吗?"我没理她,继续扔病历表。她说:"根据条款29.2,所有病历都应该保留至少六年时间。这份病历只有四年历史。"

"我要把它扔掉。"我说。

"可是你不能扔掉。美国牙科医学会说……"她就会历数美国牙科医学会做出的各种规定。我才不理他妈的什么美国牙科医学会呢。我突然间对规章制度、护理的持续性或者职业责任都不在乎了。"这些人需要重新开始,"我说,"我让这些人都重新开始。"

"重新开始?"她问,"你疯了吗?"

我没理她,继续扔病历表。康妮站在边上看着我们。康维尔夫人为了查看上次约诊的具体日期,必须打开她抢救的每一份病历,这时我就可以抓起来五六个,甚至十几个病历扔进垃圾袋里。

"这里有一份2008年的,"她说,"这份病历你不能扔掉。你有职业责任……"她继续给我讲述我负有什么样的职业责任。

"2008年那是很久以前的事情了,"我说,"那个小丑是不会再来这里了。"

"你怎么知道?"她问,"这你不知道。"

我越是扔病历表,她就越拼命地阻止我。我注意到,此时艾比正站在康妮的后面。她们两人观望的表情就像两个孩子看着父母突然打起来那样不知所措。

"他们不会再来了,"我说,"他们没有一个回来过。没有一个及时回来过的。绝没有。"

"不是那样。根本不是那样。我们的保持率相当高。你应该为你的保持率自豪。"她就会告诉我,与她曾经为之工作过的其他牙医比较,我的保持率是多么好,所以我应该引以为自豪。

我继续扔病历表。"他们来了谁又在意呢?他们来不来这儿有什么区别吗?没有区别!根本没有!"我又抓起来二十份病历扔掉。

"住手!"她喊道。

"这些他妈的病历我们留着有什么用!"我喊道。

"保罗!"她喊道,"求求你!住手!"

我扔掉了最后一份病历,然后就回家了。

5

接下来的星期三,塔尔斯曼的网络法律专家卡里·格特里奇给我回了电话。她告知我,如果发现受到了损害,我就可以起诉,但是至于说去阻止它,那几乎是不可能的。互联网运转得太快了。

她问:"现在您打算向什么法律机构、政府部门或者执法局起诉呢?"

我说:"向警方?法院?"

她笑了,我想得有些过于乐观。她说:"那在外面有用,但是现在你在里面呢。"

"在里面?"

警方,法院,那些常识性的地方谁都知道,而我们现在所讨论的却是科技和法律。她说,未来的立法可能会引进更严格的条款来惩治盗用财产、冒名顶替他人、诽谤以及其他关于人格争议问题和网上名誉问题,但是至于现在如何在现实中解决这些问题,目前的法律还很含糊不清。而且,人们不能因为自己被惹恼了就能上法庭告状。

我说:"被惹恼?他们为我的牙诊所创建了一个网站,以我的名义在脸书上开启了一个网页,未经我本人同意给我拍了照,那照片拍得令人毛骨悚然,而现在他们又以我的名义在互联网上到处发表评论,影射说我信奉某种宗教,可是我唯一能够出师有名起诉的原因只是被惹恼了?"

"您知道这是谁干的吗?"

"我知道是谁注册了这个网站。"我把阿尔·弗拉什蒂克的名字给了她。

"我们或许可以把网站撤下来,"她说,"但是就法律而言,而且更重要的是,就实际情况而言,目前我们还真做不了别的什么。"

我沮丧得想砸墙。

"我不能以诽谤罪起诉吗?"我问。

"您遭受什么损失了吗?这我们还不完全清楚。"

她建议我什么也不要做,而且要十分小心谨慎。因为,如果我做了什么,我就有可能无意中给自己网上的新存在带来更多的关注,这就是所谓的"史翠珊效应":一旦人们知道我在努力压制网上公开发表的东西,他们就会积极地去探求这到底是怎么一回事儿,从而造成一种负面的反馈环,更多的关注继而带来更多的关注。

"史翠珊?芭芭拉·史翠珊?"

"我们有一张较成功案例的工作表供我们的客户参考,"她说,"把你的电子邮箱地址给我,我发给你。"

"你发个传真不就行了吗?"我问。

她提醒我,不管感觉多么难做,我也不能和对方交火,一切要听其自然。之后我们再重新评估具体情形,然后再确定我可以进行什么可行的投诉。

我们谈话时她一直在看这个网站。"这个网站真的不是你建的?"她问。

"不是,"我说,"真的不是我。"

"好吧,"她说,可能是在安慰我,"至少这个网站看起来不错。"

我站在3号诊室门外用手机写了一封电子邮件。"你为什么总是问我对自己的生活了解如何呢?阿尔。"我给西珥设计回信时写道。

> 这又关你什么事儿呢?你把我对红袜队的痴迷只说成了一种"活动和兴趣",这已经表明了你的知识很有限。我甚至没有理由认为你是个人。你就是被设计出来骗我的一个程序。只有数据库才会知道我的中间名字是以字母C开头的。

他(或者他们,或者它)很快回了信:

> 我的名字不是阿尔,保罗。我对你的了解要远远多于任何数据库。我不是电脑程序,我是一个有着怦怦跳着心脏的人,我在鸿沟这一端想告诉你我懂你,想告诉你,我是你的兄弟。

我写道：

贝奇？

我把这句删掉了，然后写：

你了解我什么呢？或者你认为你了解我什么呢，"我的兄弟"？

我没有收到任何答复，就愤怒地写了下去：

我是宅男还是户外运动爱好者？我喜欢猫还是喜欢狗？我记日记吗？我观鸟吗？我集邮吗？我提前计划周末吗？我周末活动安排满吗？我是悠闲自得地看着活动一个一个按部就班地展开呢？还是直到周末来了，才把它们浪费了呢？这你都不知道。而你为什么不知道呢？因为不管你认为你知道什么，那都可能随我的心血来潮而改变。我是不会被我的信息流和网上购物所概括的，也不会被你的为了简化一个人而使用的复杂演算法所概括。你看我从你给我挖的坑里跳出来。我是人，不是笼中尿。

妈的自动更正系统！我立即重写了一次。

我是说"笼中鸟"。

他给我回信了：

> 好吧，这就是我对你的了解。你是个宅男，因为这是你的职业使然。你和大自然疏远，你回归不了大自然。取而代之的是电视机和互联网，直接通到你家里，给你提供消遣的需求，同时又在麻痹你的心灵天性。你没有孩子，因为你不想受束缚，生活仍漂泊不定，而且你不想让你的孩子也继承这种生活。你脑子里幻想太多，总是想解释各种谜团。有时候这些谜团让你绝望，你就放弃了希望。然而，你脑子里充满了幻想这也没有什么错。在你的脑袋里，在你的思想里，你过着富有和复杂的生活，你充满了焦虑和后悔，是的，但是你也有温情的一面，有强烈的爱好，对待别人有同情心但却不去表达。在一天中的任何时刻，你的内心都会经历许多情感，也许从来没有人知道这点，那是因为没有人可以读懂你的思想，但是假若他们知道，假若知道，他们就会说，他活着呢，好吧，他活着呢。他们不会给你更多的评论。

> 你能吗？

"奥罗克医生？"她说，她也许已经叫我名字有一段儿时间了，"保罗？"她说。

是康妮叫我。我拿着手机的手垂落在身旁。

"你没有事儿吧?"

我点点头。"我没事儿。"我说。

我等她走开。然后我又写道:

这些你是怎么知道的?

他回答:

我告诉过你。我是你的兄弟。

看起来,一个职业牙医似乎永远不会真的了解他的患者,因为患者来的频率很低,就诊时间也很短,但是你会感到意外的。当一个人对于正常体检产生了一种宗教似的情感时,而且,在这些体检之间又出现了牙疼和某些事故并且需要做牙齿美容,继而需要额外的治疗,这时,医生与患者之间就会很容易产生一种和谐的关系。在经过一段极为痛苦的治疗之后,有些患者甚至还能感谢我,为我给他们做的事情流露出真挚的感激之情。当他们再次来就诊时,我会先询问他们的工作和他们的家人,然后才给他们治疗牙疾。简直如小镇风情一样质朴纯真。

那天上午,当我走进诊室给贝尔纳黛特·马德检查牙疾时,尽管我已经为她治疗几乎有了十年的时间,但我真的以为她是第一次来我这里就诊的患者。她比我上次见到时苍老了许多。

贝尔纳黛特苍老的样子令我想起了一个笑话。一位女士和一位新牙医预约时,发现牙医的名字和她上高中时一个同学的名字一样。她在寻思,这位新牙医是否就是她十五岁时疯狂暗恋的那个男孩呢?可是当牙医走进来时,她看到他竟然是那样的一个老家伙,自己马上恢复了神智。尽管如此,当牙医给她检查完时,她又随意地问了下他读的是哪所高中……果然,是和她同一所高中!"你是哪年毕业的?"她问他,开始变得兴奋起来。他说的那年正好就是她也毕业的那年。"你就在我那个班上!"那位女士叫道。那位毫不知情的牙医眯缝起眼睛,仔细端详了一下坐在椅子上的这个老太太,问:"您教什么?"

我的患者贝尔纳黛特·马德苍老得令人不可思议,自从我上次看到她以来,她真的是苍老了许多许多,老得那么不可思议,老得那么性急,所有这些艰难和令人抑郁的年头都可能狠狠地塞进了六个月之中。在短短的一百八十天内,她从四十岁一下子就长到了六十五岁。她的头发稀疏,在头顶部位干脆停止了生长。那地方呈粉红色,伴有鳞状的头皮癣,脑袋两侧垂着松软、了无生气的几绺头发。从她嘴唇处展开的一波波皱纹此时更为深邃,已经定型,整个面容委顿不已。然而,当我意识到(多亏了病例表上的名字)她就是我的患者,我亲爱的患者贝尔纳黛特,而不是初次来就诊的老年患者时,我就问她这段时间可好。她告诉我她从来没有像现在这样快乐过。她说她刚结了婚,又被分配了新的工作角色,而且还涨了一点儿工资。我不能理解。从来没这样快乐过,新婚宴尔,又涨了工资,可是看上去却和死人差不多。时间的流逝,在人类的身上执着地显示着,但是若想逐天觉察出人的苍老进程,几乎不可能。作为牙医,每隔六个月才能看到一次熟悉的面孔,我就会明显地感觉到这种变化。这就是我们在这个地球上生存的无情的现实。如果说这个过程正发生在贝尔纳黛特·马德的身上,这也迫使我再次意识到,它也正发生在我们身上(发生在艾比、贝奇、康妮和我的身上),不过,这种变化本人的感觉是难以捉摸的,甚至是看不到的,否则的话,我们就可能惊恐地突然停住,互相瞪着,互相指着,然后就开始尖叫。不是的,我们做的只是继续,就像贝尔纳黛特一样,幸福地沉醉在一种日复一日的永恒的现实中,尽管这种现实在不断地消亡下去,我们从不要求什么清醒的评估,或者有人突然呼喊可怜,也从不考虑是否一切从头再来。

　　看着贝尔纳黛特坐在椅子上,面容灰黄,满脸皱纹,头上秃顶,却又十分幸福的样子,我感到别无选择只能告诉她。但是我告诉她什么呢?我不知道。这有什么好处呢?她会采取什么行动呢?她正以某种方式被吞噬掉,直白地说,就在我眼前被吞噬掉,但是却没有人来告诉她这件事情,可能是担心冒犯她。然而,作为一名职业医生,我觉得我有责任告诉她。我只是不知道如何用语言来表达。不管我的心意多么友善,我很有可能会冒犯她,从而失去这位患者。难道我想牺牲我们牙诊所的收入,告诉贝尔纳黛特我的观察结果,说她比别人苍老的速度快些吗?我想我不会的。我干脆不理算了。但是任何一个有良心的人怎么能不理呢?我说道:"贝尔纳黛特。"她从椅子上转过身来。你变苍老了,贝尔纳黛特。不行,我不能说这个!贝尔纳黛特,你最好的时光结束了,从现在起一直是下坡路了。我的天啊,不行!你他妈的快死了,贝尔纳黛特!不行!你正躺在太平间里腐烂下去!噢,上帝,她此刻正专注地看着我,我必须得说些什么。

"贝尔纳黛特,"我说,"我提这个只是出于……"我停了下来,接着又开始说,"贝尔纳黛特,您或者您的新婚丈夫,有没有注意到,呃,非常令人惊讶的……"

"奥罗克医生?"

"噢,康妮!"我叫道。

"等你有空儿过来一下。"她说。

我面露快乐的表情对贝尔纳黛特说:"康妮叫我去一下,我得去看有什么事儿。"

我朝她走过去时,看到她手里正拿着iPad,这只能意味着更多不愉快的消息在等着我。

"这次是哪儿的消息?"我问。

"推特。"她说。

在过去的这个星期里,以我的名义发布的评论、信息和帖子继续出现在诸如ESPN、《赫芬顿邮报》和《国家地理》杂志等主流媒体的网站上,同时传播扩大到了幽深隐秘场所,边缘聊天室,讨论性与死亡等题目的激烈论坛,我的品牌通过各个平台在四处扩散,在浅滩里越钻越深……而现在,在奥罗克牙科诊所网站出现了两个星期之后,"我的"第一个推特也降临人间。账户是@PaulCORourkeDental(纽约州,纽约,www.drpaulcorourke.com），上面是这样写的：

世界上的错误和不幸源自于这样一种信仰即上帝创世的主要目的是普世信仰

康妮和我对这句话琢磨了好一会儿。
"我认为你是想说不该有信仰。"
"我可什么也没说。"我说。
"我知道那不是你，保罗，"她说，"你不用总来澄清。"
"我只想表明——"
"我知道那不是你。你没有理由总是那么戒备。"
"我不是戒备，我就是烦透了！"
"听起来你就是在戒备。"她说。

我又看了一遍推特上的内容。我想她说对了。我，或者说我的那位冒名顶替者，在以上帝的名义，宣扬反对信仰。我又迅速给他发了份邮件，康妮就在旁边看着。

轮到推特了，是吗？你为什么这样对我？

我把iPad还给康妮，她又看了一遍推文。
"知道我看它是什么感觉吗？"她走开之前问我。
"什么？"
"感觉是无神论者说的话。"

我知道,当我曾为自己是无神论者感到尴尬时,那是因为我爱上了普洛茨家族。我并没有坚持向他们宣布我本来的自我,而是在他们面前将我本来的自我掩饰了起来。拒绝上帝似乎是对他们整个生活的冒犯,至少我是这么理解的:对他们星期五夜晚所做的祈祷,对他们安息日的戒律,对整个一个星期中所有依上帝指令所做出的努力,都是一种冒犯。他们努力实践着自己的信念。他们把自己的信念注入了自己的躯体和灵魂。诚然,天主教教民一进入教堂就手画十字,触摸圣水,跪拜之后才坐在长椅上,但是对于一个普通的普洛茨家人来说,这些只是像清理嗓子那么简单。新教教徒那些怀旧的摇摆歌曲,对于普洛茨家人来说,犹如一套蹲腿动作那么简单。正是因为这个原因,当康妮告诉我,她的另一个伯父埃奇是无神论者时,我才感到如此惊讶。我真的感到了震惊。我曾经观察过他。他和其他人一样,看上去是那么虔诚。

"他不信上帝吗?"我问。

"不信。"

"为什么不信?"

"因为……我不知道,"她说,"这你得去问他。"

我才不会去问普洛茨家族的人什么无神论问题呢。"是不是因为二战时的大屠杀?"我问。

看上去这个问题让她感觉很是不悦。"并非每个不信上帝的犹太人都是因为大屠杀才不信上帝的,"她说,"关于不信上帝我们并没有一套固定的理由。忘了我了吗?"她说着用手指向自己,"有时候原因很简单,我们就是不信。"

"但是埃奇的行为举止怎么看上去都是信上帝的，"我说，"他鞠躬。他穿着犹太人那种我说不上名字的服饰。他去犹太人教堂。"

"但是那不一样。"她说。

"什么不一样？"

"这些事情他当然要做。"

"为什么？"

"因为那对他很重要。他是犹太人，这很重要。"

"是因为大屠杀吗？"

"你怎么总是和大屠杀扯上呢？你以为我们所做的一切都是围绕着那场大屠杀吗？"

"不是。"

"不错,那场大屠杀确实严重。但那是以前的事儿了。我们并非每天早晨起床都问自己,今天根据那场大屠杀我们该做什么,不该做什么。"

"对不起,"我说,"我在这方面不太在行。"

"埃奇是无神论者,"她说,"可为什么呢？这我可不知道。那么你为什么是个无神论者呢？"

"因为上帝不存在。"

"你看,这不结了。埃奇或许也这么说。"

但是,他为什么要把走完这一套程序看得那么重要呢？更有甚者,他为什么要那么积极地、情愿地参加那些主要目的就是赞颂上帝的习俗和礼仪呢？

管他呢！这样做一个无神论者多随意啊！要是你生下来

就被洗礼成为基督教教民并一直在基督教文化的氛围中长大,然后你慢慢地从基督教的梦幻颂歌中醒来,看到了基督教在哲学问题上的荒诞和道德上的暴行,你就会停止你曾经做过的一切事情(其实那些事情少得可怜,也许祈祷一会儿,学习点儿《圣经》,在棕榈主日做一阵子礼拜),你就会坐下来独自不信着,对得起良心,是的,坚持原则,是的,但也感觉到被剥夺了什么,此时此刻只有你自己去领悟,在这个失去结构的世俗世界里,你到哪儿去寻找继续生活下去的源头。埃奇无此烦恼。星期五夜晚,他会去雷切尔和霍华德的家里,无须事先预约,轻轻松松来,乐乐呵呵走,既心旷神怡,又脚踏实地。他想做这些事情。作为犹太人,他有一份责任,或者说仅仅是出于对家族的忠诚,来传承一个曾经受到过挫折的传统,或者说得更实际些,来保持和他的家族、他的童年、他的前辈、他的族人的联系。保持联系!我不知道他为什么要这么做,但是我想,以上这些理由足矣。也足以让我这样一个无神论者来羡慕嫉妒埃奇,他能够抛弃所有那一切,却仍心有所属。

　　康维尔夫人就不同了。和康维尔夫人在一起时,我就是一个专爱揭露宗教荒诞之处的高音大喇叭。我让她面对《圣经》的愚蠢,正视一个没有上帝的现实的世界。所以我把我的观点说给她听,她就会问我:"可是你怎么知道?"我就给她讲我更多的观点,她就会音调稍微不同地问我:"可是你又怎么知道?"然后我就会给她讲我更多的观点,她仍会问我:"可是你又怎么能知道呢?"当然了,我们真正在争论的东西其实就是如何给"知道"这个词下定义。但是在激烈的争辩中,我们却是舍本逐末了。她知道我不会百分之百有把握地说出来我知道,至少达不到她坚持的标准(这比她自己知道的事情要高出一个档次),所以这为最激烈的辩点留出了空间:"你——怎——么——知——道?"

所以我就对她说:"好吧,贝奇。"

我们在新泽西的一座商城里的一家"橄榄园"吃晚餐。她在喝她常喝的霞多丽,我在喝我的第四杯啤酒。我喜欢时不时地去一趟橄榄园,它让我想起了我的童年。我喜欢去这座商城也是出于同一原因。和康维尔夫人不同的是,我去这座商城再也不是为了买东西。我一次都没买过的东西在美国是找不到的。不买了,购物对我来说已经终止,需求对我来说已经结束。对一切商品不停的需求令人麻木。但是我仍然和康维尔夫人一起去了商城。在这座喧嚣的大商城里,俯瞰铺设着地毯的坡道,我比在曼哈顿任何地方都更有家的感觉。每当我思乡或者怀旧时,每当其他人都离开诊所前往长岛或者纽约北部地区时,我都去新泽西的商城里,有时候更是远至费城以外的普鲁士国王商城,在那里跟随着四处寻找便宜货的购物大军徜徉在宽阔的过道上。我最惬意的是坐在休息区里那明亮的网眼金属长凳上,看着人头攒动的人群,看着进进出出运动鞋品牌店的顾客,我最惬意的是沿着一排展售太阳镜和廉价首饰的亭子散步,我最喜欢的是在食品区发现一些美食。在成长的过程中,这种氛围构成了我童年记忆中的绝大部分。在这里,每年的八月份,我母亲都给我买返校的服装,在这里,每年的圣诞节,我都眼巴巴地看着那些我们买不起的玩具,在这里,我度过了我空虚和无聊的夏日,其印象之深刻甚至超过了与伙伴们的打架、看电视和狗身上的气味儿。商城永远在向我招手,我逛商城总是目的明确。商城本身就是我的目的。如果我能划拉到几枚硬币,我就会把它们变成一听可乐,或者在游戏机上打出个高分,或者到停车场上偷偷地抽上一支烟。现在,商城回馈给了我这样一个时代,一个欲望很容易满足的时代。看,它仍在为那么多人工作着!看他们,带着购物清单和任务,拎着手提包、怀里揣着代金卡,不假思索地进进出出一个个商店。如果你去商场唯一的目的就是为了到那里去看人,如果你去看人又不做任何评价,只是友好地看着那些千篇一律的购物者,那么,这个商城就会让你感觉重新焕发了生机,那些购物者关于买或者不买似乎没有选择,而且他们也不要那种选择,如果那意味着再也不知道自己需要什么了,不要那种选择也罢。

在橄榄园,我对康维尔夫人说:"根据你的看法,如果我说错了请你纠正我,但是根据你的看法,通往天国的唯一道路就是通过信奉耶稣基督。好吧,现在就说康妮,她是犹太人,这你知道。她整个家族都是。这就是说,别的不提,他们也否定耶稣基督是他们的主和救世主。而我碰巧又非常喜欢普洛茨家族,"我对她说,"我从前从来没有遇到过像他们这样的家族。他们大约有四百人,而在我的家,却仅有三个人,接着,咔嚓一声,就剩两个人了。但是不管怎么说,如果我没说错的话,你们会把普洛茨家族统统都烧死,因为他们不接受耶稣基督是他们的主。是不是这样?"

康维尔夫人呷了口她的霞多丽，把杯子放下，往后靠在了椅背上，然后眯起眼睛看我。

我说："这不是什么陷阱问题。难道你不是坚持认为，康妮和她的整个家族，因为不信奉基督，当他们死的时候，都会被投进地狱那滚烫的大锅里吗？"

"你怎么知道，"她往前探了探身子，隔着桌子轻声说出深思熟虑后的回答，这个回答简直令我毛骨悚然，"你怎么知道，在康妮生命的最后时刻，耶稣基督不能打开她的心扉、令她皈依呢？"

郑重声明：我成为一名无神论者并非为了沾沾自喜。我成为一名无神论者并非为了能够比那些信徒们高一头、继而居高临下地向他们呐喊我的觉悟。我成为一名无神论者那是因为上帝根本就不存在。在橄榄园里，当康维尔夫人告诉我关于犹太人问题她个人的解决方案时，我突然想到，我唯一接受过的神曾经赞许过我看见过的一张贴条。那是在波士顿闹市区停着的一辆老式萨博车的保险杠上贴着的，上面写道：信徒们把我变成了无神论者。

"我为什么这样对你呢？"他终于给我回了信，"因为你迷失了。"

"迷失了？"我回复道。

这关你什么事儿？你也不认识我。你说这些话的目的就是为了让我以为你认识我。这再明显不过了。什么你活在我的脑子里,有强烈的感知,尽管没有人知道,这一套再明显不过了。你显然有什么阴谋,我想知道为什么。除非你是贝奇。是你吗?康妮,是你吗?

我向你保证,保罗。这不是阴谋。请你耐心些。我知道,突然间不知从哪儿冒出来一个人来,给你精确地诊断出了你的问题,这感觉一定很不舒服。我并不认为你是笼中鸟,远远不是。你是一个有血有肉的正常的人,与时俱进,厌恶向上层社会攀爬的美国梦,和那空虚的物质成功梦,正在为自己的生活寻找真正的意义。我知道,保罗,因为我也曾经这样过。事实上,你甚至可以说,你和我是同一个人。

看邮件时,我有一种感觉,好像是哪儿出了毛病。我感觉后背上在冒冷汗。我有一种怪怪的感觉,他就和我在同一个房间里。或者在墙隔壁的电脑旁。我仔细地看着他的电子邮箱地址。

"他在用我的名字给我写信。"我说。

"谁啊?"

"他用我的名字创立了一个电子邮件。这个人……或者说这个程序……不管它是什么……在他的私人信函中,他在假装是我。他给我发了一个来自我自己的电子邮件。"

我抬头看了看。我刚才的这番话说给了康维尔夫人。

"你在说谁?"

如果说，当那封来自于"保罗·C.奥罗克"的邮件进入了我的收件箱时她离我那么近，我还不确定发邮件的人是不是康维尔夫人，那么此刻，从她那诚实厚道和一眨不眨的眼神来看，我确实知道了那不是她发的。

"我不知道。"我说。

几天之后，康妮过来对我说："你真的从来没有用过推特吗？"

我说："没有，我真的从来没有使用过推特。"

"你在上面能发多少字？"

"在推特上吗？"

"是的，在推特上。"

"一百四十个字。"

"这点你倒是挺清楚。"

"我也没有那么落伍，康妮。人人都知道这点。"

"在过去的一两天里，你一直在看你的推文吗？"

"卡里·格特里奇告诉我不要插手。"

"卡里·格特里奇是谁？"

"卡里·格特里奇女士。塔尔斯曼的网络专家。她说插手只能让事情变得更加糟糕。所以，我现在的做法就是，不插手。"

"你是说，你就任别人以你的名义为所欲为地胡说八道，你连内容都不追踪吗？"

"那个律师很吓人，"我说，"我不想让事情变得更糟。"

"只是看一眼不会把事情弄得更糟的。"

"这我可不知道。互联网怎么运作我可不明白。"

"你不知道互联网怎么运作是什么意思?你每隔五秒钟就看一下手机啊。"

"那是你!那不是我!那是你!"

她用脖子示意她后退了一步。"好吧,"她说,"镇静。"

"我们每次吃晚餐你不都是花一半儿的时间看你那该死的手机!"

"好吧,好吧,我知道,"她说,"我的缺点我们都给数落一遍了。我看手机的时间太多了。我们可以往下继续不?"

她低头看她手中的iPad。我能看出来她正在推特上,这并非因为我是推特用户,而是因为我有时候上推特阅读"蹚沼泽地的人"精辟的评论,以及布鲁克莱恩的欧文所做的数据分析。

"我只随意挑选几条吧。"她说着就开始读起来。

在人类所沉迷的所有虚荣的东西中,没有比崇拜更虚荣的了。

"这个你怎么看?"她问。

"那是我说的?"

"是'你'说的。'你'还说:'美国宗教信仰自由没有任何问题,直到你开始什么也不信了,这时,你就犯了一项可以惩治的罪行。'"

"这些难道不到一百四十个字?"

"难道你还没发现吗?"她问我。

"发现什么?"

"在推特上不是你的这个人?他说话简直太像你了。"

"你认为这是我?你认为是我在上面说这些话吗?"

"我只是这么一说而已。"她说。

"没有人说她只是一说而已的时候只是一说而已,"我说,"这不是我,康妮。我甚至都没插手。"

"整个一上午你都在看手机。"

我说:"碰巧我们昨晚上输给了堪萨斯城。我们都要查看情报,这很重要,对吧?让我看看那东西。"

她将iPad递给我。上面这样写道:

  这个世界正在用讥讽鞭赶我们,我们被追赶到了边缘,我们濒临灭绝。

"那也是我写的吗?"我问。她没回答。

  如果你必须要泡澡,那么每周不能超过两次,而且绝不能全身浸泡在水中。

"看这句话写得怎么样?"我问。

"这句话嘛……"她只说了半句。

"我确实讨厌人洗澡完全泡在水里。"我说。

"这个倒不太像。"她退步了。

"这不是我,康妮。"我说着把iPad还给她。

但是我能怪她吗?所有这些推特都是以我的名字发出的。

普洛茨家族中唯一接受我免费看牙邀请的人是康妮的一个远房表兄,叫杰夫。或者说,当我给他邀请时我是这么想的。结果我发现,他竟然是我很久以前的一个邻居。但是他依然和普洛茨家族关系密切,或者说,他的家庭和普洛茨家族关系很密切。斯图尔特·普洛茨和杰夫的父亲查德从前一起经过商(他们拥有一家文具店或者纸张什么的店铺)。

杰夫是一名戒掉了毒瘾的前瘾君子,现在一家州立部门给吸毒者提供戒毒咨询。他口腔里的状况可想而知。那不是我所见过的最糟糕的烂河滩,但那也绝非是美丽的玫瑰花。给有药物依赖史的患者治病可不像在公园里散步那么轻松愉快。你不可能给他们吸足了笑气之后,又给他们开一个月的扑热息痛和维柯丁等一系列止痛药然后放他们走。杰夫和我达成了共识,要把他的止痛措施保持在非阿片类镇痛药的范围之内,也就是说,在我给他修复牙齿的一个小时期间,他的脸部眉头紧皱、退退缩缩,而他的下半身则像要复活的丧尸一样扭个不停。为了让他镇定,我不停地给他讲解治疗的情况。我告诉他我是谁,那个真正的我,也许他会感兴趣呢,我觉得他可能会感兴趣,因为我正在和他的表亲约会。(她不是他的表亲。)我一直没有机会告诉普洛茨家族的人真正的我,我是指不和普洛茨家族人在一起的时候那个真实的我,因为他们总是在忙于自我的宣泄,换句话说,他们喧嚣吵闹、意志坚决、外人根本插不进嘴去。他们十分礼貌友好,但是时间久了你就会发现,他们对新来的人其实不太在意。如果我也是这样一个家族的一部分,那么我也会像他们一样,不会有太多的时间来在意一个新来的人。要是已经有十几个家族成员几乎会异口同声地说愿意帮助我、鼓励我、批评我、咨询我、指责我、爱戴我,还有什么没有做的事情能够留给这个新人帮我做呢?

　　此时,杰夫坐在椅子上,我终于有了一个能够听我喋喋不休讲话的俘虏,尽管只是一个大量流血、眼神惊恐的俘虏。我告诉他,我最最主要的一面其实是红袜队的球迷。我告诉他,我对红袜队的热爱并非不复杂。我一生中最幸福的夜晚发生在2004年的10月,因为那天晚上,穆勒漂亮的一击打到了中场,迫使比赛进入了加赛局,而且,更为壮观的是,大卫·奥尔蒂斯(外号"老爹")在第十二局快结束时,一记惊世骇俗的本垒打,成功地阻止了扬基队夺取美国大联盟杯冠军,上演了一幕美国体育史上最为壮观的大逆转,最后,又席卷圣路易主教队,最后勇登冠军宝座。这一胜利消除了我多年的痛苦,给我带来了意想不到的欣喜,引发了全面的巨变。我告诉杰夫,在2005年的某个时候,红袜队获得大赛冠军这一不可思议的胜利喜悦终于消停了下来,一种不爽的感觉悄悄向我爬来。我对这场胜利所带来的变化没有足够的准备,比如,新球迷的突然暴增,然而,实际上,他们中没有一个人在该球队八十六年不胜的历史中得到过历练。我觉得他们是在惺惺作态,是在投机取巧。由于出现了这新一茬儿的球迷,我担心我们会忘记那么多年毫无胜果的过去,我们会不再怀念当年我们富有战斗气息的自卫本能,而正是因为有那种自卫本能,我们才在屈辱和失败面前铸造了我们的性格。我担心,我们会开始把胜利看作理所当然。我不喜欢我们用我们敌人的方式挖别队的队员和操纵比赛。我告诉杰夫,对于这样一个多年来被我给予了无条件的追逐和爱戴的球队,我现在却产生了一种矛盾心理,甚至是批评态度,这是我没有料到的。我们一直是弱队,我们尝到的只有伤心和失败:我怎么会突然一夜之间就能转向冠军的心态呢?整个这个故事有一种伊甸园似的怪怪的感觉,犹如夏娃来到之后,亚当一定有过的那种挥之不去的感觉:我现在希望得到什么呢?我应该要什么呢?我告诉杰夫(他的牙槽就像码头上妓女的假牙那样松懈),我曾想让红袜队获得世界大联盟比赛的冠军,这比什么都重要,直到他们击败了扬基队从而创造了历史,接着又横扫主教队,之后,我想让一切都回到原来的老样子,这样我才会知道我是谁,是什么缔造了我,我一直想要的东西到底是什么。

  对于我讲述的这些信息,杰夫没有给予任何评论,这一点不意外,他口腔这种状况下确实作不了任何评论。此时,治疗几乎结束,我突然想到,他走出我牙诊所门时,口腔肯定会难受无比。他记得的将不是这次的免费治疗,而是在椅子上苦受煎熬的一个小时,所以,当他和任何普洛茨家族的人提及有关我的事情时,都会是我给他带来的痛苦。我想,我此刻最需要做的就是让他笑出来。这样,他就会记得他和我在一起曾经有过的快乐。

"你听说过那个关于两个企图谋杀希特勒的德国犹太人的笑话吗?"我问。

他用他那橄榄灰颜色的眼睛看着我,由于多年吸食毒品,他游动的眼白上浮着红丝。我从他的眼神里看到了要我继续的意思。

"那两个家伙得到了确切的情报,说12点整,希特勒将到柏林的某家饭店吃午餐。所以,在11点45,他们俩怀里藏好了手枪,在饭店的外面埋伏好。中午很快到了,可是希特勒却没有出现。12点过5分,希特勒仍然没有出现。过了10分,然后是一刻,仍然没有希特勒的身影。这时,其中的一个人对另一个人说:'他应该在12点整准时出现在这里。你觉得他会在哪儿呢?''这我不知道,'另一个回答,'但是我真希望他没事儿啊。'"

我以为我觉察到了杰夫露出了一丝微笑,但是,由于在仪器的作用下,这总是很难判断。很快,一滴眼泪从他的眼角流出,但这很可能是因为治疗期间的痛苦所致。当然了,艾比因为戴着口罩看不出来任何表情,只是等待随时递给我所用的工具。

后来,我和康妮站在前台,目送杰夫离开。

"我从小就恨那个家伙,"她说,"妈的瘾君子混蛋!"

我大吃一惊:"你恨杰夫?"

"绝对的缺德货。"她说。

这时她才原原本本地告诉了我这个家伙的真实身份(邻

居而不是表兄)。

"他从前骂我们大家是肮脏的犹太人。"她说。

我进一步感到了惊讶。

"可难道他不是……"

"什么?"

"不也是犹太人吗?"

"谁?杰夫吗?"她大声笑起来。

"我以为他父亲和你伯父是生意伙伴呢。"

她困惑地看着我。"他们还是孩子时一起送过报纸。"她说。

他和她没有亲戚关系,他父亲没有和普洛茨家族的人做过生意,而且,他还骂她是肮脏的犹太人。而我却让这个反犹者免费享受了价值一千美元的牙保健护理。

这些发现所带给我的苦恼,不在于白干的活或者浪费的时间,而在于我绝望的程度被一览无余地暴露了出来。我回到了我刚才给杰夫治疗牙疾的诊室,反思自己的愚蠢。我想让普洛茨家族的人来了解我,想让他们知道,即便是通过口口相传的方式知道,我是红袜队绝对忠实的球迷,我是个有幽默感的人,也是他们家族的一个慷慨大方的口腔保健医师。但是,我静不下心来将普洛茨家族与其他人区别开来,我到处吆喝着要给所有人提供免费牙齿保健,而且,除了康妮之外,别的任何人我真的都不了解,就凭这种状态,我怎么期待普洛茨家族的人来了解我呢?您看,我从来没有将普洛茨家族的人看成是不同的人。我只是把他们看成是一家犹太人。

8月1日,我收到了一份来自埃文·霍瓦思的电子邮件。他请我把在推特上的言论多介绍给他一些。他写道,我在推特上的言论有点儿含糊其词,但他认为那并不是我的责任。那是推特本身的特点,而且我的推特言论总有那么一股魅力。现在他期待我写出更多的这种引人入胜的东西。

从冒充的"保罗·奥罗克"那里收到电子邮件我还不惊讶,因为我都是从我的YazFanOne账户给西珥设计发邮件。但是现在,埃文·霍瓦思是怎么得到我的YazFanOne地址的呢?"你网站上公开的。"他写道。我在奥罗克牙诊所网站上仔细地看了一遍,但是什么也没发现。一股不祥的感觉向我袭来。"什么网站?"我问他。"seirisrael.com",他写道。

我又有了一个网站!而且,在这个叫作seirisrael.com的网站上,还有人附上了我的YazFanOne的邮箱地址,甚至还有一组在以色列沙漠上一个叫西珥的满是灰尘、被太阳晒得白刺啦的院落图片。在那些煤渣砖建筑物图片的下面,有文字分别写着"会议室""社区厅""老石屋"。

我给埃文回信说:"对不起,这些东西我一概不知道。"他回答说:"我只想了解怀疑者的誓约。"我问:"什么叫怀疑者的誓约?"他写道:"我是在问您呢。那是真的吗?"我回答:"我根本不知道什么叫作怀疑者的誓约。"

有一个叫马库斯·布雷格曼的人问我:"什么叫'反论的盛宴'?"

玛丽安娜·卡思卡特问:"您能将某作家K和某作家P称之

为'先知'吗?这是否意味着《坎塔维斯蒂克》一书是上帝写的呢?还有,如果该书是上帝写的,那么您如何将该书和您怀疑上帝存在这一观点协调一致呢?"

还有一份邮件这样写道:"我看有几处都说到皮特·默瑟是乌尔姆人。就是我知道的那个皮特·默瑟吗?"

根据福布斯公布的财富榜,皮特·默瑟这位"鲜在公众场合露面的对冲基金管理者",是全美国第十七富有的人。这个月,他的基金将会走出非凡的一步,代表他发表一份声明。"不幸的是,皮特·默瑟资本公司的皮特·默瑟成为了一场骗局的受害者。他断然地否定说他是'乌尔姆人'的这一离奇的说法,并且礼貌地要求网上关于他的传言立即停止。"

我不想要孩子,这让康妮苦恼,而且认为我的这个决定与她有关。当我们热恋时,我毕竟也想到了我们可以结婚并且生子。我甚至为此感到过很激动。因此,很容易理解她认为我之所以改变主意,更多的是与她有关,而不是我自己灵光闪现地意识到我根本不能忍受有个孩子。最初,这个想法我还藏匿于胸,希望这仅是某种暂时的担心,是某种典型的男人的犹豫,因为那样他就会面对青春的结束或者什么鬼。但是这种担心或者害怕却总是挥之不去,总是如影随形地跟着我。最后,当我告诉她我另有想法时,她起初不敢相信,接着就发起火来,谴责我在浪费她的时间。男人可以将全世界的时间都浪费掉,但是女人却不行。当时我最最没有想到的就是我在浪费她的时间。我没有料到我想要孩子的冲动会戛然而止,取而代之的则是一种恐惧。不是谨慎。不是担心青春的结束,也不是回避家庭的责任。是恐惧。是代表还未出生的孩子的恐惧。是对爱情可怕力量的恐惧。如果我令那个孩子失望了该怎么办?如果我令康妮失望了该怎么办?如果康妮死去了只剩下我来单独让孩子失望该怎么办?如果我死了让他们两人都失望该怎么办?

我伤心欲绝。这看起来似乎不合理,因为这是我的决定,而且我是经过了周密思考之后才做出的决定,但是它仍让我伤心欲绝。为了重新开始,为了让康妮永远留在我的生活中,为了我永远可以称之为自己的生活,我必须要和康妮建立起家庭。和康妮建立起家庭之后,不管普洛茨家族的某些成员喜不喜欢,我都会在某种意义上成为普洛茨家族的一员。我想成为普洛茨家族成员的愿望远远超过了从前我想成为桑塔克洛斯家族成员的愿望。只要能成为普洛茨家族的成员,我任何事情都可以做。除了一点:只是不愿意再制造一个奥罗克。

"保罗·奥罗克"发给我的下一封邮件是这样开始的:"你的名字是奥罗克。"

这对你意味着什么呢?在本地教堂唱着爱尔兰民谣《丹尼少年》、与你比肩站在一起歌唱的是其他没有离开过纽约的假爱尔兰人,你是这样一个爱尔兰家伙吗?你讨厌花车游行、认为绿啤酒极为难喝吗?这些都是至关重要的问题,保罗,因为这些问题与你的传承感、与你的宗教归属、与你在世界上的位置都有关系。你有没有感觉到某些东西迷失了?在夜晚你有没有感觉到苦恼?

如果你觉得你被切割断了联系,如果你觉得没有归属,那么我来告诉你,这一切背后都是有原因的。而这并不是因为你"很难接触",或者"情绪化",或者你一生中别人对你的种种评价。你的"很难接触"可以由你没有归属这一事实所解释。越是没有归属,你就会变得越加难以接触。这个模式我已经充分注意到了。我说的这些都准确吗?如果有不准确的地方我向你道歉。说不定你也许找到了一条通往完美幸福的路径呢。

你的,保罗

几天之后,我开始认真思考起我与"我自己"的电子邮件往来。我在暗忖康妮会怎么看这个问题呢?我想象她会这样问我:"你互发邮件的其实不会就是你自己吧?"既然她怀疑,在推特上的那个保罗·奥罗克实际上就是我;那为什么那个似乎和我发送邮件的人不是我呢?

"好了,汤米。"我对椅子上的患者说,同时脑子里还在想我与我自己的电子邮件往来。一般来说,当我对患者说完"好了"之后,我几乎都一成不变地再说一句"你可以把嘴里的东西吐出来了",或者说"你可以吐一下",或者其他关于吐出嘴里东西的鼓励话语,但是这一次,我却说了句"现在你该去验大便了。"去验大便!我真的不知道我为什么会说出这样的话。你能想象出一个牙医什么时候需要过患者去验大便吗？就像一团邪气那样，它就散发了出来，还没等我知道自己在说什么，这股邪门劲儿就发作了。"现在你该去验大便了。"去验大便，那是我脑子里排列的最后一件事儿，可是很显然，它却是从我嘴里第一个冒出来的，究竟为什么，我是百思不得其解。当时我正在想我与我自己的电子邮件往来，还在想康妮如果发现了会怎么想，之后就"砰"的一声爆了出来！我几乎不知道如何来弥补。我抬眼看了看艾比。在她的口罩上方，她的双眉已经弯成了蝙蝠翅膀的形状，每当我说了什么愚蠢或者难懂的话，她的眉毛都会皱成那个样子。我又低头看了看我的患者，他的双眼紧盯着我，流露出无声的担心。我能是什么意思呢？他的双眼似乎在问我。他的嘴和验大便会有什么关系？我看到了什么？我要他的大便取样做什么？我要在他的大便取样里寻找什么？告诉你吧，就连我都被难住了。我想，唯一能使我摆脱这种窘境的方法就是开始放声大笑，要装出我一直都打算说出刚才那句关于验大便的话，因为我只是有一种恶作剧的幽默感。我必须要装出每天从早到晚我都是在琢磨幽默的话题，目的就是让我周围的人都感应到一种恶作剧般的精神和快乐。好吧，就这么做。我就开始笑起来，并拍了拍汤米的膝盖，告诉他我刚才是在开玩笑，现在他可以坐起来吐出嘴里的东西了。我尽管仍在笑，却装出一副全神贯注的样子，转过身去查看盘子，其实我是在回避别人的目光，尤其要回避艾比的目光，因为艾比最清楚我根本不是那种喜欢恶作剧的人。我仍在装模作样，这时康妮来到门口对我说:"奥罗克医生?"

我转过身来。

"有空儿过来一下。"她说。

康妮手拿着iPad站在那儿,准备告诉我只有上帝才知道的最新发展,对于这一幕我已经变得十分提防,但是此时,我却觉得她如天兵突降般救我出了危险境地,甚至比我上次告诉贝尔纳黛特·马德她正在无可逆转地老去时她的及时相救,更让我如释重负。我可以先把汤米和我那无法解释的验大便的胡话撇在一边儿。

"这次是什么消息?"

她把iPad递给我。还是在推特上:

镇压分为各种级别,即使那么久远的历史事件浮出水面时,我们也不会感到惊讶的。

我把目光移离屏幕。"如果你问我他们在谈论什么镇压,康妮,我真的一点儿头绪都没有。一场大屠杀?一场阴谋?什么都有可能。"

"不是那条,"她说着指了指,"看这条。"

想象一个民族如此悲惨,他们竟会羡慕犹太人的历史。

"噢。"我说。

"'想象一个民族如此悲惨,他们竟会羡慕犹太人的历史'?"她说。她重复了一遍,很显然她不懂这其中的意思,似乎在征询我的看法。

"我得和你说多少遍呢?"我说,"那不是我。我不是写这东西的人。"

"他们说的是谁?"

"不知道。"

"为什么提起了犹太人?"

"不知道。"

"还有哪个民族的历史比我们的更惨?"

"不知道。不知道。不知道。"

她离开了。几分钟之后,我来到了她坐着的前台。

"你不会把这事告诉你的伯父吧?"

"我的伯父?"

"因为我不敢确定他能理解。"

"哪个伯父?"

"斯图尔特,"我说,"其实你哪个都不要告诉。尤其不要告诉斯图尔特。我有一种感觉,他不会喜欢的。"

"不喜欢什么?"

"那条推文。你刚才让我看的那些话。关于想象一个民族的历史比犹太人的历史还要悲惨的那句话。我想这话会让他感到不舒服。"

"你又为何担心呢? 如果真的不是你在推特上发言,谁又会在意?"

"因为那是以我的名义写的。当他看到以我的名义发的帖子,他会怎么想呢?"

"他会想那是你写的。"

"正是。"

"可是有件事儿,"她说,"你看这是不显得有点儿怪:你对犹太人的历史曾经着过魔,接着我们就在推特上看到,某人正在以你的名义将他民族的历史和犹太人民族的历史作比较。"

"首先,我不敢说,我对犹太人的历史曾经'着过魔'。其次,其实这并不是'接着我们却在推特上看到'这么近,因为,自从我上次阅读过关于犹太教的书籍以来,时间已经过去了很久。"

"不过,这仍然是一个奇怪的巧合,对吧?"

"是什么样就是什么样,"我说,"反正我都无法控制。"

"接着,你又过来叮嘱我别把这件事儿告诉我伯父,可是我从来就没有想过要告诉我伯父这件事儿,这个有点儿怪,保罗。"

"知道吗,"我说,"当我们都在上班时,最好都管我叫奥罗克医生。"

"你为什么改变了话题?"

"我没有改变话题。我是就事论事。"

"你为什么不愿意让我伯父斯图尔特知道推特上的这件事儿呢?"

"因为你伯父已经认为我是个反犹者了。有人在冒名顶替我,或者我又变得口无遮拦了,你说他会相信哪个呢?"

"你什么时候变得口无遮拦了？"她问。
我回到诊室把汤姆的治疗结束。

"乌尔姆是什么？"我写道。

请你停止以我的名义发推特。康妮已经开始认为这可能就是我了。

康妮是谁？

"康妮是我的业务经理。"我回答。接着马上又写道：

你问"康妮是谁"这是什么意思？你知道康妮是谁。在你出现和建立了网站之前，没有人管她叫"业务经理"。她不是业务经理。其实她只是在做好了预约之后，填写预约卡片。

我为什么要给他发这个？我不知不觉地又给他写了第三个邮件。

其实不是这样。最近我常坐在候诊室里看她工作。原来她在这里做很多工作。任何时刻她都有可能做着十种不同的事情。那天我看她工作时，我意识到她使我们的诊所运作十分顺畅，真该得到许多赞誉。

按完发送键之后，我立即后悔了。我这是怎么了？我凭什么向他解释？

你告诉她这些事情了吗？

没有。

没有！"没有"这个词真是多余。

你不觉得你应该告诉她吗？

也许吧。

那你为什么不告诉她呢？你已经注意到了一些东西。这就是巨大的成功，保罗。每天的觉悟就是我们最大的挑战。但是，除非你和她分享这些，否则那将毫无帮助。出于无知而三缄其口，这是可以宽恕的；当觉悟来临时仍然沉默不语这就不可原谅了。

这时康妮走了进来。我尽量装作随意地将手机揣到了口袋里。

"你总是在和谁发送邮件？"她问。

"我没有发邮件，"我说，"我在看关于昨晚比赛的报道。"

我又从口袋里掏出手机，装作继续阅读昨晚比赛的报道。康妮没有动。

"他们昨晚没有比赛。"她说。

我抬起头："谁没有比赛？"

"红袜队，"她说，"他们昨晚没有比赛。"

"我不是说红袜队，"我说，"我说的是另一个队。"

"什么队？"

"什么队这有关系吗？扬基队。"

"扬基队昨晚因大雨推迟了比赛，"她说，"第五局时。"

"那并不意味着对前五局没有评论分析。"我说着摇摇头，对非体育迷们的这种无知感到十分沮丧。

"扬基队昨晚并没有因大雨而推迟比赛，"她说，"他们和芝加哥打了比赛，而且以18比7获胜。"

我离开了房间。然后又回来了。

"顺便说一下，"我说，"我一直都想告诉你，对你在这里所做的一切我是多么地感激。我们的账单，打开我们所有的快递包裹，还有在桌子上摆放花朵，"我说，"摆上了花朵的感觉就是不一样。"

她眯缝起眼睛紧盯着我，试图看出我的意图。

"你从什么时候开始注意花朵的？"她问。

"就这样吧。"我写道。

我和你谈完了。

第二天,我的网站有了改变,此时还包括了《坎塔维斯蒂克》的第 30 至 34 次驻扎。是从上次故事结尾处接着叙述的,说的是那四百名亚玛力人逃亡到西珥山之后的故事。

我的个人网页上这样写道:"以色列的大卫王到西珥山去追杀残余者。他在西珥山屠杀了亚玛力部落所有剩下的成人和孩子,全部四百个人不留一个活口;亚玛力各代人的国王阿加格惨败逃逸,躲藏在柏树后面,目睹了以色列人对亚玛力人的暴行,从哈扎松一路狂屠到西珥。阿加格为亚玛力人哭泣,因为亚玛力人的鲜血染红了干涸的石床,在他周围环绕犹如溪边垂柳,顺流而下恰似天降红雨。"

后面还有。阿加格哭泣得没有力气再哭泣,于是,他开始诅咒以色列人的主神,因为他曾经在哈措尔努力将其争取过来,对自己的信使从以色列阵营中偷偷带出来的所有信条和习俗几乎都予以赞同。"你做了什么啊,以色列的主神?"他在战死的士兵和骆驼的血河中怒吼。你可以想象一场比美国南北战争中的安提塔姆战役还要惨烈的状况,尸横遍野,残肢断臂,头颅上的鲜血将头发粘在一起,在炎热中已经凝固,就在这中间,被屠戮的民族中唯一的幸存者双腿跪地,怒斥一个他原以为是上帝的神。"难道他们没有在你面前下跪吗?没有听从你的调遣吗?没有在你的眼里祈求宽恕吗?"他质问,"难道他们没有遵从你的命令和法规、停止食用猪肉和兔肉、没有行割礼、没有穿上洁净的衣饰吗?难道我没有爱你的女儿,"他质问,"没有为你学习希伯来语吗?"

就在这时,看啊!是谁出现在了他的面前,"在一片血云上行来。"想象有点儿难,但是你知道,不管怎么说,从语义学的角度,那就是上帝本神,最初之神,最终之神。"过来吧,"上帝说,"不要害怕。"但是不害怕那是假的。阿加格退缩到尸骨的边缘,暗自思忖(这类故事中的转折处,先知总能够从吹到他脸颊上的第一股天国之风就知道是谁在讲话),自己是真的见到了上帝呢,还是自己患上了有史以来所记载的第一例"创伤后压力心理障碍症",因为他毕竟经历了那么多的苦难。但是他并没有怀疑太久,因为上帝似乎真的是信心十足。"你将知道我是万物之主,是你们的上帝,"上帝说,"只是我一直以来沉默不语。"他解释,那种沉默具有实际意义:在现有的所有诸神的名单上(以色列人的主神、埃及人的主神、非利士人的主神等等)再增加一个神没有意义,只能徒增迦南地区的杀戮,或者,用他的话说,"指挥各派别之间的战争,争抢各民族的第一批果实。"他为什么不把这些神都彻底消灭掉,在地球上迎来和平呢?这个问题他既没有问也没有得到答复,但是清楚的是,实际上,他就是唯一的上帝,他来到这里就是为了将阿加格从纷争中解脱出来。他说:"因此,过来,我将与你建立盟约。因为我将把你们变成一个伟大的民族。但是你必须让你的人民离开这些军阀,绝不能以我的名义与他们为敌。记住我的盟约,你们将立于不败之地。如果认我做上帝,崇拜我,却派人以索尔特里琴和小手鼓预言我的意图,从而发动战争,你将死无葬身之地。因为人类不知道我。"阿加格极力分辩,说我怎么敢去当先知,我笨嘴拙舌,人们将笑掉大牙,等等，但是他终于站起身来，走下西珥山，成为了第一个乌尔姆人。

他写道："所以，你看，乌尔姆人就是怀疑上帝的人。"
我回答说："这根本说不通。"

这不符合逻辑。你怎么能够怀疑显身的上帝呢？

你使用了大脑中错误的部分，保罗，你该用衰退的那一部分，饥饿的那个部分。

但这就是问题。我是在用我的大脑，将来也会永远使用我的大脑，因此我说，你说的这些和其他什么宗教狗屁一样蠢。

每一门宗教都会遇到非逻辑的东西。佛教徒只有通过意识到了自我并不存在，才发现了涅槃，但是这个自我必须要发现自己的不存在。印度教徒口里念着"不是这个，不是这个"行走在大千世界里，而当他否定了一切之后，上帝却站在了那里。犹太教徒认为，上帝以自己的形象创造了他，但是人类却充满了邪恶。基督教徒认为上帝也是和我们一样的血肉之躯。非逻辑的东西能够测试信仰，如果没有它，就只剩下轻松的派对时间了。

我更喜欢派对时间。

我不认为你喜欢。听我说,保罗:怀疑的恩赐并没有免除我们信仰的负担。正如信奉上帝的人忍受着自相矛盾的痛苦一样,我们也必须忍受自相矛盾的痛苦。不过有一个区别:怀疑是能向人类表达的走向上帝的最开明的方法。相比之下,一神论则是一种异教式的大屠杀。上帝的真正选民,保罗,不是犹太人,而是乌尔姆人。

几个小时后,我回信道:

必须得怀疑吗?我是说,真正的怀疑,字面意义上的怀疑?

他回答:

字面意义上的怀疑。

之后的几个星期只是模糊一片的记忆。比如说,我不能确定维基百科关于乌尔姆人的页面是什么时候出现的。我甚至记不清里面说了些什么,只是觉得其中一部分在模仿"我"在《纽约时报》上所撰写的评论内容,包括乌尔姆人中没有圣徒保罗去走罗马帝国的小路。这一网页很快被维基百科那些自发的编辑之一"星际迷和奶油蛋糕"提出要删除掉,其理由是某某方面不太充分。当时我认为几乎所有事情都可以在维基百科上建立一个页面,比如你新组建的金属乐队或者你的宠物,却不知道那里还有像"星际迷和奶油蛋糕"这样的人在管理着新的页面,并负责删除虚假的或不严肃的版页。任何不合适的条目都会在一两天之内被发送到历史垃圾箱里,比如关于乌尔姆人的第一个页面的命运。我也不记得我是什么时候第一次收到星巴克的迈克尔·穆尔、微软的乔安娜·斯凯德,以及赞德·齐里奥基思来信的,这几个人都在期待关于乌尔姆人的更多信息。我记得评论和链接的扩散,推特上的跟帖者,脸书上的新朋友。我记得我数次努力想要从这个冒充者那里知道,他为什么要这样对待我,他为什么要不断地侵入我的生活,也记得我越来越强烈的愤怒。我记得和卡里·格特里奇的一次谈话,我告诉她有其他人在和我联系。我也记得我试图冻结网上以我名义注册的账户这一复杂的程序,程序要求我必须寄出我的政府发行的驾照连同经过公证的证明我真实身份的宣誓书的复印件,就像一场令人沮丧的模拟实验。我还记得采集托马希诺先生的所谓全唾液的样本,因为他的唾液腺正在衰竭;我记得给一个穿着迷彩短裤的坚强的小男孩儿补牙,因为他吃樱桃时咬到了樱桃核而硌坏了一颗牙;我记得将一名未约诊的患者转院到了伦诺克斯山医院去治疗他吸入的一颗牙。但是我记得最清楚的是康妮手里拿着iPad站在走廊里,神情沮丧的样子。

"怎么了?"

"请你过来一下好吗?"

我们来到一间没有患者的诊室,她把iPad递给我。尽管样子看上去很沮丧,她仍然很是漂亮。她上身穿着一件高领衬衫,不是康维尔夫人喜欢的那种修女式的毛衫,而是那种淡雅的夏季穿的款式,高领部分如同逆向的翻领,宽松肥大,像翻卷的郁金香一样向一侧倾斜,她的头部犹如花蕊那样从中露出,布料与其说是布料,不如说那是亿万根银色、粉色和红色的丝线编制在了一起,缤纷炫目。她那紧绷的臀部外面套着一条舒适的旧牛仔裤。

"你看那个。"她用手指了指说。

我把她指的那条推文看了一遍。

"你知道有这么一条吗?"

"不知道。"我说。

"但是你知道这是多么无礼吧?"

"知道。"我说。

她离开后,我又把推文看了一遍。推文以我的名义这样写道:

> 那六百万谈得已经够了!直到我们的损失、我们的痛苦和我们的历史最终被承认之前,不要再谈论那个什么六百万

"我不明白你为什么选择了我。"我写道。

> 但是你确实有些胆量,婊子养的。别再声称你是保

罗·奥罗克。至于所有这些宗教狗屎呢？嗨，你知道吗？我他妈的一点儿也不在意！别再以我的名义瞎扯淡了！你干脆长些胆量，用他妈你自己的名字来写推特，这对你很重要。**最最重要的是，别以我的名义谈论犹太人！！** 别再谈论那场大屠杀，别再谈论那六百万人。人们看了很不爽，当然理由充分。他们来要求我予以澄清，可是我连一件事儿也澄清不了。没有人在意你们那悲惨的历史，尤其是当你与犹太人的历史比较时，更没有人同情。你对犹太人有什么仇恨？难道你也是反犹的网上流氓？你也该考虑考虑别在推特上讲什么历史课了。试想一下亚伯拉罕·林肯在推特上发表《奴隶解放宣言》吧。难道你不是个活人吗？难道你除了在一个隐秘的地方发布一百四十个符号之外就没有发表什么伟大演讲的更大的志向了吗？一个人身上的东西你用推特是根本写不全的。我梦想有一天能够冲破我可怕的心理禁忌，到地铁里高声歌唱。把这个写在推特上吧，你个婊子养的。

我曾经向康妮透露过，我幻想有一天在地铁里弹着班卓琴并高声唱歌。除她之外我没有告诉过任何别人。我还告诉她，如果她发现我这么做了，她就会知道我要么是一个改变了的人，要么就是彻头彻尾、完全不同的另外一个人。但是为了有这么大的改变，我必须克服我的心理禁忌和音乐上的不足，手拿班卓琴坐在F线地铁的车厢里，开始歌唱《圣安东尼奥的玫瑰》，不行，那种变化会让我自己都不认识我自己，所以，我必须得是一个完全不同的另外一个人,这意思就是说,我必须得接受迎头一棒,以更大的成功可能性,更宽广的胸怀,从诱惑之光的隧道归来。我对她说,尽管我非常想这么做,但是让我在地铁里唱歌是不可能的,因为在我和我在地铁里唱歌这两者之间,永远站着一个根本的、不情愿的、根深蒂固的、有心理禁忌的我的核心。"但是你不相信你有可能改变吗?你不相信你有可能自我升华吗?"她问我。我告诉她我所相信的:真正的自我升华,实际上的根本改变,那是凤毛麟角,极为罕见的,事实上,那更像是一个与神圣造物主有关的神话。我们是谁就是谁,不管是好还是坏,唯一的例外是我们有时做出不像自己的手势,以及突然显露出来的脆弱。我并没有告诉她:假如我能够鼓起勇气在地铁里唱歌,我也能够向斯图尔特伯父表白我爱他,爱他和他所有的兄弟们,爱所有普洛茨家族的人,而且发誓决不会让他们失望。

我最喜欢的童话故事是威廉·史塔克写的《老鼠牙医》。德·索托医生是一位老鼠牙医,专给那些不吃老鼠的动物治疗口腔疾病。挂在它诊所外面的牌子写得清清楚楚:猫及其他危险的动物概不接待。这一做法合情合理。(它也让我反思,我有没有曾经给某个杀人犯治疗过牙病呢?)一天,一只狐狸来到德·索托医生的诊所外面,被牙折磨得痛哭流涕。德·索托医生既有古希腊医学大师希波克拉底的古风,天生又是个善良之辈,所以它注定是要给狐狸治病的,而且它的妻子,同时也是它的助手,也鼓励它同情这个可怜的动物。所以,德·索托医生,这位勇敢的英雄牙医,就爬进了狐狸的嘴里,发现了一颗腐烂的双尖齿,而且感到口气极为难闻(从这一点上你就可以看出,作家史塔克不是牙医:因为所有口腔的口气都极为难闻)。狐狸对德·索托医生感激涕零。狐狸尽管知道此时此刻它的恩人正在它的嘴里给它化解痛苦,但是它心里却仍是痒痒地想要吃掉这块可口的小点心。德·索托医生给狐狸注射了麻醉剂之后就开始拔牙。此时的狐狸露出了尾巴,将自己压抑不住的本性暴露无遗,在迷迷糊糊的状态下嘟嘟囔囔地说它将如何吃掉这一家老鼠美味。那天夜里,德·索托医生为第二天的后续任务感到十分担心。狐狸就是狐狸,那是本性难移的。然而,它必须闯过这关。工作一旦开始了,它总要将其完成。它说,它的父亲也是同样地敬业。(我的父亲也是同样:他会以任何人开始一个全新项目的热情开始重新粉刷卫生间的墙壁,或者给厨房铺设新的油毡,当工程正好完成三分之一时,他就离开,将车开出去一段距离,用低价把车卖了,走回家,哭泣着将钱递给我母亲。)我不能把故事的结尾告诉你,那就破坏了你的兴致,但是,毋庸置疑的是,狐狸就是狐狸,那是本性难移的。《老鼠牙医》故事里所展示的最了不起的英雄精神,其实并非是这只老鼠在险境中仍决心给予帮助的高贵精神,而是一种短暂出现的动人的迹象,这就是,那只狐狸可能具有一种内在的改变能力。

当我在堵一个牙洞,或是处理一个牙根管,或者是拔掉一颗不能再修复的牙齿时,我都在想,这些都是可以预防的。这时,我对人性的观点又回到了原来那种愤世嫉俗的态度:他们不刷牙,他们不用牙线,他们不在意。狐狸就是狐狸,本性难移。可是当他们刷了牙并且用了牙线却仍然保不住牙齿时,我就会将责任归咎于别的什么东西,这一点你可以料到,我会指责残酷的自然界或者袖手旁观的上帝。我总是在说,口腔的不健康是完全可控的,除非我说那已经完全失控了。一天,一位患者来到了我的诊所。他就住在附近,属于曼哈顿上东区所剩无几的低收入住宅区之一,他在建筑工地工作,双手犹如密麻的勒颈树那样布满了青筋,事先清理塞在他牙缝中的口嚼烟叶并没有费多少力气,直到后来,当我给他处理左上牙齿中犹如一场火车撞车事故现场的一堆烂摊子时,我才开始思绪万千。这家伙很可能基因不良,父母无知,童年悲惨。他根本不去照顾自己的牙齿。他根本没有机会照顾自己的牙齿。他就这样长年地忽略自己的牙齿,直到牙齿脱落或者他死去。除非发生奇迹,他从椅子上站起来后彻底改变生活。除非某种隐藏的性格显露出来,再加上我的一点儿指导,他六个月再回来时就会焕然一新。但是我想,即使这样,那种变化,那种隐藏的性格,也必须是他体内已经有的。光凭我几句严厉的警告是制造不出来的(上帝知道我给过警告的),一时的痛苦所得来的教训,一小时之内就会忘光。椅子上的这个人与其说能够掌控自己最好的冲动,不如说他更能够指挥他体内一群最糟糕的本能。不管有没有变化,他的命运已经不在他的掌控之中。唯一留下来的问题就是:你是狐狸呢,还是一个更高等级的动物?

"亲爱的保罗。"他写道。

对不起让你心烦意乱了。你需要去领悟的东西真是太多了。我们对犹太人没有任何偏见。我们反犹太人吗？不。在我们的历史中,我们什么时候曾经有过可以随意仇恨的自由？在历史中,若说能够与犹太人以及他们那么多的悲剧堪比的,也就只有我们乌尔姆人了。我们并非犹太人的敌人,保罗。我们是犹太人的犹太人。

犹太人的犹太人？那是什么意思？

你听说过"智者"阿方索把埃瑟珀提格人追杀得隐姓埋名吗？你注意过罗兹大屠杀吗？1861年的"乌尔姆人！乌尔姆人！"暴动在你们的历史课堂上讨论过吗？为了按照联合国的巴勒斯坦分治方案而建立以色列国,英国军队对所有在以色列境内居住的乌尔姆人实施了镇压,这在你那遥远的梦幻中有一丝的影子吗？你知道我们濒临灭绝是处在怎样一种命悬一线的境地？你尽管去说犹太人的那些悲剧吧。至少他们的悲剧被载入了史册。

第二天上午,我在给一位患者治疗时想起了一本名人杂志上的一个标题。其实那更像是一个小标题,是关于瑞莉宣布她怀上了双胞胎的娱乐性新闻,"瑞莉一直都想同时拥有两个宝宝。"他们采访瑞莉时("专访"),瑞莉袒露心声,说她自从记事的时候开始,她就一直想同时有两个宝宝。不是一个,也不是不同时间的两个,而是同时怀上两个。嘭、嘭。即使才三岁时,七岁时,十岁时,瑞莉就想过同时要两个宝宝。那是她儿时一直的梦想,是她十六岁时的梦想,二十岁时的梦想,二十五岁时的梦想,而现在,信不信由你,她真的怀上了双胞胎。瑞莉的梦想终于成真,她终于同时有了两个宝宝。让自己的梦想成真并与世界分享,还有什么方式比在名人杂志的封面上刊登更合适的呢?那大标题赫然写着"双胞胎!"

我还在想着瑞莉,想着她的双胞胎,想着宣布她一生的梦想成真的标题,这时康妮来到了门口。我装作没有看到她。

"奥罗克医生?"

我装作没有听到她。

"奥罗克医生,您有空儿过来一下。"她说。

我在希尔克里夫先生的嘴里又磨蹭了一会儿,觉得再没有什么可耽搁的借口了,就说:"好了,希尔克里夫先生。你可以坐起来,吐出嘴里的东西了。"

我很不情愿地向康妮走去。她想和我谈我最新的推文。

> 我梦想有一天能够冲破我可怕的心理禁忌,到地铁里弹着班卓琴高声歌唱。

"这话你跟我说过,"她说,"你说的和那上面的完全一样。"

我不知道如何解释。

"这简直让人发疯!"我说,"那不是我!"

"那能是谁呢?"

"我向上帝发誓,康妮。"

"这就是你,保罗。"

"不,那不是我,我向上帝发誓。"

"你是不是在耍什么鬼把戏好让我和你重归于好?"

"和你重归于好?我提的分手啊。"

她歪了歪脑袋。

"反正第一次是我。"

"你为什么写这些东西?"

"我没写!好,我证明给你看。"

我掏出手机,让她看了我和我的替身之间的邮件往来。我让她认认真真地看了我向我替身坦述渴望在地铁里唱歌的那句话。

"我怎么知道这不是你呢?"

"和我自己发送邮件?"

"设立一个邮件账户并不难。"

"我说的正是这个!他以我的名义设立了一个邮件账户,并且用它给我写信。"

"你为什么要回信呢?"

"你搞错了重点,"我说,"你认为我在和我自己通信。我并没有和我自己通信。"

"这是什么?"

她把手机举过来让我看。

"这就是你为什么感谢我在桌子上摆放花朵?"她说,"因为某个装作你的陌生人在电子邮件里告诉你这么说的,是吗?保罗,你需不需要帮助?"

我从她手里拿过手机。

"那不是我,康妮,确确实实不是我。"

她走开了。接着她又走了回来。

"如果是那样,"她说,"如果这些无稽之谈真的不是你说的,那你怎么不发怒了呢?当你认为他们把你变成了一个基督教徒时,你不是发疯了吗?现在你又是另一个民族的人了,一个奇怪的民族的人,你怎么就接受了呢?你和那个家伙来回发送邮件?你让他以你的名义在推特上发文?你竟然还有脸书页面,天哪!原来的那个你跑哪儿去了,保罗?如果我能找到原来的那个保罗,我就不会提出质疑了。"

"他就在这里,"我说,"他仍然在发怒。"

"如果你与现代世界的抗战以这样的方式结束,如果你终究要用推特、博客等所有这些东西,你为什么不告诉他们你的真实身份呢?你是一个伟大的牙医,一个真正的红袜队的铁杆球迷,而不是这个……这个……"

她绝望地一甩手走开了。

康维尔夫人在2号诊室为一位患者的阻生磨牙做治疗前准备,在3号诊室,一位长期患有牙疾病且下颌肥大的患者在等待我给他处理咀嚼和咬合力消退的问题。我却找不到一部

iPad。你给你的诊所购买最新的技术产品,却要花大把的时间去找到它。或者说需要大把的时间去学会怎么去使用它。寻找它和学会使用它变得比给患者看病还重要了。寻找和学会使用你花了数千美元买来的东西,或者说学会使用这个对你的诊所至关重要的东西,这成了我生活中势在必行的事情。谁管那个患者他妈的怎么样?患者如同消失了。甚至你自己都不在场。你身处这个怪诞的隐士般的世界里,没有别人,只有你自己和这部手机,问题是,谁能够胜出呢?

我进到了5号诊室,见里面有一位患者。很显然,他正受着痛苦的煎熬,从他那呻吟声就可以看出。我正在四处寻找一部空闲的iPad时,只听他深深地吸了一口气,然后又吐出来,"阿……拉姆……阿……拉姆……"我慢慢转过身,果然是他。"是你!"我吼道。

我扑过去,一把抓住阿尔·弗拉什蒂克的脖领子,将他从椅子上揪起来。

"奥罗克医生!"他叫道,"上帝救我! 我正在受着痛苦的煎熬!"

我拒绝给他治疗,除非他把一切都告诉我。
"你不是应该在以色列吗?"
"计划没有成功! 我回来了。现在我的麻烦可大了! 你是我唯一信任的牙医。你必须要帮我!"
"我没有什么必须做的事情,"我说,"你为什么以我的名义建立了一个网站?"

"你在开玩笑吧？我都不能以我自己的名字创建网站！这一定是个天大的误会！"

"我的律师已经做了调查，伙计。上面登记的名字是你。上次你离开之前，你说你自己是乌尔姆人，并且说我也是。所以，你别给我装傻了。"

"先给我看牙，"他叫道，"噢，求求你了！"

我仍然攥着他的衣领，没有让他坐下。我用另一只手抓过来一把手术钳，开始在他的鼻孔里转圈。

"好吧，"他眼泪巴巴地嘟囔说，"好吧，好吧。"

我松手让他坐下。

他整理了一下褶皱的衬衣，又因牙疼而皱眉蹙眼。

"我肯定他们有你的家庭档案，"他说，"我也肯定，你的家庭档案和任何家庭的档案一样都非常详细。"

"我的家庭档案？"

他说："你想知道的一切，不管是你从前知道的还是不知道的：你是谁，你从哪儿来，你属于谁。你属于谁，医生。"他忘记了牙疼，竟然冲我一笑，接着又很快皱起眉来，"但是现在，他们不这样做了。到目前为止，他们已经找到了足够的回归者。他们现在的兴趣是想确定，在这些回归者当中，到底谁会凭借信息的力量就能选择那古老的生活方式。"

"回归者什么意思？"

"就是从稀释的血族和被迫改变了宗教信仰的移民社群中回归的人。难道他们还没有和你联系？"

"没有。"我说。

"那可不负责任,"他说,他嘴唇上卷曲的枯萎胡子往左动一下,接着又往右动一下,表示失望,"我认为那很不负责任。但是他们也有自己的原因。听我说,"他说,"如果他们不愿意告诉你,那么我来告诉你。你属于一个失传的传统。一个颠覆历史的传统,可以这么说。你的基因证明了这一点:你的基因里存留下了你的历史。那是挥之不去的,它可以追溯到几百年前。我没有你的具体细节,但是我肯定阿瑟有。"

"阿瑟是谁?"

"格兰特·阿瑟。就是他发现了你。你不是外人,"他说,"你和埃及人一样古老,你甚至比犹太人还要久远。"

"凭着你们说的关于犹太人的话,我真该把你的牙齿都敲掉!"

"等等!"他喊叫道,使劲抓住椅子的扶手,身子往后一仰,躲开我的拳头,"关于犹太人我们说了什么?没有什么恶语啊!我们觉得和犹太人很亲近呢。我们只是把犹太人作为参考罢了。你认为我们应该用美国原著居民作参考吗?就我个人而言,我觉得他们更为合适。被指控信奉异教,被大规模屠杀,以及后来的酗酒和自杀。曾经辉煌过的民族,现已邋遢破败。但是他们缺乏全球的影响。犹太人的历史倒是一个有用的参考,仅此而已。苦难不应该是一种竞争。"

"可是当你看推文时,那读起来到很像是竞争。"我说。

"在推特上嘛,"他说着扬起了眉毛,"嘿,还真产生影响了。"他思忖了一会儿,用神经质的动作挠了挠小胡子中间那发白的人中,"关于引起世人注意我们会带来什么危险,大家争执不已。但是推特……这太棒了。嗯,好吧。这来龙去脉你弄清楚了吗?"

"根本不清楚,"我说,"你为什么来这里?"

他迅速地看了我一眼,似乎完全不理解我的问题,"我为什么来这里?我为什么来这里?医生,你打开那盏灯,看看我这可怜的嘴吧!"

"你说你要去以色列的。到底发生什么了?"

他摇摇头,叹了口气,又伸手摸了摸胡须,刻意露出悲哀的样子。

"你是个施虐狂,医生。真正的施虐狂。一颗飞毛腿导弹正在飞袭我的神经,可是在这紧急关头,你却要求我告诉你我一生中最糟糕的失败。难道这就是你所谓的同情心吗?"

我身子往后靠在了水槽边上,双手交叉在胸前,双脚也交叉着。

"好吧,好吧,"他说,"最后,我没能做到。时间太久了,我从小就生长在基督教的家庭中。祈祷了那么多年。我猜我有上帝的基因,不管是好还是坏。"

"你是说你不能怀疑了?"

"我有充分的理由怀疑。"他坐直了身子,将双脚塞在了腿下,就像东方某种参拜姿势一样。"你听说过遗传基因学家克里夫·李吗?就是杜兰大学的克里夫·李博士?"

弗拉什蒂克向我解释,克里夫·李博士在新奥尔良的杜兰大学海沃德遗传学中心担任"霍华德·罗斯"教授多年,之后格兰特·阿瑟向他披露,说他是一个乌尔姆人。一年之后,李博士举家前往以色列,在那里进行分离乌尔姆人基因特点的研究工作。弗拉什蒂克娓娓道来,俨然一位科学家在给我讲课。他说,李博士的工作主要是研究莫代尔单倍体、微卫星DNA和固有变异多态性:证明乌尔姆祖先特点所必需的难得一见的基因数据。

"他设计了一种准确度在60%至75%的测试法,"他说,"如果你在德系犹太人移民之前从西奈出来进入莱茵河流域,那么准确度是80%。很明显,这两部分群体之间有些混合,但是因为他们都有着悲惨的历史,测试结果不足以受到影响。"

"测试什么?"

"乌尔姆人的血统。不敢说保证,只是大概的估计,这一点他非常清楚。对于我个人来说,准确度的机会是70%。但是不管李博士的测试法缺少什么,阿瑟都用某个个案案卷给弥补了。"

"这个个案案卷起什么作用?"

"难道你没有在听我讲吗,医生?它证明你是一个乌尔姆人。"

格兰特·阿瑟的研究十分详尽。弗拉什蒂克仍对阿瑟第一次披露他的档案所给他带来的惊愕记忆犹新。祖先的名字,生卒地点和时间,一个古代家族谱的大树在无尽地添发着枝叶。阿瑟以寻找一个失落民族的名义,查遍了世界各地的档案馆和博物馆,不漏过任何关于合同、军队征兵、土地清册的记录。他并非仅仅在寻找可能的回归者,他是在恢复一个混乱得极为脱节,甚至他终其一生都难以恢复的秩序。这给他带来了奋发的热情。

"有遗嘱、土地档案、审计记录,"弗拉什蒂克说,"他查阅了政府、医院、外国法庭的档案文件。外语许可证,其中的许多外语他都说得很流利。港口档案、公正记录、航海日志。我能想象出他坐着火车辗转于北极圈里外的冻土原上,乘坐飞机降落在动荡之中的国家,带着便携式扫描仪,旅行包塞得不能再满,彻夜失眠,不修边幅,心情抑郁,但是仍孜孜不倦前往一个又一个图书馆,查阅一个又一个新的名字。这将给他提供所需要的足够的证据,用以证明他终生目的的正确。他就是这样,锲而不舍,矢志不渝,直到他在地图上两个模糊的地点之间呼出他一生中最后的一口气。你千万要记住,"他说,"格兰特·阿瑟可是个伟大的人物。普通的凡人将永远无法知道他是如何做到的。他把我的血统追溯到了1620年左右。你能想象出来吗?在他的发现之前,我以为我是一半儿的日耳曼血统……另一半上帝知道是什么。"

我从来没有太重视过遗传学。收集死者的名字那可是大大地浪费时间。再者,就像用铁丝将颅骨穿起来一样,将这些名字串联成一个完全私密因此与他人毫不相干的故事,那根本没有任何历史意义。都是怀旧型惹人生厌之徒的自恋似的消遣。但是,1620年却让我觉得挺了不起。

"他从我母亲的娘家姓勒格雷斯开始追溯。从勒格雷斯,他追溯到了德威特,从德威特到斯特里克兰,到肖特,到克拉姆,到克雷默。他又追溯到了博尔,再往上到了穆尔豪斯。这些我家族的名字,我祖先的名字,我根本不知道存在过……有人替你把家族血统一一摊开摆在你面前时,我感到了一种不可名状的惬意。我也感到了一种后怕,万一我到死也感觉不到这种惬意,那该有多么遗憾!那我就会一直处在迷惘之中,轻滑过生命的表面,对重要的事情一概不知。"

"格兰特·阿瑟怎么知道他就是个回归者呢?"

"是他父亲告诉他的。但那也是在他临死之前,因为他很羞愧。他给他儿子一个在魁北克的名字让他去找,那儿有一个小社区。魁北克人给他讲述了埃瑟珀提格斯人,所以他就去了西班牙。卡斯蒂利亚有一位男子叫拉曼沙,他刚刚失去了双亲,而且认为他即将下葬的不仅是他家里最后的亲人,也是一种他们只在家里讲的语言的最后两个使用者。格兰特·阿瑟在阿尔巴塞特追寻到了这个人。当他用母语和他打招呼时,那个人已然是热泪纵横。"

"埃瑟珀提格斯人是什么民族?"

"当他给你看你家族人名字时会告诉你的。我确信他有这些名字。全部的名字,可以追溯到……谁知道能追溯到多远。他会将你的家族名字一代一代地摆在你面前。直到你弄清楚你的位置,你的归属。"

"他怎么知道要找我?他怎么知道要找任何人?"

"他的研究。很自然地从一个查到了另一个。我们都是有联结的,医生。他只需把绳结解开。你会看到你祖先的名字是怎样改变的。你会看到他们是如何英国化的,他们是如何适应于不同国度的,如何失去了他们原来主要特性的,你都会看到的。但是首先,你得先为他做点儿事情。"

"什么?"

"接受信息。"

"什么信息?"

"那就是,上帝指导了他的臣民去怀疑。如果一个新的回归者能够毫不怀疑地接受这个信息,他就无须去获得我们每一个人的祖先记录。你知道这中间做了多少的工作吗?多少旅行?多少辛苦的研究?这真的要了他的命。他快双目失明了,而这给李博士带来了更大的压力去完成那项基因测试法。对于李博士和阿瑟两个人来说,假如这个信息足够有用,那他们将如释重负。"

我听到门口有一阵响动。我打开门,看见康妮在偷听我们讲话。她恢复了平静。

"怎么?"

"我们不知道你去哪儿了。"

"'我们'是谁?"

"我和艾比还有贝奇,"她说,"你在屋子里和谁谈话呢?"

"没和谁谈话,"我说,"一个患者。请你回到工作上好吗?"

她很不情愿地离开了。我回头看了看弗拉什蒂克。他在抚摸他的胡须,那样子好像是在吹奏一把布鲁斯口琴。我的身份被这个混蛋给偷去了,可是此时他正在为某种模糊的精神失败而自我嗟叹。我把他关在了诊室里。我的职业精神再好,也得让他和他的脓肿多等待一会儿。

康妮转过身来。"格兰特·阿瑟是谁?"她问。

"我不知道,"我说,"但是,如果你停止偷听我们讲话,我会十分感激的。还有,嗨,帮我找一个iPad,好吗?"

我去处理那两位长着阻生磨牙和下颌肥大的患者,认为我这么做就是在惩罚阿尔·弗拉什蒂克。但是我并不是一个人在惩罚他。我边给患者治疗,边想到了许多问题,而且觉得问题越来越多,都需要澄清,还有各种可能性。在给肥大下颌患者治疗过程中,我感到了一种愈加紧迫的紧急感。我这是在犯傻,同时又自大。某种事情就要发生。我必须得行动。我赶紧跑回5号诊室,但是椅子是空的。那只狐狸跑掉了。

他留了张纸条,上面写着:"我本该等你的,但是我不配医生给我看牙。"

伪以色列

6

八月份刚过去一半儿,球飞在空中,眼观第三局,用棒球的比喻说,我期待个好结局。这时,我和苏克哈特重新又坐到了一起。我正式地求他帮忙,请他帮我找到《坎塔维斯蒂克》的完全手稿。

"我感到十分好奇,"他说着又开始抚摸他手臂上的软毛,"但是我也非常怀疑。我已经把此事和好几位同事说过,都是些非常有学识的学者,可是他们中没有一个听说过这部书。也没有人听说过亚玛力人所幸存下来的后裔。他们可都是史学家,《圣经》研究学者,图书馆馆长,以及像我这样的交易人,可是却没有人听说过。"

"你得有多少伙伴证实才能确信真有此事呢?"我问。

"说到点子上了。我连一个也找不到。"

"可是假如你能找到的话,他或者她或是学者,或是史学家,或是你认为的权威人物都行。我要问的问题是,这种事情到底需要多少人参与才能将其变成真的?"

"亲爱的伙计,"他说着,停下了抚摸自己软毛的动作,以示庄重,"自古以来,就有人全身心地信奉哪怕最奇异古怪的说法。这不是什么数字取胜的游戏。"

"但是在有关宗教的事情上,"我说,"因为用经验很难去证实,所以数字就很重要,不是吗?你需要多少人来说一种信仰的体系是一个真正的体系呢?"

"什么信仰体系?"他问,"密特拉是太阳神吗?尼尼尔塔是锄头之神马杜克吗?是说太阳神每天早上都要击退蛇精阿波菲斯以此来恢复玛特之正义?是说伊阿珀托斯因为是诺亚的儿子,所以他就是所有盎格鲁-撒克逊人之父?是说耶和华击杀手扶约柜的乌萨名正言顺?还是说上帝对这个世界爱之深切,把自己唯一的儿子献给了世界,而且让所有信奉他的人都永不灭亡、永恒生存?"

我说:"是的,这当中的任何体系。所有的体系。"

"十个信仰者和一千万个信仰者之间的区别是一个绝对的区别,"他说,"我们称一种为邪教,称另一种为信仰。就我个人而言,我并不在乎这两者之间的区别。但是,如果没有某种规模的批评大众,有时候事情确实会显得很怪异。"

"如果你问我,"我说,"我认为,这个批评大众的规模越大,事情就会越怪异。"

他说:"考虑那位史学家的话,尽管我对我史学界的朋友们十分尊重,但是我也要说,这位史学家可是一只秃鹰,他所有的同事们也都是秃鹰。这一群秃鹰如果发现了一具新尸体,不把这尸体啄得干干净净那才怪呢。这不能怪他们。他们需要写论文,需要获得终身职位。所以,把这点考虑在内之后,我们可以看看你的意见了。"

他凝视着桌子上摊开的各种文稿,都是我发给他的电子邮件打印稿，还有我个人页面上的驻扎记录。

"某个人过来告诉你，说你属于这个传统，属于这个民族。他们有一门宗教，尽管这宗教描述得很简洁；他们的民族特点也很鲜明。可以说，他们有着自己的基因结构。他们构成了一个民族，而且能够科学地证明它。尽管他们受到了广泛的迫害，但是一条连绵不断的生存线将他们从古代的以色列人直到今天紧紧地联系在一起。你看，情况大概就是这样吧？"

我点点头。

"可是，为什么又没有人听说过他们呢？为什么全世界各地历史系的秃鹰们没有扑向他们、没有把这段独特的不可思议的历史啄食干净让全世界都看到呢？"

"因为他们一直被迫低调行事。"

他停下了抚摸自己的动作。他皱了下眉，撇了下嘴，让我看到了他下嘴唇粉红色的内侧。

"你怎么知道？"他目光扫过整个桌子，"难道……这里有什么地方写着……？"

"没有。"我说。

"你是怎么知道他们在低调行事呢？他们怎么可能行事得如此低调，竟然躲过了全世界史学家们的注意呢？"

我说："要知道，我也不想被骗。在一点上，我和你同样都清楚，我正在对付的是某种骗局。我请来了一位网络法律专业方面的律师。她告诉我，当一切都浮出水面之后，我就会有充足的理由打一场官司了。人不能这么为所欲为地四处去盗取别人的身份。但是也许,只是也许,也许因为他们被迫害得如此彻底,以至于几乎不存在了,所以我们从来没有听说过他们。你可以随便点一个民族,犹太人,美国原住民,韦尔多教派的人,可是乌尔姆人的苦难都超过了他们。因为在整个历史中他们的人口都非常稀少,所以雷达扫不到。"

"你知道韦尔多教派?"

要保持清醒!我独自思忖,从内心深处喊道。但是我已经置身其中,已经花了那么多的时间和我自己、和网上那个叫作牙科博士保罗·C.奥罗克医生的来回收发电子邮件,所以现在,我知道的比史学家们都多了。我真的想相信吗?我曾经怀有某种希望,希望苏克哈特能够指点迷津,使我浪子回头,让我恢复我原来自尊的自我,告诉我,韦尔多教派也是凭空捏造的。

"提到这个教派时,他们说过这也是一个受过类似迫害的民族,"我说,"还有俄罗斯的楚克其人。他们是一个长期生活在濒临灭绝中的民族的一个例证。"

"再说一遍这个民族的名字好吗?"

"楚克其。这个民族现在大约还有五百人口。"

他用笔记下了。"谁和你提到这个的?"

"还有本南族,伊努族,埃纳韦尼-纳维族。"我说。

"那都是什么民族?"

"其他的濒危民族。"

"再说一遍他们的名字好吗?"

我又慢慢地给他说了一遍,他把名字也都记下了。

"他们为什么受迫害呢?"

"楚克其人?"

"不,乌尔姆人。"

"就连异教徒和未开化的人都信奉点儿什么。这些人却什么也不信,只会怀疑上帝。这让人们感到紧张。"

他怀疑时习惯撇嘴的动作再次出现,他那略显猥亵的粉红色下嘴唇像花瓣一样又显露了出来。

"我重申一下,"他说,"任何有分量的民族在其历史中至少都有些可以记录。我想,甚至是这些人,"他说着看了看他的笔记,"楚克其人。你的这个受迫害的民族在哪个历史记录中能够找到呢?"

"就藏在人们的眼皮底下。"

"听起来你还有什么东西没有透露给我。"他说。

"没有,真的没有了。"

"藏在眼皮底下?"

"可以看任何历史书籍,"我说,"看看里面写的关于'大众'的内容,关于'村民'的内容,关于'土著居民'的内容,关于'农奴'的内容,关于'本地居民'的内容,关于'游牧部落'的内容,关于'异教徒'的内容,关于'亵渎者'的内容。"

"而被用作参考的就是乌尔姆人吗?"

"并非总是,"我说,"有时候'大众'的意思就是大众。"

"这么说,在整个历史中,他们就在那里,只是没有被提及名字,没有被确认身份。"

"大概是这个意思。"

"是这个伙计说的,"他说着向我示意了一下那些打印稿,"这个'保罗·C.奥罗克医生'说的。"

我点点头。他放下笔,靠在了椅背上。

"这要一段时间,"他说,"我们仍然不能忽略学院这一活跃的集市。"

"但是就你对历史的了解,"我说,"有没有过那种最终披露于世时我们大概不会惊讶的不同程度的镇压呢?"

他若有所思地噘起了嘴唇,抚摸起脖子甲状腺的部位。

"但是试想青铜器时代的一个民族怀疑诸神,"他终于又开了口,"可是那个时代大多数人类仍然是看到乌云聚集就怕得要命,向木雕祈祷……"他摇了摇头。

"这是我愿意付的钱。"我说着递给他一张支票。

他仔细看了看支票上的数目,表情像是惊呼了一声。他抬起头瞥了我一眼,然后站起身来,向我伸出手。

"但是持怀疑态度是不能赚钱的。"他说。

"普洛茨家族的人知道他们来自何方。"他写道。

你爱上了他们,这并不令我奇怪。我们总是被来自强大传统势力的人们所吸引。对于我们来说,这总是一种错误的传统,结果也是灾难性的。但是我不责怪你。归属某个群体,和谐相处,爱与希望被爱,这些都是世界上最自然的事情。

你怎么知道普洛茨家族的?

是你告诉我的。

我从没有告诉过你我爱上了他们。

我可没有心灵感应的魔力,保罗。我只是把一两封邮件里的内容融合在了一起。

我父亲去世之后我很难入睡。我妈妈会把百叶窗拉上,打开夜灯,替我掖好被,我就在这微暗的光线中安静地躺着,希望睡意很快向我袭来,但是我却丝毫感觉不到任何睡意。我必须得在妈妈睡着之前就入睡,因为如果我不能入睡,那就等于我是这座公寓房子里唯一醒着的人,而那就如同孤身一人一样糟糕。孤身一人是最孤独和最可怕的事情。如果她睡着了,这座大楼里所有其他人也都睡着了,那就成了所有成年人都在睡觉而唯独我一个孩子却在醒着。我必须得入睡!但是不管我做什么都不能让时间停下来,都不能阻止夜晚变得更长更黑暗。睡觉犹如一场疾病,从我们这座大楼里向整个街区里其他的人蔓延而去。很快地,这座城市里的每一个人也都将入睡,不久之后,全世界的人也都将入睡。那时,我将成为全世界唯一醒着的人。

我越是想入睡就越是睡不着。这种醒着的感觉就是,我将永远睡不着了。我躺在被窝里,很快被一种恐惧所震慑。

我妈妈为了让我入睡所做的一切安排：我们读的书，我们做的祷告，还有她离开我之前站在门口处我让她说的无数次的晚安，此时统统都不是这种恐惧的对手。我在自己的房间里还没等过十分钟或者十五分钟，就不得不喊叫一声："妈妈？"有时候她会说"怎么了？"或者"什么事儿？"但是通常她都会问"你想怎么样？"在道了晚安十五分钟之后，在走了之后又回来给我些许的安慰，在她的耐心被测试了许多次之后我仍然还是没有开始努力去入睡，而且所有这些都是发生在她繁忙工作了一天再加上做饭收拾房间之后，她真的就会发怒。她一定仍在伤心。伤心的同时，她在伤脑筋地琢磨，降临在她身上的这是什么样的命运啊？伤脑筋琢磨的同时，她又在替我考虑。但是，替我考虑的同时，她又在应对一个每天晚上都拒绝睡觉的九岁孩子。"你想怎么样？"她声音里的怒气就像想要牵住不听话孩子手臂的手一样。但是我假装没有注意到她的语调，对进入下一个发展步骤逐渐逼近的恐怖也视而不见，而在那一年，每天晚上的这种固定模式很快就定了型。我用睡觉前自然使用的礼貌用语最后一次将我的恐惧罩住，隔着薄薄的墙壁回答妈妈的问题，"我只想说晚安！""睡觉吧，保罗。"她会说。几分钟之后，我又说："晚安，妈妈！"她会说："晚安我们已经说了很多遍了，保罗，说太多遍了。"几分钟之后，尽管我努力地阻止自己说出来，可我还是叫了一声："晚安，妈妈！""这个我们说过了，"她会说，"这话我们说过好几遍了。最后说一次晚安！"这不能怪她，因为每天晚上都是这样，她对此也毫无办法。此时，我们两人都知道，我们又回到了一场反复发生的噩梦中,唯一的问题就是,我还得缠住她多久,她将气到什么程度。我不再说"晚安,妈妈!"因为那个借口不能再用了,而改口说:"妈妈,你还没睡吗?"从远处的一个房间,她会尖叫道:"啊啊啊啊!"接着,又过了一会儿,我又说:"妈妈,你还没睡吗?"她会说:"给我睡觉!"接着,又过了好一会儿,我又说:"妈妈?"可这时,她却什么也不说,我就再问:"妈妈?"她还是什么也不说,我又问:"妈妈?"我会一遍又一遍地问:"妈妈?妈妈?妈妈?"因为我担心,她真的会睡着了,直到她最后又说了一遍:"你现在就给我睡觉!在一分钟之内你必须就睡着!"这真让我如释重负。她生我的气这让我感到抱歉,但是知道她还醒着,这又让我高兴,因为这意味着我并非孤单一人没有睡着。最后,不管我叫多少次,她都不再回答我,所以我不得不起来走到她的门口,轻声地说:"妈妈?"她还是什么也不说,所以我往屋子里走了几步,说:"妈妈,你还没睡吗?"这时我会看到她眼睛睁得圆圆的躺在那里。"妈妈,你还没睡吗?"尽管这时我能看到她还没有睡着,我还是问了一句。看见她睁着眼睛,目不转睛地盯着天花板,我又问:"妈妈,你还没睡吗?"她连头也没有转过来,仍然盯着天花板,说了句:"没睡。"

第二天早上醒来时,我会发现她或是和我躺在我的床上,或者我和她躺在她的床上,或者我躺在沙发上,她躺在我脚下的地板上,盖着我那条红袜队毛毯。

我和苏克哈特谈话之后的第二天,一个叫作吉姆·卡瓦诺的银行经理来到了我的牙诊所。当靠在椅背上、系上了蓝色的围嘴之后，就连华尔街的银行家们看上去也都像是婴儿了。就算将他们抱起来，在怀里悠荡几下，那也不会有悖常理的，就好像这是医生早期训练的一部分。

他身上的味道闻起来很好。我想我觉察到了小豆蔻和白桦的痕迹。像卡瓦诺这类在金融机构和律师事务所工作的人，身上总是带有浓浓的品牌香水和须后水的味道坐在我的椅子上。我可以想象，在所有的会议室里，在大厅里的人群中，在任何私人办公室，在包租的飞机上，这些人身上散发的不同香气会在分子的水平上展开竞争，进行一场血腥的、野蛮的混战。一闻卡瓦诺身上散发出来的气味，我就有十足的把握知道，他的这款法国香水兵不血刃、胜利地从战场上凯旋。

当我坐在他旁边时，他正在看手机。他的手指在触摸屏上连滑动加点击，显露出关于他自己五彩缤纷的细节。他停下手里的手机，也许他脑子里突然断了一下，耽搁了好一小会儿才回握我伸出的手。他把手机塞进裤兜里之后，手机仍然以大自然般的嗡嗡声和震动声响了一阵。我打开头灯，艾比将探测器递给我。康维尔夫人的担心并没有夸大：他的右侧第二颗颚上的臼齿龋齿得十分严重，而且鼻窦处的分泌物已经流进了口腔。我把头灯推开。

"你感觉有痛感吗？"

"我的胆囊疼，"他说，"我后背也疼。但这并不影响我工作。"

他身上的气味儿芳香得几乎难以名状。若不是那种最能起反作用的异性恋本能，我早把鼻子埋在他的脖子上了。

"我是说你的嘴里。"我说。

"我的嘴?没问题,我的嘴挺好的。为什么?"

我敲了敲他那颗腐烂的牙齿。"这里不疼吗?"

"不疼,一点儿也不疼。"

"这里呢?"

"不疼。"

他本该剧痛难忍的。可是他却说没有痛感,这让我觉得他一定是在服用什么,天下之大,万物百草,但愿他没有都在用。"你现在服用什么药物吗?"

"没有不是经过医生开处方的。"

"你上次看牙医是什么时候?"

"六个月前?不,这完全是在说谎。十五年前吧?我也不用牙线,所以你也不必问了。我的日常饮食也非常糟糕。我每天要喝二十个可乐。在表现好的时候。不过,这要比可卡因习惯好,对吧?也许对牙齿不好。我知道冰毒对牙齿不好,但是就对牙齿的影响而言,可卡因不是冰毒,对吧?为什么问这么多问题?你让我感到很紧张。我一生都没有得过龋齿。"

"你现在有一颗了。"我说。

"可是我甚至都不应该来这里的。"

"你应该去哪里?"

"这颗牙我能先不管它吗?"

他一共有六颗龋齿,而且由于牙周炎症,他的牙床正在迅速地退去。

"牙齿还有些松动,"我说,"这儿,还有这儿。"

"松动?"

"牙齿开始在你嘴里松动了。"

"我的牙齿?"

"我想我们或许可以留住它们……"

"或许?"

"但是我不建议等待。"

"我不明白怎么会这样。"他说。

你时不时地真会碰到这种情况的。一种困惑。这种事情发生了?发生在我身上了吗?可是我有那样的背景、那样的生活、那样的国籍啊!我拥护共和党。我有牙齿全额保险。您的整个预测需要重做了。

我并不喜欢告诉患者他的牙齿有危险了,不喜欢告诉他说他的健康受到了影响,也不喜欢告诉他说他将经历痛苦和折磨。我的快乐仅限于亲眼看到某种优势终结所给我带来的真切的快乐。伟大特权的豁免已经过期。你和别人没什么两样。你是凡人,凡人的生活是残酷的。真正的道理就是,你很渺小,大地则非常辽阔,天空非常浩瀚,食品非常遥远。光靠你的私人司机,你的门童,给你送外卖的亚裔小伙,你是看不到这些的。

我说:"听我说,我们可以保住你的牙齿。我们可以恢复你的牙床。我们可以让你彻底摆脱这些气味儿……"

"什么气味儿?"

"还有,这些我们都做到了之后,你每天要使用牙线清理牙齿,使用喷牙器和口腔清洗剂,再刷两次牙,要轻轻地刷,要用电动牙刷,再改变你的饮食习惯,那么,你的口腔将会清新如初,也不会再出现这些问题了。长达十五年的忽略和怠慢,"我说,"可以说这是个小小的奇迹呢,你说呢?"

那天下午大部分时间我都花在了给他治疗上。他的手机不停地在嗡嗡震动,但是他却不能接打电话,因为他和他的牙医在一起。

"谢天谢地他派了我而不是派了别人,"我给卡瓦诺处理完牙之后他说道,"如果是我自己决定的话,我是不会来这里的。你认为他知道吗?"

"我们这是在说谁?"我问。

他坐直了身子,这让我再次受到了他须后水芳香的款待,是那种雄浑盎然的春天花香。

"皮特·默瑟。"他说。

"那位亿万富翁?"

"也是我的老板,"他说,"他让你看看这个。"

他递给我一个信封。里面的短信写着:

> 我想和你谈谈。我让吉姆把我的私人手机号码告诉你。请你尽早和我联系。——皮特·默瑟

"我们还没有谈你父亲自杀那个事件。"他写道。

> 假如他知道他在这个世界里真正的位置,也许他不

会自杀。你有没有想自杀的这种危险冲动？这个念头曾经掠过你的脑海吗？经常吗？我知道你迷惘了，可是我的上帝啊，小伙子！你生来就属于一个高贵的传统！

"你想让我怎样？"我问他，"你想怎样，你想怎样，你想怎样？"

需要你帮助恢复这个传统。

在原子能般的空气中，热浪滚滚，蒸汽腾腾。无处不在的太阳让你无处躲藏，炽热的喘息响彻城市的所有角落，街道的脉搏已经不能再弱。这让我和所有在街道上行走的人在汗毛孔处从里到外感到不舒服。人人满脸汗水，腋窝淌汗。出租车在阳光下发出沉闷喘息，遮阳棚被暴晒得噼啪作响。街上的沥青路面变得黏软，树上的每一片叶子惊恐地卷起了边沿，一动不动。

我和皮特·默瑟约见的地方是中央公园。他希望我们在他办公室以外的地方谈话。

我不敢确定会是什么样的场面。我从没有见过什么亿万富翁。我想，他可能是个很律己的人吧。也许他天不亮就起床，严格地控制体重和碳水化合物的摄入量，基本和前一天不走样，成功地消耗每天推荐的纤维量。这种安排的赢家就是他的肠胃和他的银行账户。他的每一分钟都细细地分配妥当，他每天的饮酒量都严格地进行了控制。每日西装革履，不管心情如何都细心剃须修面、修剪指甲、喷洒香水。即使给我一千次生命,我也不会成为这种人的。

但是坐在长椅上等我的这位亿万富翁却穿着一条旧的深褐色裤子,脚上穿着一双登山靴,正在咀嚼一块刚从街边小摊上买来的五美元一份的三明治。吃这种食品你怎么看也看不出他高贵的样子。他往前探着身子,双腿叉开,这样,当三明治上的酱汁落下来时,就会落到地面上,而不是落在他的鞋子上。他手里大概攥着十六张浸湿程度不一的餐巾纸,长椅旁边还放着五六张已经搓成团的餐巾纸。当他看见我走近时,就站起身来,口里仍塞得满满的,赶紧把手擦拭干净来和我握手。

我在长椅上坐了下来。他头发不长,分缝的方式显得很是保守。他身上唯一显示出年龄的地方就是他那半月眼睛下面格雷伯爵红茶包般的眼袋和刚开始松弛的脖子。他的外表和你我无异,只是他的钱多得很,足以买下曼哈顿区运河①以南的全部地方。

"谢谢你来见我,"他说,"我喜欢看你的推文。'我们藏匿在边缘化的地带。'那是今天写的,还是昨天写的?"

我的推文!他竟然认为那都是我写的!

"我的印象是……"我开始说,"我以为您已经否认了……"

他耸了耸肩。"有什么好否认的呢?"他问,"有记载的历史没有。过去的证据没有。神话与《圣经》相矛盾。各种生存的

---

① 指哈莱姆运河。

故事相互间不能协调。你怎么说的来着,'被镇压得没有一个活口',或者大概这个意思吧?我们至多只有……什么?家谱世系和某种被侵蚀了的DNA。这够得上让人否认吗?"

"但是您的办公室刚发布了一份否认书。"

"如果有谣传说我吸氧气,我也会告诉我的办公室来发表辟谣,"他说,"我很珍视我的隐私。"

"我也珍视我的隐私。"

他递给我一个里面装有三明治的纸袋,"给你买了午饭。"

"谢谢。"我说。

"我不太确定你是否吃素。他们似乎都吃素。"

我在想这个"他们"指的是谁。

"不吃素,"我说,"我太喜欢吃肉了。"

"我也是。"他说。

我打开纸袋。热酱汁从箔纸的破口处流了出来。

"谢谢你同意和我见面,"他又说了一遍,"我相信你很忙的。"

"一定没有您忙。"我说。

"还要谢谢你给吉姆看牙。就为这一点,整个办公室都要谢谢你。"

"吉姆身上的气味不错,"我说,"但是他该更好地照顾自己。"

"我们都该这样,"他说,"你为什么当了牙医?"

"口欲期滞留。"我说。

他哈哈大笑起来。并非每个人都觉得那个笑话好笑。其实,那根本算不上是个笑话。只是人们不会期待你说这么变态的话语。没有人喜欢被提醒医疗人员也有变态潜能,尤其是一位牙医,因为他整天都在用手做你嘴里的活儿。我很欣赏默瑟的笑声。笑声证明他很有幽默感。

"我年少的时候爱上了一个女孩儿,"我说,"她的嘴向我揭示了许多东西。"

"我也爱上过一两张嘴,"他说,"也许我也该干牙医这行。"

"那收入也许对你不合适。"

他又是哈哈大笑。"是不合适,"他说,"但是赚钱真是浪费时间。"

"您该试试说服一个患者使用牙线。"

"我敢说,那不容易。"

"有时候连我都质疑使用牙线的意义何在,"我说,"只是那念头一闪即过。"

"我以前从不使用牙线,"他说,"后来我开始使用,知道吗,伙计,我真不敢相信从我嘴里取出来的东西。那样子就像,噢,看啊,火腿肉蹄筋。这里还有半袋爆米花。"

"您的牙龈槽一定很大。"

"他们这样称呼这个地方吗?牙龈槽?伙计,那可挺恶心。"

"您认为恶心,好吧,下回等我拔一颗阻生磨牙时请您来看。你得紧紧握住牛角器,做许多扭来扭去的动作,接着就是最后的用力一拔。有时候,当你把那颗牙放在托盘里时,你似乎能够看到牙的神经仍在扭动。"他听得惊恐不已,"还是赚钱更适合您。"我说。

"你把它分解得令人毛骨悚然。"他说。

他站起身,拿着垃圾走到一个垃圾筒跟前。真没想到我会喜欢他。

我前一天看了那段视频。视频显示默瑟就2008年的金融危机在美国众议院监督和政府改革委员会上作证。他和体系打赌并且赚得了大钱。他说,这就是悖论,它证明了体系在运转,但是他的话里丝毫没有讽刺挖苦的意味。加州的代表表达了不同意见,并要求默瑟解释他所发的"这一笔横财"。默瑟反击道:"这笔钱绝非横财。"接着,他详细地讲述了接近2007年底时他的想法:无首付抵押贷款延长了期限有多愚蠢,利用诸如信用违约交换之类的未经约束的手段将风险移离源头这也十分愚蠢。他当时所做的只不过是一种违反直觉的事情,而在另一个由市场逻辑所支配的悖论中,这其实又是跟随直觉的事情。"这个国家赚钱的历史就是对政策制定者利用的历史,"他说,"自由主义者、保守派、民主党、和党,这都没有关系。尽管让政策制定者们去做事,然后你就研究成熟的地方来利用。他们是在搞无息借贷吗?进攻资产泡沫。货币标定点?短期外债。政策制定者们的作用就是保护资本主义,往大了说,是保护美国。我们的作用就是要比政策制定者们聪明。"他对那位政策制定者如是说。

"如果我可以做一个比喻,韦克斯曼先生,一个看上去离我们很遥远的比喻,我认为,美国的经济机构,其实应该是所有发达国家的经济机构,在权力集中和腐化堕落方面,很像基督教新教派改革之前数百年间的天主教一样。这是一个由少数业内人所控制的体系,而这个少数人团体为了谋求利益并保证将这巨大的利益永远据为己有不择手段。只有当我们问,为什么在这个体系下受苦的人们没有起来造反时,这个比喻才觉得不适用了。在这一点上,这并非是人们恐惧被打入地狱,而是无知在作祟。而人们,我所指的是基本上靠薪水生活的人们,是经常被汽车出毛病所困扰、每周去杂货店购物之类的人们,这些人对所有这些极不公平的手段一概不知。剩下的事情不管他们能够知道多少,因为无力回天,他们也就认了。如果他们继续一概不知,或者听天由命,他们就会继续被利用并且继续不幸下去。"

视频下面的评论区充满了无奈的愤怒。

我从纸袋里拿出三明治,双腿叉开非常随意地坐在长椅上。那天天气太热,我食欲不振,但是我不想显得不礼貌。他从垃圾箱处回来,我正在噎一口土耳其烤肉时,他开始告诉我这一切是怎么发生在他身上的。

他去科罗拉多的拉伊给母亲扫墓。当他走回自己的车子时,发现一名男子手里拿着一个小手提包在等待他。默瑟以为他是新闻界的人。但是当他再走近一些时,他发现那个人看上去并不像是记者。

"记者是什么样子?"我问。

"都很轻率,"他说,"或者说自命不凡。"

"那么格兰特·阿瑟呢?"

"他是一脸苦相。"

实际上,阿瑟对他说的第一句话就是,我知道您是谁,您是皮特·默瑟,但是我也知道,皮特·默瑟不知道他是谁。也许默瑟当时觉得他那么说很有趣儿。或者,也许他那句话听起来有足够的道理,让他停下来得以思忖,也许这句话不同于以往的胡攀乱套。自从获得财富之后,默瑟就一直被要求给地球外层空间研究提供奖学金,为放生野象捐款,资助将长矛比武项目纳入奥运会的运动,贿赂俄罗斯议会,并资助一位由导盲犬领路的盲人妇女在汉普顿买一座房子。他不太会让人坐在他的车子里给他讲述家破人亡、传统破裂的童话故事。但他这次这么做了。格兰特·阿瑟的研究至今令他感到好奇。

"在他出现之前,我对自己的家庭根本不了解。我父母的名字,我当然知道,我也知道我祖父母和外祖父母的名字。阿瑟的文件却可以追溯到好几百年前。他花了四十分钟时间把所有这些都彻底地给我介绍清楚了。我们分手之后我做的第一件事情,就是找到一位独立系谱学专家把这一切都加以证实。每一位后人的名字,每个日期的准确性。截至1650年,她没有发现一个捏造之处,也没有发现一个错误。"

"那后来呢?"

"她到了自己的极限。阿瑟的研究把我推回到了1474年。发现你属于这样悠久而连续不断的系谱当中,这种满足感是相当不错的,"他说,"这些东西你听起来感觉熟悉吗?或是你当时的情况略有不同?"

我感觉……被排除在外了。弗拉什蒂克的系谱得以破解，现在默瑟的系谱也解决了。

"很明显，他们对我另有准备，"我说，"到目前为止，他们什么也没有向我揭示。"

"一点儿也没有吗？"

"就家谱系谱而言，一点儿也没有。"

"你做基因测试了吗？"

我摇摇头。

"那你怎么知道他们的？"

我给他讲述了网站、脸书网页，和推特账户。

"他们未经你允许就给你建了一个网站？"

我点点头。

"而且这些推文都不是你写的？"

难道他对我这么友好、给我买三明治、迎合我说的笑话，为的只是见到我和我谈推特吗？

"不是我写的。"

"这么说你可能不属于那个系谱。他们有可能是在利用你。"

"可能。"我说。

他扭过头看另一个方向。当他回过头时，拍了拍大腿，准备站起身来。"好吧。"他说着便站了起来。

"您要走了吗？"

"我不想再多耽搁你的时间了。"他伸出手来，"你给我的帮助很大。"

我终于也站起身来，握住了他的手。"如果您不介意我的问题,"我说,"我怎么对您有帮助了?"

"正经人是不会在网上冒名顶替别人的。他们不会去偷别人的身份并且以他的名义去劝人改变宗教信仰的。假如我是你,"他说,"我就会聘请一位优秀律师。恐怕你和我一样,都是一场骗局的牺牲品。本来我还觉得被吸引了,"他走开之前又说,"很遗憾这一切都结束了。"

我想,他也许是对的。这就是一场骗局。他迅速地离开了公园,这一点提醒了我,使我觉得有可能再次看清这个问题,并将所有这些可笑的幻想都抛之脑后,永远不再去想它。

那个周末我去了一趟商场买东西。是因为我知道了这是一场骗局之后如释重负了吗?我失望了吗?我又回归愤怒了吗?

几年前,当我决定不再买东西时,我就开始攒钱,目的是为这个世界做些好事。我不再看中什么买什么,而是将这些商品的价钱加在一起,等到年底时,把所有这些钱都算一个总数,然后将其捐赠给我所信奉的某个事业。海地。饥饿。建立家庭农场。据我所知,所有这些都没有什么进展。海地仍然是一团乱麻,营养不良现象仍在恶化。我并没有期待根治所有这些疾病,但是我发现的唯一变化只是我的垃圾邮件数量增加了。通过经济手段提高生活质量这是一回事儿,但是仅凭几次捐赠就试图改变这个世界却凸显我行为的徒劳,使我十分沮丧。

现在我又开始恢复购物。购物使我心情感觉好些,购物使我安心，使我得以慰藉。鉴于我最近那么容易就上了当，我真的需要安宁一下心境。但是当我走在商城里时，我却很难找到我需要买的、想要的或者说没有买过的东西。我走进贺曼贺卡店，为了降低标准，我将目标对准了煽情的贺卡，心形的花瓶和启迪心灵的装饰板上（"这就是您在寻找的：爱，上帝"）。接着，我走进了高端新产品商品店布鲁克斯东，坐在按摩椅上享受，我还试了试最新的枕头技术。但是我家里已经有了按摩椅，或者说在扔掉之前曾经有过。至于说枕头，新老技术相比较之后，我还是更喜欢老式的技术。

离开布鲁克斯东之后，我来到了陶谷仓①。在我的孩提时代，我们家里所有的东西都是世人皆知的廉价破旧家具，因此走进陶谷仓就如同进了天堂一般。我当时想过，如果他们真想让人们喜欢教堂，他们就应该把教堂从里到外都布置得并且闻起来都像陶谷仓一样。我的梦想就是有一天我被陶谷仓里所有的东西包围着，有柳条篮子，有香薰蜡烛，有镀银画框。但那已经是很久以前的事情了。我已经过了那个将陶谷仓所有商品都买来将我的公寓布置得犹如陶谷仓奥特莱斯店一样，然后在大规模升级换代时又把它们都扔掉的时代。现在陶谷仓所有的商品看着就像山寨和批量生产的。购买这里的东西就等于志向和自我的倒退。与其说我不想购买陶谷仓的任何商品，不如说我想重新获得那种想要购买陶谷仓所有商品的感觉。

---

① Pottery Barn，美国家居品牌。

在唱片行我的感觉也很相似。我想,我该找一些新的音乐,因为新的音乐曾经帮助我走出低谷。但是还没等我看完B字母开头的货架,我就发现了我唯一想要买的东西。那是1965年发行的披头士的《橡胶灵魂》。我手里已经有了《橡胶灵魂》。我曾经有过黑胶唱片的《橡胶灵魂》,后来是磁带的,现在是CD的,当然在我的iPad上和iPhone上都有。如果我想的话,我完全可以掏出我的iPhone,从头至尾播放《橡胶灵魂》,而且让整个商店都能听到。但是我并不想那么做。我想从头再来地第一次购买《橡胶灵魂》。我想回归到唱针在唱片槽上滑动到《开我的车吧》的前奏,将一切都重来一遍。这可不容易做到。但是我想,我可以买给别人。我可以为别人买下第一次倾听《橡胶灵魂》的新的体验。所以我就拿着那个CD来到了交款台,付了钱,走出商店,感觉焕然一新,兴奋无比。但是我主动给予的第一个对象,一个坐在轮椅上渴望地凝视着"游戏站"橱窗的矮胖的男孩儿却谢绝了我的热心,提出他的原则是宁可要现金。另外几个少年没有CD机。最后,我把《橡胶灵魂》放在了一个长凳上一个丢弃的烟灰缸旁边,那里还有一团肮脏的头发。

和商城里所有人早晚会做的那样,我也溜达进了"最好朋友宠物店"。许多人类的最好朋友(小得不可思议的猎兔犬、威尔士矮脚狗和德国牧羊犬)都被关在白色的笼子里供人观看,它们每天大部分时间都是郁闷地打盹,唯一的活动是思考舔爪子会给自己带来多大的心理负担。还有什么能比拥有一个新的宠物更能鼓舞你的精神呢?它们用最简单、最天真无邪的快乐驱散你愤世嫉俗、玩世不恭的乌云,这方面还有什么能够超过它们呢?我立即意识到,我来到商城就是为了买一个宠物:一只小狗。我将解救这里9号囚犯室内的一个可爱的囚犯,以后我再也不会感到孤独了。

　　但是这时我却想起了一件事。那是当我和康妮准备要孩子之前,我们决定买一只小狗。当我们把小狗带回家之后,我不禁想起一只狗的寿命是非常短暂的。当康妮趴在地板上和小狗玩耍,笑声阵阵,这时候若谈起某天我们不得不亲眼看着我们的小狗死去,这根本不合适,可是我真的是情不自禁。我想陶醉于小狗永远不长大的状态,然而小狗变成大狗那只是瞬间的事情。而我说的正是这一点:小狗瞬间就会变成大狗。然后,尽管在我们人类眼中它好几年都没有变化,但是它每天都在变老,每天都在缓慢但却无可挽回地走向死亡。当狗死去时,康妮和我将会伤心不已,除了我们自己死去之外,狗的死去则是人类所有悲情中最悲情的事情。那为什么还要自找呢?我们冲动地买来这只小狗却不去考虑它的死亡,我们这是做了什么啊?我告诉了康妮我的想法,我们应该把小狗送回去。我连跪在地板上看一眼小狗的勇气都没有。我就坐在沙发上哭泣,求她把小狗送回去。我甚至不能管它叫小狗,更不用说管它叫"比尼"了。我说什么也不能管它叫"比尼"。我只是管它叫"那只狗"。康妮站起身来和我坐在沙发上。她尽力理解我的心情。难免地,她想到了这与我父亲有关。但是比尼·普洛茨-奥罗克和康拉德·奥罗克却是两码事。比尼不会因为又一轮电休克疗法没有奏效就举枪饮弹自尽的。比尼因为一点儿小事情就能高兴好一阵子。你知道吗,看着别人为一点儿小事而高兴雀跃,而你却整天被死亡这个主题所折磨,这多么令人痛苦?康妮最后把小狗比尼放在她那里饲养。当我去她那里时,我只是偶尔抚摸一下小狗的绒毛,仅此而已。想到这里,我长吁一口气,空着手离开了"最好朋友宠物店"。

此时,我已经感觉到商城里其他购物者开始让我厌烦。不仅仅是那些残疾人,还有那些患病者,那些体弱者,和那些债务缠身的糖尿病患者。最初,我试着告诉自己他们并不具有代表性,我恰好走到了糟糕的一端,很快,那些健康美丽的仙女们即将敞露胸怀,伸出披着丝巾的双臂,飘然而至。但是那些经过我的人们却怎么看都是相同无异:全部都是畸形身材,要不肥胖得像鲸鱼,要不就瘦小得像老鼠,都是后面跟着一群相貌平平的孩子,边走边冲着耳聋眼花的老者们尖声叫喊,上演一场公开的心理战争。这些都是我的国人。我把目光躲避到一位健康阳光的单身女士身上,她显然正在去挑选一个高档手提包或是一双鞋。她目标明确地前行,丝毫没有穷人和迷惘之人的那种乱糟糟的感觉。只一眨眼工夫,她就消失在了人群中。我放弃了寻觅,来到了一家星期五美式餐厅准备吃饭餐。

过来帮我点菜的男服务员浑身上下都装饰着餐厅的品牌周边。全美国都耻笑的这种打扮方式让我看起来很是舒服,因为我从没有忘记我孩提时代在星期五美式餐厅吃饭对我是多么稀罕。服务员的那身服饰让我想起了我的爸爸和妈妈,还有我们当时要严格点菜单上最便宜的菜。现在我有了钱，我总是点好几个开胃菜，点最贵的牛排和甜点，还有一两个"日光"鸡尾酒。我并不饿。我现在不会有饿的感觉了。但是那种惬意却永远不会腻。陶谷仓和《橡胶灵魂》已经腻了，但是在星期五美式餐厅除了蜂蜜芥末鸡柳之外再多点几个菜，这总能给我带来一种成就感。

我吃饭的时候在想，我刚才在陶谷仓和唱片行买《橡胶灵魂》的经历是否适用于别的事情上呢？我不得不承认，它从前适用于萨姆和桑塔克洛斯全家人，因为他们曾经对我至关重要，而现在则轻如鸿毛。它能不能也适用于康妮和普洛茨家族的人呢？我不想把康妮当作价值已被用尽的人来看，而且大多数时间我能理解我们的分手有更多的理由在背后。但是那天在商城里，当我被众多无用的商品包围着闷闷不乐时，我在想，当我渴望康妮时，我渴望的到底真的是康妮本人呢，还是渴望再次坠入爱河的新鲜感？或是从我的自我剥离中得到快乐？或是对她的家人、对整个普洛茨家族以及犹太教所热切的着迷？但是，所有这些对我来说，即使曾经存在过，现在则早已不在。

在我回家的路上，我在一家酒类零售店停下买啤酒。每当我在一家酒类零售店停下，我都寻找"纳拉甘塞特"牌啤酒，因为那是我父亲边看红袜队比赛边喝的啤酒。正当我顺着一排布满灰尘的小众啤酒货架寻觅"纳拉甘塞特"啤酒时，我看见了一箱六听装的乌尔姆啤酒，那是德国乌尔姆市酿造、由霍博肯统一销售的拉格啤酒。我想，这个可不会是骗局。

"嗨,这种事儿时有发生。你不需要道歉。"他写道。

你以为你是第一个觉得,"呃,这个证据有点儿不足"的人吗?哦,你不是第一个。我们在某个节点上背弃过。谁也不想上当受骗。假如我们不在某个时候产生严重的疑虑,那我们就是一群容易上当的白痴。这是一次信仰的测试,保罗。一次信仰的测试,而且你通过了。它最终所起的作用就是让你变得更加强大。一个建立在怀疑上的宗教却要求你投入地相信信仰,这挺有讽刺意味,是不是?

一共多少人?一百个?两百个?

我大概统计了一下,这个数字大约为两到三千。但是都很分散。

当康维尔夫人站在门口叫"麦金西"时,康妮转过来对我说:"有件事儿我得向你坦白。"

我凑了过去。前台地方比较狭窄,还有几把转椅,一排排的病例,所以凑过去其实就是转过身来。她坐在椅子上,穿着的衣饰全是灰色的:灰色的裙子下面是深灰色的裤袜,在膝盖处隐去,灰色的T恤上印有深灰色的鸟图案,只有她脖子上随意围着的半透明丝巾是蓝色的。她脚上穿一双平底的蓝色网球鞋,却丝毫没有任何运动的感觉。她头发上的许多小发夹摆弄成了精致的造型,从空中俯瞰犹如火车调车场。

小发夹是多么无与伦比的东西!一侧的铜丝卷曲,另一侧垂直,末端有两块琥珀一样的东西。自从光荣的战争中善良的护士戴过这种发夹以来,发夹的样式就没有改变过。这种发夹尽管属于那种最传统风格之类,但是在康妮的头发上却尽显时尚风流。我想起,我过去的一种快乐就是,有机会把她头发上的小发夹小心翼翼地一个一个地取下来,整齐地排列在床头柜上,小心翼翼是为了不把头发带下来,直到所有发夹都取下来,我眼前呈现出一片汹涌的浪卷,淡淡的幽香沁我心脾,还有那隐隐湿滑。

"好吧,"她说,"我跟你实话实说吧。还记得我告诉过你,说我是个不信奉任何宗教信仰的无神论者吧?哦,实际上我并不是。我是说,有一段时间我好像是过,但是现在我想我不是了。我是说,我不是无神论者了。我的意思是说,我不能百分之百地确信上帝不存在,有时候我几乎确信上帝真的存在。"

"就像是,你有信仰?"我说,"你是个信仰者?"

"有时候,是的。"

我感到了震惊。

"有时候?"

"大多数时候。"

我简直气得发狂。曾经有过多少次,她都表白怀疑上帝的存在?又有多少次,当我们在电视上看到某个白痴以上帝的名义告诉女性，说该如何对待自己的身体才是最好的方法，或者以上帝的名义谴责同性恋婚姻，或者以上帝的名义否定进化论并限制科学研究，或者为百发子弹弹夹的进攻性武器辩护说上帝让我们都拥有枪支，这时，她都和我一起翻白眼以示对此不屑一顾！又有多少次，当我对作家希钦斯①的观点愤怒批判时，她都是表示同意地频频点头！

"你一直都是信仰者吗？"

"并不一直是。"

"你什么时候不是的？"

"大约在我们走到一起时。"

"当我们最初见面时你有过信仰？"

"你的观点很令人信服，"她说，"你真有说服人的才能。"

"你是说……是我说服你变成了无神论者的？"

"我当时被征服了！"她叫道，"我在恋爱！我愿意改变！"

"你对我撒了谎？"

和康妮在一起的第一年，甚至是一年半的时间，我几乎记不得我们到底有多相爱。我们就是爱，早上，夜晚，全天，除了爱，还是爱。唯一让我停下来的就是她的诗歌。根据我的水平来判断，她是个不错的诗人。她所写的诗歌我真的不能说是很懂，但是其他出版的诗歌我也不是很懂，不管是她在床上给我朗读的诗，还是在公园里，或是在书店里，或是在冬日下午空空如也的酒吧里所朗读的诗，我都不懂。不懂似乎就意

---

① 英国作家，宗教批评家、文学批评家和社会批评家。

味着写诗的是一个好诗人。这倒是无所谓。但是在那第一年,在那一年半的时间里,她根本就不写诗了。我认为,如果你称自己为诗人,那么你就得真的写诗,这很重要。她不写诗了,这我倒并不很介意,因为与希望让她写诗比较,我更喜欢她和我待在一起。但是随着时间的流逝,她仍然没有写什么诗,我就问她为什么。"我不知道为什么,"她说,"我就是感觉幸福。""难道写诗需要伤心吗?""不是的,我想不是的。我不知道。也许吧。因为当我幸福时,我就没有写诗的强迫感。幸福就让我很满足了。""这么说,当你重新开始写诗的时候,我就知道你不幸福了?""你会知道我很稳定。我能写诗,那是因为我可以想到除了你以及我们两人之外的一些东西。我可以重新考虑诗歌了。"我想,她说的这话有道理。但是我仍在想,如果她不写诗,她是什么样呢?那她就不是诗人。诗人都写诗。那她就是一个牙诊所里的接待员。一个接待员,一个牙医的女友,老板的女友。

简单来讲,这些日子她写了很多东西。但是此时我可以确信,康妮当时也出现了某种和我相类似的问题。那一段时间她不写诗,压抑她对家族的爱,还将"热恋着保罗的康妮"置于她真实的自我之上。可怜的姑娘,她被爱情冲昏了头脑。她爱我胜过了一切,竟然像我对她撒谎一样,她也被迫对我撒了谎。一阵伤心重重地击来,那滋味儿如同我们最终分手之后好几个星期都挥之不去的沉重心情。事情似乎证明,对于对方来说,我们都是完美的。

"怪不得一开始,你不愿意和你的家人在一起,"我说,"你当时是生活在谎言中。"

她没有回答。

"你为什么现在要告诉我？"

"因为我想让你知道，信仰上帝也是可以的。"她说。

她将转椅从塑料地垫上往近处挪了挪，顶多挪近了几寸的距离，但是足以在她想要的时候抓住我的手。我想她有可能要抓我的手。但是她却将双手放在膝盖上。

"信奉上帝不会让你软弱或者愚蠢。"她说。

"是不会，"我说，"你肯定不会这么想。"

"只要你信奉上帝的理由正当。"

"那是什么样的理由呢？"

"你来告诉我吧。"她说。

我看着她。我突然间意识到，这不仅是她在坦白。

"不管你在经历什么……"

"我在经历什么？"我问。

"……只要你以正当的理由选择上帝……"

"我没以任何理由选择上帝。"

"那你是在做什么？深陷在这件事里。"

"什么事？这不是什么了不得的事。这和上帝没有任何关系。这是一个传统，"我说，"这是一个民族，一个基因上有特点的民族。而且，我并没有深陷其中。"

"那我们的网站为什么还在运作呢？你为什么不再要求那位互联网律师继续行动呢？为什么我每次转过身去，你都在写电子邮件？不管你深陷其中的是什么，保罗，为什么它都显得比你的患者更为重要呢?"

我走开了,留下她一个人待在那个令人要患上幽闭症的狭小地方。我穿过走廊和门厅,走进候诊室。然后我走到前台,把头探进窗子。她昂起了头,但是除此变化之外,她仍是一动不动地坐着。

"咱们把话说清楚。"我说。

她立即转动了椅子。

"咱们约好互不干涉对方做什么事情。现在干预有什么意义呢?谁知道呢,"我说,"也许只有我们互不干涉,我们才能终于对彼此以诚相待。"

我从窗口撤回来,又回到了工作中。

"我必须要怀疑上帝吗?"我问,"这并不是说我要信仰。上帝知道。我是宁可完全避开上帝的。"

  怀疑非常重要。

  但是为什么?你并非怀疑所有的神祇,或者说泛泛地怀疑上帝这个概念。你怀疑的是一个非常具体的上帝,一个确实出现在他的先知面前并发布命令要求他怀疑的神。谁能去怀疑一个已经显身过的上帝呢?

  不去怀疑?你不知道你这一提议意味着什么。没有信仰,犹太人会落何下场?想象一下犹太人放弃了信仰——他们道德的基石，使他们成为犹太人那最重要的一点——要是停止怀疑，乌尔姆人就会像那样。我们的道德基础建立在根本的准则上，那就是上帝（如果有的话，但其实没有）不会希望人类以那种扭曲而错误的方式去崇拜他，那种正义的暴力、偏见和虚伪。去怀疑，不然就是不道德的。和犹太人一样，剥夺我们的怀疑，也就剥夺了我们存在的理由、我们的优势和我们的本质。所有其他教徒试图通过暴力实现的目标，我们将通过自身的放弃使其自然发生：我们将从地球表面消失。去怀疑，否则就是在完成人类历史上的第一个种族屠杀；去怀疑，否则就是和其他宗教决一死战；去怀疑，否则等于死亡。这是你自己的选择。

但是你他妈告诉我，谁能去怀疑一个已经显身过的上帝呢？

上帝要求人类去怀疑神这一悖论在《坎塔维斯蒂克》第240次驻扎里给出了解析。我们知道该章叫《乌尔姆启示录》。

当我在茅房里时，我第四次，也许是第五次，看到了维基百科上的"乌尔姆"这个词条。与前几次的不同，这次出现的词条已经被维基百科的编辑们批准公布于世。我想，星际迷和奶油蛋糕这回是怎么了？原来他那么强烈地反对批准"乌尔姆"词条,现在他是怎么了？我点进了几张网页,发现这些都活灵活现地留存在其"畅谈"页面上。"畅谈"页面是编辑们辩论的阵地,它给编辑们提供了一个相互呐喊和指责某某词条重要与否的场所,同时又将他们的分歧和愤怒隐藏于主词条以外,目的就是为了保持其权威性。"畅谈"网页上关于"乌尔姆,或者奥尔姆"的辩论如火如荼,吸引了众多人物的参与,其中包括涂尔干、牙科博士保罗·C.奥罗克、好犹太人巴尔希、日耳曼人赫尔曼、阿伯朱尔穆吉布、打开救生舱门、珍妮·卢尼等,但是,这些人在具体事实上都不能达成共识,如同我和康维尔夫人在"知道"上帝意味着什么这个问题上也不能达成一致一样。星际迷航和奶油蛋糕猛烈地抨击这个词条的合法性,但是另外几位却为该词条最重要的提法所信服,这个提法却与"当代以色列的侵略"有关。该词条中关于以色列的介绍吸引了很多注意力,参加辩论的编辑们很快地分成了两大阵营:支持该词条公布的人一般都比较同情巴勒斯坦事业,而反对公布该词条的人则提出了亲以色列的观点,而这些观点从任何方面看都与乌尔姆问题无关。亲乌尔姆即反以色列派提供了十七条脚注引用那些报道以色列侵略的新闻文章和新闻稿,这些报道列举了"当代以色列"对巴勒斯坦人、埃及人、非洲人、阿拉伯人、欧洲人和美国人(除了在辩论中的民族之外几乎所有民族的人)的"侵略"。主词条这样写道:"1947年乌尔姆人被赶出了西珥(以色列),这进一步证明了以色列侵略成性的本质[1][2][3][4][5][6][7][8][9][10][11][12][13][14][15][16][17]。"

我眼睛仍然盯着那个词条阅读下去,脚步轻移出了茅房,尽管此时这个词条主要已经成了一件政治工具,但是在我看来,它却不仅如此。我送走了一号诊室的一位患者,又回到手机上继续阅读这个词条。半个上午的时间我都在阅读:在两个患者之间的空隙时间,我都掏出手机,反复阅读这个词条,试图记住其中的细节。

乌尔姆人的来源总结得很清楚,在亚玛力人所被提及的《圣经》各卷书(从《创世纪》到《诗篇》)中都有记载。据说希腊人称乌尔姆人为外侨,说他们是"没有寺庙的民族"。自从基督教出现以来,乌尔姆人受到了种种系统性的迫害,真的可以开出一个单子:大公条例,议会法令,强制性遵守,禁止奢侈,罚款,折磨,死刑。《坎塔维斯蒂克》被描述为这个游牧民族的"便携式祖国"。十三岁剪头发是男孩儿的成年礼。他们有一个关于民族命运图的简单素描,换句话说,在中世纪,最后的乌尔姆人是在欧洲的什么地区灭绝的。最后一份有意义的文献记载了他们在上西里西亚①地区做盐商的活动。

可以说,正是以脑子里仍想着上西里西亚盐商的这种状态,我回到了工作上,一手拿着探针,另一只手拿着钻头。这我是没有料到的。我为什么同时拿着两件工具?如果说我要检查牙齿,那我为什么又拿着钻头呢?如果说我要钻牙洞,那我为什么又拿着探针呢?事实上,我是要准备钻牙洞的,因为正是钻头的起动中断了我关于上西里西亚盐商的思绪。但是我当时要钻什么呢?我坐的姿势高于患者的嘴巴,在无情的

---

① 西里西亚是中欧的历史地域名称,现大部分属于波兰。

灯光下，嘴巴里最黑暗的部分在本能地颤动。我放眼向整个躺椅看去，紧身裤外面套着裙装，脚上穿着一双许久没有擦过的平底鞋。我断定这是一位女性。有可能是某种职业女性。我转过头来，发现她的眼珠像逃离的野兽，倏地滑到了眼角处，将我和我的工作撇到视线外。我瞥了一眼电脑屏幕，看到上面的名字是"多丽丝·默克尔"。默克尔夫人已是我多年的患者，但是我却甚至想不起那天上午我是否和她打过招呼。（"你好，您好！"）我匆匆看了艾比一眼，却看到她的目光和以往大不相同，此时含有一种咄咄逼人的气势。由于她戴着粉色的纸质口罩，我只能看到她的眼睛，但是她的眼神看上去却如此警惕，如此含有质问的意味，我只能望向别处。我从没有见她这样过。你是一时精神恍惚了吗？她的眼睛似乎在问我。你手里拿着一把正在转动的钻头，你怎么可以一时精神恍惚呢？我把探针放下，又把钻头放回架子上，以便看一下默克尔夫人的图表。我很快发现，康维尔夫人在她的图表上什么也没有填写。当然，那天上午康维尔夫人有可能没有看到默克尔夫人，默克尔夫人有可能没经过清洗口腔而直接来找了我，或许是想走急诊程序。我仔细看了下托盘里工具的摆放。通常情况下，你可以从托盘里工具适当的摆放知道你要做什么。我意识到，这不仅仅是一时的恍惚。我努力去解析托盘的摆放。我是真的不知道我应该为默克尔夫人做什么。我想，当你工作时走了神，这样的事情就会发生，只能试图从托盘里获得某种灵感。我让思绪飘到了上西里西亚的盐商身上，而不是波士顿特许经营贸易的悲惨历史上，或者为什么我喜欢色情片中出现小丑,这根本不重要。我有责任集中精力给椅子上的患者治疗牙疾。但是托盘里的东西却不能给我任何线索,或者说给了我太多的线索,而且它们之间又都互相矛盾。这是什么?我几乎是在质问艾比。你看你这托盘摆得有多乱?一个牙医的托盘什么时候堕落成了地下室里的工具箱,或者放置杂物的抽屉了?难道我们要在里面乱翻才能希望找到所需要的东西?但是我什么也没敢说,甚至都没有敢去看艾比一眼,因为我把钻头关掉已经过去好久了。此时恐怕我们(我、艾比还有默克尔夫人)都清醒地意识到,我真的一点儿都不知道我该为默克尔夫人做什么。而且,当我决定看一下她的嘴里时,情形更是火上浇油了。一颗门牙和紧挨着的一颗犬牙不见了。我是刚刚把牙拔掉了吗?当然不是,如果拔掉了,应该出血了而且还有纱布的,我的手臂此刻也应该有所感觉的。我一定是为默克尔夫人做了一个矫形手术,安装了两个牙冠,或者是局部假牙,或者是某种其他的假牙。但如果是那样的话,为什么我的手里却拿着一个钻头呢?牙胶尖和根管扩大针及正丁烷都一同摆放在托盘里,这他妈的到底是什么意思?这么跟您说吧,那是个罕见的日子,你真该举起杯子,为那些玩忽职守的保险公司干杯!我想,如果我能就这样让她离开,那就棒极了。"您起来吧,默克尔夫人。一切都好了!"但是那样做不是很荒唐吗!她两颗牙的位置还空着呢!只是让她离开,我是不会摆脱困境的。她的眼珠又从安全的眼角转了回来,想看我到底是什么意思,因为自从我上次(还是第一次?)做出某种肯定的手势之后,已经过去了这么长的时间。她的眼睛似乎在问我，为什么停下了？你为什么出现了这种愁眉苦脸和傻呆呆的表情？我甚至不敢确定，默克尔夫人是否用了麻药。我甚至不知道这位女士是否注射了麻醉剂，就拿着手里开动的钻头径直奔她过来了！我向隔着默克尔夫人的艾比做了个手势，让她随我到大厅里。我别无选择：图表上无记录可寻，托盘又告诉我太多，而患者的嘴巴只能让我更加心慌意乱。我们俩凑到一起耳语。我说："你看，艾比，我也不瞒你了，这事儿就我们两个人知道。我真的不知道该为那位患者做什么。"艾比摘下了罩住她脸蛋的大口罩，说："我不是艾比。"她竟然不是艾比！她的眼睛和艾比的不一样！她的嘴也和艾比的不一样。而且她也比艾比矮了不少。我从来没有清醒地意识到艾比的高挑身材。

"你说这话什么意思？说你不知道该做什么！"她问道，"难道你不是牙医？"

我不想对一个陌生人承认我不知道自己该做什么。

"你是谁？"我质问道，"艾比在哪儿？"

"艾比是谁？"她问我。

"艾比是谁？"我喊道，"艾比！我的助理啊！"

"噢，"她说，"她去试镜了。"

"去试镜了？"

"是这么对我说的。"她回答。

我感到脖子开始疼痛起来，因为看着她我必须得使劲儿低着头。即使她是和小魔鬼们住在一所大树屋子里，她和艾比的差别也不会更大了。

"艾比为什么要去试镜?"我问。

"我怎么知道?"这位小个子临时工说,"我不在这里工作。"

康维尔夫人走了过来。我向她吐露了我的窘境。她说:"你怎么会沦落到这种地步?"我告诉了她,她说:"又是巴格韦尔转会去太空人!我告诉你多少次了,在治疗患者时,你不能去想巴格韦尔?她在哪个诊室?"她离开之后又回来了。"不是我经手的。"她说。如果说那天上午康维尔夫人没有见到默克尔夫人,默克尔夫人一定是走急诊程序了。但是哪个程序呢?

"我想你别无选择,只能去问那位患者了。"艾比的替工带有结论性地说。

康维尔夫人最初没有注意到她,她长得太小了。我们两个人都往下看她。

"不过她已经打了麻醉剂,我怀疑她是否能把话说明白。"

"她打了麻醉剂?"我问,"谁给她打的?"

康妮走了过来。"发生了什么?"她问。

"谁给她打了麻醉剂?"替工说,她抬头看了看康妮,又看了看康维尔夫人,"你们都确信这位就是这里的牙医吗?"她问道,那眼神犹如凶恶的哥布林小妖精那样凶狠刻薄。

我转向了康妮。"你记得给一个叫默克尔夫人的患者登记吗?"

"当然了,"她回答,"她是早上第一个打进电话的。"

"她打电话了?"我叫到,"她是什么情况?我该怎么给她治疗?"

原来,默克尔夫人在吃早餐时,她假牙上的一颗齿桥直接掉进了她的麦片粥里,原因不是别的,就是因为年头到了。任何傻子只要稍微注意观察就会明白,这位可怜的女士只是需要重新装上一颗齿桥。

给默克尔夫人处理完之后,我明白我该采取某些措施了,某种大动作。那种逛商城的不彻底的权宜办法肯定不行了。

我开始是删掉我的电子邮件。所有由"保罗·C.奥罗克"发给我的邮件都被我删除了,接着,我又删除了所有"头号亚兹粉丝"与许多好奇、想要更多了解乌尔姆人的陌生人之间的通信。接着又删除了所有康妮发给我的东西。然后又删除了与萨姆·桑塔克洛斯的简短对话("我们在匹茨堡很幸福。"她写的是她和她丈夫以及他们的两个孩子)。与我的朋友麦高恩之间的电子邮件也被我删掉。再最后,所有的东西都被我删掉了。

我给我的电话公司打电话,与他们终结了我的合同。接着,我取下了SIM卡,反复把它折弯,直到这块塑料卡不可能再修复,将手机放在水龙头下,打开热水浇了好几分钟,用一把电凿器把它打开,取出零部件,将一部分扔进了下水道里,另一部分趁我中午出去吃午饭时扔进了东河①里。

回到诊所,我给互联网提供商打电话,与他们终止了我家和我诊所所有的服务。没出一小时,我们就完全陷入了蒙昧黑暗之中。真不能相信。毕竟还有一条退路。只要你愿意走到底。

"我怎么上不去万维网了呢?"贝奇狠狠地瞪着一个iPad

---

① 美国纽约州东南部的海峡,位于曼哈顿与长岛之间。

发问。

"不好使了,"康妮说,"我已经拔出了路由器,试了试。如果还不好使,我再给他们打电话。"

霎时间,她们都如同发了疯。康维尔夫人猛烈地用手指戳着触摸屏,然后对着手里的电子装置无奈地摇摇头,表示放弃,好像这东西不仅证明了能让她受挫,而且还让她这个人感到了失败,几乎快成了道德上的失败。她把东西放下,五分钟之后却又重新把它拿起来,就像一个最饱经风霜的烟民一样,任你风雨狂,吸烟不能忘。她又开始戳起触摸屏,这回却注入了感情,每敲一下之后,手指都缩回来,敲打的声音越来越大,越来越坚定,好像她是在敲着一道门,哀求对方开门让她进到屋里去。与此同时,康妮等着互联网提供商接电话,还试着一心多用地做着别的事情,将电话夹在了脖子上,但是动不动就像被施了妖术,回到台式电脑前,眼睛离屏幕只有几英寸的距离,总是点击那个没有任何反应的图标。

那个下午非常令人愉快。没有写消息。没有回信。没有期待。没有分心的事情。只有我和工作必备的钻头、钻孔、刀具、矫正齿、胶、石膏、填充剂、浸蚀剂、喷雾剂、牙冠、汞合金、合成树脂、探针、探测器、挖掘器、小镜子、牙签、钳子和镊子。我好像第一次注意到这些牙科装备的诸多奇迹。这些装备光亮闪闪,洁净无瑕,引人入胜。没有了网络世界的诱惑,我回归到了我的椅子、我的贮存柜和我的大理石地面。

半个小时之后,她们来到二号诊室向我兴师问罪。我刚给一位患者堵上了一个牙洞,自己感觉那是我两个月来最满意的一件工作,即使不是十年来最满意的。她们带着iPad、手机和气势汹汹的愤怒表情,那阵势好像我刚刚虐待了一名儿童或者一只宠物。

"你一定是在开玩笑。"康妮说。

"是真的吗?"康维尔夫人质问道,口吻凄厉阴森,如同在审问一个有前科的嫌疑犯,"你中断了网络服务?"

"你打算把我们像傻子似的愚弄多久啊?"

"我并不想做这么残忍的事,"我举起双手为自己辩护说,"我本打算告诉你们两个。"

"哦?"

"后来我开始观察你们。你们看到你们自己了吗?你们上瘾了!你们两个都上瘾了!这是为你们自己好!贝奇,还记得你总是告诉我说这个世界是多么美丽吗?你再也不看一眼这个世界了!这个世界的美丽被你弄丢了!我这么做是为你好,"我说,"这样你就不会忘记上帝的世界了。"

"我请求你原谅,"她说,"但是我没有忘记上帝的世界。"

"对不起,贝奇,你忘记了。我看到你了。从上帝的世界跳不出来,也进不了另一个世界,这让你感觉非常纠结。"

"你这比喻不恰当,"她说,"不管是在线还是离线,这都是上帝的世界。网络的一切都是他创造的,正如现实的一切也是他创造的一样。"

"那么《黑檀木戏棕精灵》①呢?"我说,"那也是上帝创造的?"

---

① 色情影片的题目。

"那是什么意思?"她问我,她又转向康妮,"那到底是什么意思?"

"保罗,你为什么取消了我们的互联网服务?"

"这种分散我们注意力的东西我们不需要,"我说,"自从2004年以来,我还从来没有享受过这么美好、这么无忧无虑的下午呢。"

"那我们这里的工作怎么做?"

"牙科仪器仍然好使,"我说,"这就完全够了。"

"噢,我不这样认为,"贝奇说,"真的不是这样,先生。也许画个图表行,但是所有其他的工作都需要联网。"

"这样的话,"我说,"那我们就只能回归到我们原来做事情的老办法了。"

"但是我们从来没有用老办法做过事情啊!"

"是没有,"我说,"但是我打赌贝奇做过。她在科技存在之前就在这行工作了。"

"你可以享受你风趣的乐趣,"她说,"但是这很荒唐。自从……我根本记不清从什么时候,我就没在不用电脑的牙诊所里工作过。如果你认为我们可以穿越到过去的话,那你可真是疯了。我们是否应该回归到威士忌和手动钻头的时代呢?"

"我们的工作是什么?"我问她们,"我们给牙齿清洗和抛光。我们堵上牙洞。我们拔掉坏牙,镶上新牙。这些工作需要我们在线吗?"

"但是我们得服从医疗电子交换法案呐!"

"还要提交健康声明!"

"还有营业额!"

"还有电子邮件!"

  找麦高恩最好的地方莫过于去健身房。他就像虔诚的教徒那样忠实地去健身房。尽管有一年半的时间我的身影没有在健身房里闪现过了,我的会员卡却仍然没有过期,那是因为我从来没有找到机会去注销它。我就这么一个月接一个月地往后推,同时每个月又提醒自己去注销,可是我就是提不起劲来把卡退掉。

  让我们的友谊中间歇了火,我想向麦高恩表示歉意。麦高恩和我一度曾关系非常铁。我们都是牙医。我们都爱红袜队。到了健身房之后我四处寻找他,但是他并不在那里,所以我就上了一台跑步机。有机会重新做些体育活动感觉不错。一年半的时间已经过去,可是我还一次没有来过。我的身材真的变了形,所以开始时我跑得很慢。我逐渐加快速度,二十分钟之后,我已经提高为不到五分钟一千米的速度。感觉棒极了。我一直坚持了两小时二十九分五十七秒。我大概跑了三十三千米的距离。我燃烧了三千一百一十九卡路里。我想,我性格中的柔弱性可能和我不参加运动有关,所以,如果我强迫自己锻炼,我就会注入大量的堪称大脑"三兄弟"的血清素、去甲肾上腺素和多巴胺,从而回到正轨。

  当我跑完时,麦高恩也到了,直接去了举重区域。我不知道他见到我是否会高兴。但是我没什么可怕的。麦高恩这辈子从来没有神经递体失调过。他给我来了个黑人式的握手并露出微笑,接着又表情夸张地看着我出的这一身大汗。他问我室内长曲棍球玩儿得怎样了。

"室内什么?"

"你不是说退出健身房改去打室内长曲棍球了吗?"

"噢,是的,"我说,"我没有坚持下来。"

在他训练期间我们一直聊着天,好像昨天一样。我很高兴他没有生我的气。同时我也有点儿困惑。难道他不记得我把他从我的通讯录中删除掉所给他带来的伤害吗?难道我对他的背叛那么微不足道、我们的友谊那么一般,他根本不在乎吗?我坐在某个具有某种用途的器械上,麦高恩将重物举上放下,我们就这样随意地聊着,可是我突然间感觉到,对于麦高恩来说,我可能就是任何一个普通人,我就是健身房里碰巧走到了能听到他说话距离内的任何一个来锻炼的人,而且我们之间的关系也只不过是都在同一职业、同时又都喜欢波士顿棒球队而已。我又重新想起了最开始我将他从我的通讯录中删除的原因。这令我极度地伤心。我开始哭泣,但是又不想让麦高恩看到我哭,所以我就尽量面无任何表情地哭,让泪水尽情地像汗水那样往下流淌。就在我直视着他泪奔的两三分钟之内,他仍在那儿举重而没有注意到我。当我恢复平静之后,我试着站起身来准备离开健身房,但是却发现自己站不起来了。那一顿跑给我带来了后果。我根本动弹不了。实际上麦高恩是把我抱进了男更衣室,然后又把我抱到了街上,同时招呼了一辆出租车。他陪我一直来到了布鲁克林区,帮助我走上了楼梯,来到了我的公寓。直到这时我才意识到,麦高恩真的是一个好朋友,而且,做一个好朋友其实真的很简单,而且,根据这个简单的公式来看,很有可能对任何人来说,我都从来没有做过好朋友,或者说,只有寥寥无几的若干人,不论以什么标准都太少。

第二天,从诊室到诊室,从患者到患者,我都是一瘸一拐地慢慢地挪动脚步。我两条腿很疼这倒很容易解释,可是为什么咬紧牙关也疼呢?为什么握紧拳头、松开手指也疼呢?探针在我手里几乎拿不稳,最后,我不得不取消了下午所有的约诊。

她是那天我最后一个约诊的患者。她沙褐色的长发飘逸,上面戴着一顶红袜队棒球帽。帽子已经很旧:很容易能想象,在这顶帽子的一生中,它被撕扯过,被拉伸过,被用脚踢过,被丢过又捡回来过,帽舌已经窝成了半桶形,帽箍被汗水腌得很彻底,整个这顶帽子如同被践踏蹂躏被嚼碎了千百回。现在,帽子上代表波士顿的第一个字母B周围的线条已经松了。这顶帽子珍贵无比,可谓是家传之宝,其价值堪比拍卖台上任何宝贝。戴着这顶帽子的女士赢得了我的心。

当我走进诊室时,她转过身来说:"我不是来看牙的。"

我关上了门。

"那您来这里是?"

她离开窗前,向我的怀里走来——没有,她离我很远就停下了,尽管我心里在催促她的双脚往前迈,可是她还是停在水槽那里。她将放在柜台上的一个皮包的双搭扣打开。她摘下太阳镜,将夹在眼镜框里的几丝美发轻轻解开。她建议我坐下。我立即拉过来一个凳子。

"您是谁?"

她从皮袋里取出一摞纸,"助理研究员。"

"给谁当助理?"我问,"什么研究?"

"为了大事业。"

她真的非常高,超过了一米八。当我坐了下来,可以说,是沐浴在她的春风和阳光之下,看着她聚精会神地整理着手里的文件,我几乎感觉到了一阵疯狂的爱欲,几乎脱口而出"我爱你"。不过我还是及时地刹住了闸。但是事情就是这样发生的,每次都是,来得迅速,来得容易,我简直无法自制。

"咱们从这里开始吧。"她说。

"你说'大事业'那是什么意思?"

她递给我我的出生证明。

"看清了吗?"她对我说。

"你要问什么?"

"那份文件你看着不感觉熟悉吗?"

"那是我的出生证明,"我说,"喂,我的出生证明怎么到了你手里?是谁公正的?"

"这里还有,这是辛西娅·盖尔和康拉德·詹姆斯的结婚证书,1972年11月5日。"

她将我父母的结婚证书递给我。证书上盖有县书记官的章印并签上了首字母。

"这是你的父母吧?"她问我。

"是的。"我说。

接下来,她迅速地向我出示了我父母的出生证明以及死亡证明,我祖父母和外祖父母的出生证明,他们的结婚证书,最后是他们每人的死亡证明。里面有奥罗克伯爵和桑德拉·奥罗克,娘家姓是汉森,还有弗兰克·梅洛利和微拉·梅洛利,娘家姓是沃德。文件上再往上一代人的名字我就不认识了。据她所讲,他们是我的曾祖父母和外曾祖父母。

她瞄准了我系谱图中的一个分枝,是我曾祖父的那枝。

"你会看到,你并非总是姓奥罗克这个族姓。"她说。

她又递给我下一份文件。

"你叫什么名字?"我问。

"克拉拉。"她说。

"克拉拉。"

"是的,克拉拉,"她说。"你手里的这份文件是奥克利·罗克的出生证明。奥克利是你祖父的祖父。注意看他的姓氏是怎么拼写的:R-o-u-r-k-e,罗克。在一位地方法官做了一次刑事案件的判决后,他就成了第一个奥罗克。你的高曾祖父是个盗马贼,从这里你可以看到。"她递给我一份科罗拉多州发布的逮捕令。"在这份文件上,'奥·罗克'变成了'奥罗克',"她说,"这很有可能是一种常用的元音省略法造成的。事情往往都是这样发生的:错误、省略、颠倒。对于名字的改变,奥克利一定是同意了的,因为当他移居到了缅因州并买了土地时,他就姓奥罗克这个姓了,看这里……"她递给我一份产权契约,

"也许他需要一个全新的开端。他在有生之年一直都姓奥罗克这个姓。"

她递给我他的死亡证明来证明这点。

"这是我的系谱,"我说,"你给我看的是我家的系谱。"

"在奥克利之前,还有路德·罗克,那是他的父亲。"

"我非常高兴你给我看我家的系谱。"

"还有,在路德之前,是他的父亲詹姆斯·罗克。他本该是你的六世祖,但是他不姓罗克。不姓这个罗克。他的罗克是 R-o-u-r-c-h,Rourch 家族的最后一位。你看这里……还有这里。"

她又递给我两份文件。

"这是你的工作吗?"我问她。

"不是。"

"你做什么工作?"

"我没有工作。我在上学。"

"你学什么专业?"

"法医人类学。请看一下我递给你的文件。"

文件上看没有任何新的样式,完全不是出自于电脑打印。纸张是那种老式的有硬度、容易破碎的类型。整个文件上书写的都是殖民时期的草体,用词也是老式的"缘何""以兹证明"等词汇。

"詹姆斯的祖父叫艾萨克·博鲁克,Boruch。艾萨克是比亚维斯托克的公民,是你们家族里来到美国的第一人。由于移民局的错误,他的姓氏从博鲁克变成了罗克,你从这里……和这里可以看出来。"

我细细看了下两份文件。一个艾萨克·博鲁克在前,一个艾萨克·罗克在后。家史中一前一后的照片。

"我的祖籍是波兰?"我问。

"这些变化是如何产生的,这很容易想象,"她说,"移民潮的疯狂,职员的疏忽,官僚的懒惰和充耳不闻。"

"做这些事情你花了多少时间?"

"我只是名助手,"她说,"你看,这些文件分开来看其实都不重要。当然,这些文件也很重要,但也只是能够证明你成为博鲁克之前的家世,证明博鲁克是怎样乔装改变进入美国的。美国并非谁都可以进来的。"

"我们有可能被拦在外面?"

"假如东窗事发,是的。"

"什么东窗事发?"

"在你成为博鲁克之前你的家世。"

"在成为博鲁克之前,我们有什么家世?"

"我没有文件。"

"谁有?"

"文件在等你呢。但是你必须主动前去。"

"在哪儿等我?"

"西珥。"

"以色列?"

"是的。"

"我为什么要主动前去?"

"他想看到你表现出信念。"

"谁要看?"

"我们都要看。"

"那就是说,我必须得去一趟以色列?"

"对。"

她开始扣上皮包的搭扣。

"你要走了吗?"

她戴上了太阳镜,"我的工作做完了。"

"还能见到你吗?"

"为什么要见我?"

"就是……我一时接受不了这许多内容。"

"如果你有什么问题,"她说,"我相信你知道该找谁。"

"我宁可找你问。"

"嘴真甜,"她说,"认识你很高兴,奥罗克医生。"

她伸出了手。我把手握住。这感觉符合我想象的一切,也许更多。

7

我乘坐一架观光电梯往高层升去,越过了矩阵和蜂箱似的层层建筑。我从楼顶建筑出来,来到一处开放式办公大厅,里面有许多身着白色牛津纺衬衫的交易员,他们在决定着世界的命运。这里是美元播种和无情收割的地方。一位异国血统的美女告诉我有咖啡和加有黄瓜片儿的冷水供我选择。我选择了阅读咖啡桌上放着的《福布斯》杂志,是封面上有默瑟的那期。标题写着:"他拒绝说话。"

默瑟在七十年代末淘到了第一桶金。通货膨胀率很高,金本位丧失,人们风声鹤唳。当人们害怕的时候,据说默瑟对一位知己说,人们的思维变得原始了,只有闪光的金属才能让他们放心。在金融界,这如同向太阳祈祷,但是与太阳神不同的是,黄金仍然制约着货币,并且随着人们的恐惧程度而起伏不定。默瑟找到了感觉。在他生涯的早期,他看到了黄金能够极大地赢利。在八十年代,他转向了股票。1987年1月,他退出了股票市场,又回到了黄金市场,九个月之后就发生了"黑色星期一"。《福布斯》称此举为"超自然的"。到年底,他非但没有面临破产,反而用一亿美元换回了股票。他连续进行了十年的了不起的经营。1997年,出于对亚洲金融危机的担忧,他再次退出了股市。人们认为他疯了:当金融危机解除时,互联网兴起,并开始大印钞票。默瑟错过了机会。但是没出几年,互联网的泡沫就破灭了。后来披露出的真相是,默瑟所持股的一半儿再次投进了黄金市场。他真像一个预言家。

又出现一位美女,她以模特般的优美姿态送我穿过大厅,来到默瑟那间已经隔得很远的避难所里。他坐在靠近远离桌子那面墙的一把椅子上,正看着两个工人和一名督导将一幅嵌在厚玻璃框里的毕加索搬下来。他看见我时说了声"你好",并拍了拍他身旁的椅子。"过来看大都市博物馆认领一件礼物。"工人们小心翼翼地将这幅艺术品从墙上取下。西装革履的督导在旁边紧张地看着,工人开始装箱时,他做着建议性的手势。那是一幅全世界最昂贵的裸体、半身像和绿色花饰艺术品。

"是您的?"

"以前是,"默瑟说,"但是你知道他们对画怎么说吗?"

"他们怎么说?"

"你看了第一眼之后,就再也看不见它了。"

他冲我微笑的感觉似乎完全是私密性的。确切地说,微笑中不含有任何欢乐或者幸福的意味。

他又转过身去看工人们小心地包装艺术品。他们将艺术品放在一个高科技的装置上,如同把一位刚做完手术的患者推出手术室一样,将其运出了屋子。西装革履的督导又花了几分钟时间,代表博物馆对这样一件非凡的礼物深表谢意,对此,默瑟优雅坦然地受之。督导离开之后,默瑟重新落座。

"这里的情形可能会开始放松一下了，"他说，"你最不愿意做的事情就是忘记墙上有一幅毕加索。"

"开始放松？"

"我对赚钱感到厌倦了，"他说，"我对把我们带到一起的这个题目更感兴趣。"

"我记得您说过那是一个骗局。"

他再次露出了那种内在似的微笑。

克拉拉到我办公室造访过之后，我又恢复了我所有互联网的服务，家里的和诊所的都恢复了。我从垃圾箱里又找回了我所有以往的电子邮件。我买了一个新的手机。我把笔记本电脑恢复了图片、通讯录和应用程序。默瑟留给我的，请我去他办公室的语音邮件，在正常运转的收件箱里，对之前的一切毫不知情。一切都一如既往。我曾试图逃离它，但是我却逃离不了。它的强大功能遍及天涯海角。

我不知道默瑟为什么给我打电话要求再次见我。根据他自己承认，他是个比较隐秘的人。也许他想试探我，保证让我三缄其口，让我发誓保守秘密。他离开公园时就已经下了这个决心。

但是他的决心和我的决心相比也没有强到哪儿去。自从我们上次分手之后，他就逛了一次他自己麾下的一个商城，他脸上那充满悔恨的微笑不啻承认了这点。

"你去那里了吗？"他问。

"去哪里？"

"西珥。"

"这地方存在?"

"存在,"他说,"那就像个屎坑,到处都是尿臊味儿,但是它确实存在。"

"这地方真的在以色列吗?"

"听你的意思你很怀疑。"

"我不能想象他们谁都让去。"

"不是谁都去的,"他说,"那是个国家,等入境的人排着队呢。"

"那么,他们怎么操作的呢?"

"去年在达沃斯,"他说,"我见到了我的老朋友财政部副部长。我问他:'我听说的内格夫地区①的领土收复条约是怎么回事儿?'他看我的目光犹如冰面上的冻鱼那么寒冷,说道:'我不懂你在讲什么。'现在,每当我们有机会碰到一起时,他都刻意地回避我。所以说,也许他们制定了某个领土收复条约,可是我怎么知道?"

"领土收复条约是怎么回事儿?"

"就是将合法属于某个民族的土地归还给他们。"

"他们有领土要求?"

"作为种族灭绝的最早的受害者。"他说。

他让我想起了我与苏克哈特的第一次谈话。他也把针对亚玛力人的战争称作是种族灭绝。但是,有这样的可能,像《圣经》里那么古老的世仇会给当代的地缘政治带来某种后

---

① 以色列南部地区。

果吗?

"这有可能吗?"我问默瑟。

"你不能否认它已经存在。你只能问如何发生。如果世界上只有一个国家有可能同情对种族灭绝提出赔偿的要求……"

"对那么久之前的也要求赔偿?"

"我仅是在告诉你别人告诉我的。"他说。

据默瑟所讲,在格兰特·阿瑟和以色列的一个联合政府(比当前这届政府稍微进步些)的官员之间安排了一次会谈并达成了一项协定。他们来到这个国家并没有经过这个国家的允许,但也并未遭到反对。就以色列的官方观点而言,他们根本不存在。

"我有回去看看的计划。"他说。

"回到那个屎坑里?"

"我在那里的感觉就像回到了家。我从来没有过回家的感觉。当然了,我走到哪里都会受到欢迎。而且我也可以去任何地方。但是那与回家的感觉不同。"

"是什么让您有那样的感觉呢?"

"我想,是其他的人吧,那里的人。"

"您需要别人?"我说,想起了那些美女、交易员和他的金钱所能够买到的所有人。

"需要对的人。"他说。

默瑟的秘书敲了下门。她带进来了麦当劳的外卖。也有我一份。

"这对身体不好，不过管它呢，"他说，"我就是吃这个长大的。你不一定非要吃这个。"

"免费午餐我从不错过。"我说。

他哈哈笑了起来，"记住，没有免费这一说。你现在已经吃我两顿了。"

我们窸窸窣窣地打开纸袋，头几口我们都在闷头吃。过了一会儿，他说："我很高兴你同意再次来见面。我觉得上次我该向你道歉。"

"根本没有关系。"

"我总是急于认定这是个骗局。"

"甚至去过了那里之后？"

"一点点基础设施建设是不会打造一个传统的。"他说。

"他们曾经向你要过钱？"

"我心里的一部分希望他们要钱。这样我就可以确认我所有的愤世嫉俗的怀疑，从而拒绝他们。我可以将他们抛在脑后。但是到目前为止，已经过去一年多了，他们所要求的就是小心谨慎。"

"小心谨慎？"

"他们不想将注意力引向自己。他们担心，过多的注意力会打乱他们与东道国之间的安排。从前是有这种担心。现在我可不知道了。如果这事儿在互联网上随处可见，肯定是发生了某种变化。"

"那里的人们看上去怎么样？"

他咬了一口汉堡包，若有所思地咀嚼起来。"我想，他们很像在现代技术扼杀了基布兹合作农场之前建立了以色列国的犹太人。热情,团结,勤劳。抠门儿。他们中间有些坏蛋,但并不是太多。职业人士,一般来说,都是这类或者那类的知识分子。生性多疑。属于一个并不要求他们信奉上帝的传统,这让他们感到幸福。"他将手伸进纸袋里抓了一把薯条,"那天在公园里,我曾问你是否做过基因检查。你对我说他们为你准备了别的事。那是什么意思?"

我又重复了一遍弗拉什蒂克告诉我的关于下一批回归浪潮的话,说他们需要找到某种方法来盖过阿瑟的研究和李博士的科学的重要性,说这或许能让人们凭借《坎塔维斯蒂克》里面的信息就去选择相信。

我也告诉了他,说最近有个人来找我,给我详细地讲述了我家的系谱。说完了这些之后我如释重负。我不能说我写了这些推文,但是系谱却总有些不一般,尽管其中重要的一环仍在以色列那边等待着我。

"我很高兴知道他们并没有利用你,"他说,"很难向你描述我的高兴心情。一个人可能被欺骗的可不只是他的钱财。"

他将手指上的油腻擦掉,然后将纸巾扔进了食品袋里。办公桌子上没有了摆设,墙上的毕加索画像被搬走了,尽管能够看到无尽的树顶,但是整个办公室就显得一般了。和我所想象的世界上第十七位最富有的人该拥有的高科技办公室相差甚远。

"你给我留下了深刻印象,"他说,"他们接近你所用的那种方式会让我永远退避三舍的,但是你却一直敞开怀抱。"

"我至今仍然不能说没有疑虑。"我对他说。

"也许你永远都会有疑虑。"

"您也给我留下了深刻印象，"我说，"您听到了他们对我的所作所为，便断然地与他们一刀两断。"

"确实这样。"他说，点点头，然后说，"然而，我们又坐在了一起。"

"我们坐在了一起。"我说。

"我们当然在以色列了。"他是这样回复我的邮件的。我和默瑟约见之后发给过他一封邮件。

你以为我是坐在图森①的地下室里等着你给我回复电子邮件吗？信不信由你，保罗，我还有其他的事情忙着呢。我们正在做的事情需要付出些努力。否则的话，我会到你的诊所去看你。让你看看有了自知之明之后，你会是什么样子。

你在那里做什么？

做什么？

是的，做什么。你不去教堂，是吧？你不祈祷。

---

① 美国亚利桑那州南部城市。

对,我们不祈祷。我们彼此倾诉。我知道这听起来有些像嬉皮士那样装腔作势,但实际上不是。咱们急事儿先说:我们会认真研究家庭档案。接着我们给你看所剩无几的家史记录(见附件)。接着我们尽最大努力让你感觉宾至如归。就算下榻的不是丽思卡尔顿酒店。大多数人来这里只是为了观光。我们并不要求任何人离开自己的家园或者改变自己的生活方式。我们只是想让回归者们了解情况。有各种节日可以供人们欢乐和潇洒,但是真正具有重要意义的日子只有两天:天使报喜节和矛盾盛筵日。此外时间,我们基地的员工耕作,来此的观光者参加学习。我们为我们的夜晚而活着,在夜晚,我们相互交流回家的感觉,和其他曾经错过了这里的同伴交流,并深切感到这终于属于自己了。我们点上蜡烛,我们享受相互的陪伴,我们在餐桌上歌唱并畅谈。重要的是人,保罗,你懂的。人们围桌而坐,倾诉衷肠。我们在西珥所做的就是这些。

从后面的营地描写中,我们获得了这样的印象,马尔姆人萨菲克(原来是亚玛力人的国王阿加格)借助他的"怀疑"的信息所召集起来的一伙人是一群乌合之众,其中包括边缘人、被社会排斥的人、前奴隶、异端分子、妓女、新石器时代遗留下来的未开化的人,和相对就算是清秀的麻风病人,这些人都骑着脱水的骆驼艰难地行走在《圣经》里所描述的极其不友善的地域上。事情怪就怪在,没有人找他们的麻烦。他们就行走在沙漠上,不能说不显眼,他们所经过的营地和商队里不乏亚摩利人、希泰族人、耶布斯人、比利洗人、革迦撒人(都是迦南人中的一群欺软怕硬的人渣和疯子),可是萨菲克和他的乌合之众就这样轻松地走了过去,偶尔打招呼还能得到回应,有时甚至被邀请一起去啃啃羊骨头喝点儿酒。萨菲克从前在这一地区饱经了永无休止的杀戮和征战之苦,所以此时感觉这一切十分怪异,直到他想起来,这一切正是上帝所承诺的。"而且,我们没有城市赋予我们名字;也没有国王来任命我们的指挥官;也没有国王来为我们制造战争的武器;我们也没有法律来遵循,除了一条。看啊,让你们的心灵因怀疑而神圣;因为上帝,如果上帝知道,也只有上帝知道。因此我们就追随萨菲克,从而没有被消灭掉。"

到这时(在第42次驻扎中,是以附件的形式发给我的),出现了节外生枝,萨菲克的一个追随者发生了越来越严重的痛苦。他是这伙人中一个正直的人,所以没有人明白为什么偏偏是他失去了妻子和孩子,然后他开始生疮、发烧、失明、产生了自杀倾向,像疯子似的胡言乱语,对生存产生了很消极的态度。这时,他正在给大家阐述自己的消极人生观时,他突然被闪电击中,一头狮子突然向他扑来,他的心脏霎时破裂。谁也不能相信自己刚才目睹的事件,所以都转向了萨菲克寻求答案。他毕竟一直在对他们讲,如果他们遵守上帝的盟约,他们就会平安无事,但是,刚才发生在(你猜对了)约伯身上的事情却给所有人留下了谁也没在照顾着谁的深刻印象。他们都想停下正在做的事情,转而拼命去祈祷,因为不祈祷很明显对约伯的命运没起作用。祈祷获得安全总比怀疑和后悔强。伙计,这可真让萨菲克恼火了!就连作为阿加格国王目睹了他所有的族人在西珥山被赶尽杀绝时,他也没有这么担忧过。他怒不可遏,谁不从祈祷的位置上站起来,他都格杀勿论。故事讲到这里,出现了一个名字叫以利法的新的人物,他被描述为萨菲克的兄弟。没错,从天而降,萨菲克获得了一个兄弟。以利法遵守着上帝的盟约,镇定地向大家做着解释,与此同时,萨菲克仍继续地暴怒,扇那些忏悔者的耳光,但另一方面,又保护他们免受掠夺者、强盗和战争贩子的发难,但是至于疾病、贫穷、饥饿、痛苦、悲伤和厄运,关于这些他们并没有得到任何承诺。他们就是命运的臣民,这和别人没有任何区别,唯一不同的是,他们没有将其归属于天命,从而免去了触犯上帝。以利法问道,他们对上帝有什么了解呢,只知道很明显他不存在,因为假如他存在的话,他能够允许所有这些倒霉的苦难都发生在可怜的约伯身上吗?他向他的听众们发出了一连串的难解之谜般的发问:"你们给马匹以力量了吗?你们用雷电给他的脖子取暖了吗?你们能让他像蝗虫那样害怕吗?他鼻孔的光辉简直可怖。"这时,整个营地一片寂静,只听得苍蝇在嗡嗡地围着约伯的尸体乱转。

"你从哪儿弄来这个的?"苏克哈特从桌后抬起头来问我,"我每天都看你的个人页面。以前我可没有看见过这个。"

"是发给我的电子邮件。"

"谁发的?"

"'保罗·C.奥罗克'发的。"

苏克哈特在阅读"保罗·C.奥罗克"上一封邮件里附件的打印稿：是一个扫描件，两栏文字在一张发黄的羊皮纸卷上，纸卷的上部已经磨损，或者被虫子啃去了，其内容，据苏克哈特所讲，是用亚拉姆语写的。译文单独放在一个附件里，根据驻扎次数和诗节编了号，人名和地名都用音符号标注了。萨菲克被标注为"萨-非克"。亚玛力人被标注称为"亚-玛-力-人"。

"有趣的是，"他刚说了个开头就打住了，又低头细细研究打印稿，"有趣的是——"他话又说了一半儿。他将胳膊上的汗毛捋直，用手指将其拉紧，犹如理发师那样要剪掉发尖，然后将汗毛放下，又重新开始捋直。足足过了五分钟，他才放下放大镜，往前探了探身子，目光移向了桌子对面的我。

"关于《约伯记》的作者身份历来都有激烈的争论，"他说，"毫无疑问，某些词语和表达方法在语气上是亚拉姆语，而且，由于《约伯记》中历史事件缺少参考书，这引起许多学者认为该书并非源于希伯来文化。该书的作者确实在时间上先于摩西。我感觉有趣的是这个叫以利法的人。除了约伯之外，他是唯一《圣经》记载里和不管你这个是什么记载里都出现了的人。当然，他们人物的描述不同，但是名字是一样的。"

"为什么说那有趣呢？"

"呃，你看，以利法来自提幔城，而提幔城位于埃多姆地区。而亚玛力是以扫的孙子，而以扫则是埃多姆部落的领袖。埃多姆人和亚玛力人是有血缘关系的。"

我呆滞地看着他。他又解释了一遍。

"知道吗,《创世纪》里面的创世之说,很像巴比伦的神话《埃努玛·埃立什》。当然了,洪水的故事源于《吉尔伽美什史诗》,甚至有可能源于印度教神话。与我们所知道的《圣经》相比,它们则显得更粗糙一些。尽管如此,它们还是先了一步。它们是净版,是原版。"

"那当然,"我说,"这个从那个借用一些,那个再从另一个偷盗一些。这全都是一堆屎。"

"不对,你听我说。"他说着屁股一使劲儿,将椅子往前蹭了蹭,更靠近了桌子,"如果《约伯记》是用亚拉姆语写的,如我们所猜测,如果其内容写的是关于埃多姆地区的,这我们有理由相信,因为以利法出生于埃多姆的一个小镇,还有,如果埃多姆和亚玛力这两个部落也正如我们想象的那样关系十分紧密,并且两个部落都在与以色列的孩子们发生争战,两个部落都藏身于西珥山,那么,你眼前的这个……纸卷的扫描文件,这个扫描确实很差……如果它就是真品,我是说这个纸卷,而且,如果译文十分准确,那么,这就很可能是……"

他停下了。

"是什么?"我问。

"是《约伯记》的第一份手稿。"他说。

康妮其实也并非美丽得不得了。诚然,她具备了所有美人所具备的条件:一头秀发,棕色的四周带些雀斑的眸子。她那美丽的胸部外面套上任何服饰都能充分显示出其完美,任何款式的衬衣、运动服和冬季的外套,任何你想象得出来的服饰,穿在她身上那就是完美,更不用说夏天穿上T恤和比基尼时带给人的震撼了。看着康妮裸着上身煎鸡蛋(她只在我的请求下这样裸了一次),同时给她拍摄一些肯定要删除的照片,这能让我幸福整个一下午。她的身材也极其匀称,具有古典之美,各项比例恰到好处,不管穿什么衣服,她都像模特和假人那样美不胜言,不可能出现因为身体走形而放弃那年的时尚的情况。她从不会像别的女人那样因为腰部添了赘肉或者臀部增围而某个季节穿不上时装,也不会因为别的女人穿了XS号的衣服就对她们说三道四,说她们是妓女妖精,对她们羡慕嫉妒恨个没完没了。她的皮肤呈麦色,紧绷有弹性,当她裸体伸展身体时,她的肚脐变成了蛋形。但是如果你离近看,如果你每天夜晚都仔细地观察,年复一年,日复一日,你会看到她的鼻子离上嘴唇太近了,其效果就是上嘴唇被透视法给缩短了,而相比之下,鼻子则显得稍长些,令人忍俊不禁地想起了大象鼻子,而正是这一点瑕疵毁了她其他特征的协调和匀称之美。这是个问题。当我们在一起时,我可以忽略它,因为在一起而不忽略一点瑕疵那显得非常小气。那就是只注重外表而轻视内在,而内在的东西比如尊敬和友谊所需要的是精心的经营。挑她这方面的毛病显得不公平,因为她的瑕疵不是她自己能说了算的。可不幸的是,就在这一点上,她长得很像她的父亲。在霍华德·普洛茨的脸上,几乎就没有什么上嘴唇。

每当我感觉到自己为她这一脸部特征思考过多时,每当我思考她那特征很像个男人时，尽管我对霍华德十分仰慕，可是我都要刻意地分散我的注意力。我也想到了别的事情：她的乳房，她的智慧，她对我的脉脉温情。但是当我们分手之后，她那被截断了的上嘴唇和发怒时鼻孔向外扩张的鼻子就是我所注意的一切了。每当我和她谈话时，这两个特征就蓦然跃到我的眼前，这时，我非但不将自己的注意力引开，反而认真地研究起它们来，并为自己能够逃过终生受其煎熬的命运而窃窃自喜。

而现在，除了她鼻子这一缺陷之外，她又信奉了上帝。

与苏克哈特见面之后，我回到了诊所，在候诊室里稍坐了一会儿，又细细地观察起康妮来。那天，她面部不协调的特征完全失控了。我甚至不忍去看。可是我从前却觉得那里是那么可爱！正是这一无可争辩的事实说明她和我们其余的人类没有区别。观看她做着各种工作时我在想，假如原先我知道她内心对上帝藏有信仰，我是否会把那一点也浪漫化了呢？假如她坦诚相告说她信奉上帝，假如我更投入些，更患得患失些，正如我与萨姆和桑塔克洛斯家人相处时所怀有的心态那样，我是否能够像人们所说的那样，敞开心扉，接受她一两次充满激情的请求，不去评判，全然地接受，诚挚地请求让上帝进入我的生活、让上帝爱我呢？我能不能是那个被影响从而愿意改变的人呢？

但是她却并没有坦诚相告，我也并没有患得患失，所以现在我感到了如释重负。是的，我在普洛茨家族面前是出过丑，但是情形有可能要糟糕得多。我甚至有可能皈依。我有可能去面试成为教堂合唱队的领唱人。但是现在对我来说普洛茨家族的人是什么呢？犹太教是什么呢？《约伯记》就其第一份手稿而言是什么呢？与克拉拉相比，那个头上戴着旧的红袜队帽子、辛勤地收集我家的系谱并详细讲述给我的那个女孩儿，与她相比，康妮又是什么呢？我只是模糊地回忆起克拉拉，就像穿过一层梦幻般的薄雾。与坐在桌前、轮廓因诊室灯光而显模糊、身后堆满无聊的病例、枯萎的嘴唇上悬着大鼻子的康妮相比，克拉拉所拥有的则是一种充满了幻觉的、比例完美的惊艳之美。突然间我意识到，我再也不爱康妮了。我终于和她结束了。我简直不能相信。我甚至记不起我们上次分手的最后几分钟我的感受，只记得当时我在不停地哭泣，彻底地茫然不知所措。

我的思绪被打断了，因为有人坐到了我的身旁。我侧过头来……是康妮！我又把目光移向前台，那里没有人了。当我一直在细细观察她时，她已经站起身来，离开前台，走进候诊室，坐到了我的身旁。有时候我以为自己神情专注，而实际上我却正蜷缩在我的脑海深处，视而不见我眼前所发生的一切。

"嗨。"她说。

"嗨。"我说。

然后她的举动我没有料到。她从我放在椅子扶手上的臂弯处伸过手来，抓起我的手，将我的手翻过来，又将她另一只手放在我手上面，用双手握住了我的手。她转过身来，右腿膝盖碰到我的左腿膝盖，左腿探出，这样她能够更好地面对我。

她微笑着,但是这一笑还不如不笑。她抬起一片嘴唇真的需要花出很大气力。"我觉得你该知道一件事儿。"她说,每当有人觉得你该知道一件事儿,那通常是一件你并不想知道的事情,"我正在见一个人。"她说。

霎时间,每天魔幻般的音乐永远地停止了。

他名字叫本,是个诗人。可以说双方都挺认真。

我什么也没有说。过了一会儿,我问:"'挺认真'是什么意思?"

这回轮到她什么也没有说。过了一会儿,她说:"你懂的。挺认真。"

接着,我又什么也没有说。过了一会儿,我说:"你真的爱他吗?"

她停了好一阵子,长得让我知道她真的爱他了,她才说:"我不知道,时间还没那么长。"

我什么也没有说,过了会儿才问她:"他是犹太人吗?"

她什么也没有说。我以为我的问题可能会让她感到恼火,甚至有可能她会把我的手甩掉,但事实上,她却把我的手握得更紧了些。最后她说:"这有关系吗?"

有关系,当然有关系。他很可能也信上帝。但是我什么也没有说,过了一会儿,我说:"我为你高兴。"

她什么也没有说,过了会儿,她说:"你没事儿吧?"

我什么也没有说,过了会儿,我说:"当然没事儿。"我看了她一眼,并报以微笑。但是我对自己的微笑却失去了控制,一切都看在了她的眼里。

我真的希望我的表现不是这样。我希望我的一切变得更好。我最希望的是,当我相信某件事情时,比如我终于和她彻底解脱了这件事儿,我该真正了解我自己,哪怕只了解一点点。

8

我刚在切尔西开办第一个私人诊所的几个月之后,给萨曼莎·桑塔克洛斯写了一封传统信件,寄到了她父母的家,确信这封信能够转到她的手里,因为我认为她就住在同一个街区里,或顶多在城镇另一端,即使她不是就住在她童年的卧室里。我对自己说,我不知道为什么要写信给她,但其实我知道:我想让她知道,我拥有了一家私人诊所,想让她知道我成功了,想让她知道我把童年的苦难抛在了身后,成功地走出了缅因州。我通过这封信在告诉她,假如她在我和她的家人吃饭时承认了我是无神论者之后仍然能够坚定地和我站在一起,并且嫁给我,她会很幸运的。几个星期之后,我通过电子邮件的方式(自从拨号时代起我就一直使用的"头号亚兹粉丝"账户)收到了一封回信,而这封回信我反复看了多遍,甚至会让你感觉我是在战场前线阅读家书。她问道:"你说你只想成为个中的一部分是什么意思?你有过那么多次机会可以成为我们家的一部分。难道你当时不知道吗?其实你只需接受我的父母,可是你似乎从来就不感兴趣。他们不会因为你而放弃天主教信仰的,保罗,我认为当时你至少应该明白这点。你想让大家都去改变,接受你的思维。你非常固执,从来不做出任何让步。按我记得的,你更喜欢独善其身,而不屑于成为'个中的一部分'。而且有时候,你并非总是最容易相处的人,或者说,至少当时你不是。我确信,由于你的成功,情形肯定有了变化。"

我充满疑惑,所以没有回信。

当我和康妮坐在候诊室里的时候,我看到了一本名人杂志上的一个标题。标题这样写道:"哈珀和布林全心投入家庭。"哈珀的异性恋身份颇具争议,而布林则在《布林》本季压轴时因法院判定三个孩子不归她抚养而名声受挫。但是现在,据一"消息来源"和"朋友"所讲,他们又重归于好了,并且又怀上了一个孩子。他们终于走出了危机,这让我为他们高兴,因为很长时间以来,他们一直是全国收看的狗血剧。同时我承认我也感到了一阵妒忌。哈珀和布林全心投入家庭。对于他们来说,没有什么比家庭更重要了,那些憎恨他们的人,狗仔队、体重增加,甚至连洛杉矶警察局,这些都轻如鸿毛。可是看我呢,我却把我所认识的所有家庭都放弃了。我曾经放弃了萨姆和桑塔克洛斯全家,现在,我想,我又放弃了康妮和普洛茨全家。康妮已经移情别恋到了本,我再也不会是普洛茨家族的一员了,再也不会和他们有家庭之情了。这么想感觉很荒诞,因为从一开始,我就从来没有融入过普洛茨家族。唯一融入过普洛茨家族的人就是普洛茨家族自己的人。即使我和康妮结了婚,我也永远不会融入普洛茨家族,因为我是奥罗克家族的。普洛茨家族永远不会接受奥罗克家族的人,这并非因为我不是犹太人,而是因为,我奥克罗式的行为方式怪异并导致人际关系疏远。而现在，我甚至还得与这一事实纠结：我甚至也不是奥罗克家族的人。我是来自比亚维斯托克的博鲁克的后裔，不管是真与假，而且根据那位戴红袜队帽子的女神所讲，我甚至也不是来自比亚维斯托克的博鲁克之家，而是某个隔得更远的家族。哈珀和布林知道自己是谁，他们全心投入家庭。我是谁呢？

"奥罗克医生？"

康妮正站在门口。

"等完事儿了请过来一下。"她说。

我处理完我的患者之后，来到了她那里。

"我的伯父过来了说要见你。"她说。

"你的伯父？"

"斯图尔特。"她说。

"你伯父斯图尔特？"我边说着边脱下了我的白大褂，"他来这里了？你伯父斯图尔特来这里了？我多久没有见到斯图尔特了？他来这里做什么？"

"我可什么也没说。是他自己发现的。"

"发现什么？"

"我试着解释过。"

我有些心不在焉，一半儿在听她说，一半儿在思忖我的外表如何，我是否看上去整洁，我是否看上去体面。

当我父亲发狂时，他会给我一个紧紧的熊抱，一下子将我抱离地面。当我从前台这一有利角度第一眼窥到斯图尔特时，我也想以这种方式拥抱他。他一个人坐在那里，双手放在腿上,耐心地等待。我告诫自己不要去拥抱。看看他那样子。不管你有多么冲动,你也不能以那种方式拥抱他。我从前台往后退的时候,几乎踩在了康妮的脚上。发现她正看我隔着前台窗户观察斯图尔特,而且我刚刚听到她说她正在和某人约会,我知道她此刻可以最客观地衡量我,会见到最真实的我,而且体会到因甩掉了我而带来的那种如释重负的心境。我也知道我的激动是荒唐的。见到斯图尔特只能给我带来更多的伤心,仅此而已。

当我走进候诊室时,他站起身来迎接我。我提醒自己克制,停住脚步伸出手足矣。任何多余的举动都不合时宜。但是我没有克制。我不能克制。我继续往前走去。我伸出双臂抱住他。他没有我父亲那么大的块头,而且对我的拥抱也几乎没有回应。我尽可能不失礼仪地一直抱住他(这一开始就不合礼仪),最多三四秒钟,当我确信之后,我松开双臂,在他后背上拍了两下,如同他是刚从高尔夫球场下来的一位老朋友,而不是在逾越节家宴上我曾希望坐在身旁的那个人。

"斯图尔特,"我说,"再次见到你真高兴。"

他付之一笑,也许是应付一下我的热情,不过,他的笑容却似乎温暖真诚。

"是什么风把你给吹来了?"

"有我们能说话的地方吗?"他问。

"当然有!"

当我领他进来时,我突然抬高了嗓门向他解释,我离开切尔西的那个两室牙科诊所之后,给这里的这个新诊所做了设计,令我终生后悔的是,我没有设计一个私人办公室。

"所以,我们只能在这里谈话了。"说着话时我们已经来到了一间敞开门的检查室里。

进到屋里之后,我为他挪过来一只凳子。他迅速坐下,往前探着身子,双手安详地握在一起。我双臂抱在胸前,靠在患者用的椅子上。我再次想起他那安静的仪表是多么地严峻和强势。当然了,我脱口而出的话语又是愚蠢至极的。

"你是来我这里接受邀约的吧?"

"什么约?"他问。

"彻底洗一次牙齿。做X光检查。确信一切都正常。"

"不是。"他说。

原来他来这里的目的是要和我谈以我的名义在网上所写的那些东西。我在椅子上换了一下姿势。

"希望康妮告诉了你,那些东西不是我写的,"我说,"不是我。"

"她告诉我了。"

"很好,"我说,"因为那不是我写的东西。"

他以一种超乎自然的安静一动不动地坐在凳子上,连凳子都在乞求他至少转动一下。

"你知道是谁吗?"

"具体是谁?"

"一定是某个人,"他说,"你有什么名字或者别的什么线索吗?"

我想,那个人很可能就是与我通电子邮件的那个。但是那个人的名字就是我的名字,我并不想告诉斯图尔特这一点,也希望康妮没有告诉他。

"没有,"我说,"事情就……这么发生了。最初是网站,后来是脸书,再后来都在推特上了。"

"康妮也提过,说你似乎……也许受到了里面所写的某些内容的说服。"

"我?"

"关于亚玛力人生存了下来并经历了一种变化的说法。"

"我可是公开的无神论者。"我说。

"对,"他说,"但是关于上帝不管你有什么看法,都不一定能用来验证这样一个民族的存在问题。你知道亚玛力人是哪些人吗?"

"知道一点儿,"我说,"不完全知道。"

"当我们今天提到亚玛力人时,"他说,"我们提的不仅是古代犹太人的敌人,而是一个永远不共戴天的敌人。他们的反犹太主义简直是不择手段。破坏犹太教堂,自杀式炸弹袭击,发表仇恨的演讲。你不妨将他们比作纳粹法西斯。亚玛力人就是最早的纳粹。"他说。

他掏出手绢来擤鼻涕,然后又将手绢揣回兜里。能够当着别人的面很儒雅地擤鼻涕,我一直都很钦佩这样的人。

"亚玛力人今天生活在激进分子和原教旨主义人中间。亚玛力人还代表一种更深的喻义。他可能是诱惑,可能是变节,可能是怀疑。"

"怀疑?"我问。

"希望这句话没有冒犯你,"他说,"我不认为你只因为怀疑上帝就像亚玛力人那样仇恨犹太人。"

"我根本不仇恨犹太人啊。"我说。

"我也从来没有过那个念头。"他宽慰我说。

"所以你知道那东西不是我写的?"

"如果你说不是,那我信你的。"

"不是。"

"但是以你的名义写的那些东西仍然令我和别人感到不爽。"他说。

他拿出手机,静静地打开了我的推特页面,然后不说一句话,将手机递给我。

> 犹太人的问题是,他的苦难反而让他加倍地相信一个不存在的上帝。

> 犹太人拒绝怀疑的启蒙,因为没有上帝,他的苦难将会毫无意义。

我将手机递还给他。

"斯图尔特,我认为这些话令人讨厌。"

"但你是无神论者,"他说,"你一定同意他们的观点。"

"不同意。我认为他们的话令人讨厌。"

"为什么?"

"犹太人这个,犹太人那个,"我说,"我连犹太人都不是,我都避之不及了。"

他说："哦,是别人写的这番话。"

"我不知道是谁写的。"我说。

"你相信你是这个民族的后裔吗?"

"不相信,"我说,"不相信,当然不相信,这……不,那不可能。"

"你还记得你来我办公室找我吗?"他问。

我犹豫了一下。我想康妮是否在听我们说话。我确信她在听。诊所的墙壁根本不隔音。康维尔夫人很可能也站在她旁边。

"记得。"我压低了声音说。

"记得你问过以斯拉①吗?"

我点点头。我根本不想让康妮知道我去过斯图尔特的办公室去讨论我如何能够成为以斯拉那样的人。我是说,主要是在形式上成为:一个参加宗教活动同时又是个无神论者的犹太人。除了自身感到一丝尴尬之外,我并没有别的什么太多收获。所谓尴尬其实就是一种羞愧,因为我对犹太主义最基本的东西,以及往大了说,世界上最基本的东西,已经误解到了滑稽的地步。是什么让我认为我能够和以斯拉相比呢?我当时曾向斯图尔特说,如有冒犯,向您道歉,然后就迅速离开了。之后几个月的夜晚,我都辗转反侧,难以入睡,而就当我要入睡之际,我又猛然想起我那个拙劣的问题,想起斯图尔

---

① 公元前五世纪的以色列先知、文士和宗教改革者。

特耐心地忍受我的愚蠢,我的心就会怦然乱跳,我就会凛然一惊,跳下床来,感到恐怖和羞愧焚烧着我。

"当时,你对犹太教已经了解了一些,"他说,"你还记得犹太教中的戒条是什么吗?"

突然间,我觉得我们好像回到了康妮表妹的婚礼上,就在昏暗的灯光下那张没有别人坐着的桌子旁,随着音乐的逝去,他问我是否知道"亲犹太者"是什么意思。从那之后,我再也不想让比我了解犹太教更多的人来问我关于犹太教的基本问题。

"我记得,"我说,"但是我能和您实话实说吗,斯图尔特伯父?"

斯图尔特伯父! 就这样脱口而出了! 我想拦都拦不住! 就像我上次对一位患者所说的"你该去验验大便了"那样,说出去的话,泼出去的水啊! 而这次,我根本无法自圆其说这是个笑话。我的脸火辣辣的。我停止了呼吸。我真想有个地缝钻进去,但我还是在等,想他是否会承认我这种称呼,或者宽恕我,不和我计较。

"请讲,"他说,"实话实说是最好的。"

他宽恕了我。"谢谢您,斯图尔特,"我说,"对不起,"我说,"我们在谈什么来着?"

"戒条。"他说。

"噢,对了。我想我知道那是什么,但是我觉得您比我更了解。"

"戒条就是法律,"他说,"根据《摩西五经》,一共有六百一十三条戒条要遵守。你明白吗,我们非常重视这些戒条。每一戒条每一天都必须遵守。它们是道德的法律,同时也是神圣的诫令。其中的三条,"他说着将拇指和两个手指伸出来,"和亚玛力人有关。"

他仍然三根手指举着。

"记住出埃及时亚玛力人是怎么对待你的。"他说着收起拇指。然后他又收起食指说:"绝不能忘记亚玛力人对你的邪恶。最后一条是,消灭亚玛力人的子孙。"他说完收起最后一根手指,"这些戒条听起来很残酷,正因为如此,许多人花了许多精力将其变得柔和些,并将其变成了隐喻。但是也有人认为我们每一代人都面临着一个真正的敌人,一种存在着的威胁。每一代人都必须为自己这一代认清亚玛力人是谁,每一代人都必须不惜任何手段准备与其战斗。现在,"他说,"你能告诉我格兰特·阿瑟是谁吗?"

"谁?"

"这个名字是康妮告诉我的。你不知道吗?"

"我听到过几次。"

他从凳子上站起身来,向我走了一步。他足有一分钟时间没有说话,而我仍旧在为自己称呼他为"伯父"感到惴惴不安。

"1980年,格兰特·阿瑟将自己的名字改成了戴维·奥代德·戈德堡。"他说。

"这您从哪儿知道的?"我问道。

"互联网,"他说,"还能从哪儿? 好,你知道他为什么改名字吗?"

"我连他是谁都不知道。"我说。

接着他给我讲了关于格兰特·阿瑟的几件事。我耸耸肩。他看向了别处。当他转过头来时,他的脸上挂着一副既谦虚又很耐心的笑容。从他鼻孔吸进呼出的平静鼻息清晰可辨,略感庄重。他伸出手来,我握住了他的手。然后他向我致谢,离开了诊室。

"现在我知道你是谁了。"我写道。

我的朋友把一切都查出来了。你的名字叫格兰特·阿瑟。你于1960年出生于纽约。你的家庭很富有。1980年,你移居到了洛杉矶,并改名为戴维·奥代德·戈德堡。之后不久,你因为骚扰一位名字叫奥舍尔·门德尔松的正统派犹太教的拉比而被逮捕。门德尔松向法院起诉,提出给你限制令。我想知道为什么。你为什么要改名字?为什么一位拉比需要法院来限制你才能获得保护?

那天晚上,我开车去了新泽西一个叫作"看马"的地方。那地方我以前去过一两次,是纽瓦克郊外一处没有窗户的方形建筑。车流从三十米外的公路上水泻而过,路过了一个布满碎玻璃的停车场和一个已经弃用了的电话亭。来到楼里面,常客们在盯着轮转过来的三匹"海马":一个胖的,一个黑的,一个带有文身的。每当一首歌曲结束之后,一位穿着夏威夷衬衫、头上戴着印有"战俘"和"战斗中失踪"标记帽子的独臂DJ都用麦克风敲打几下他的胸前。他鼓励每个人都给小费。"这些女士们可不是在跳依卡舞啊,"他说,"她们也需要糊口。"我想,可真棒。需要糊口脱衣舞女的。

音乐从硬核说唱转向了斯汀的独唱曲。又传过来麦克风拍胸脯的声音。我向那位带有文身的"海马"走过去。她半裸着身体坐在一张空空的桌旁,她手中拿着的手机从下面将她的脸庞照亮。我自我介绍说我叫"史蒂夫"。"纳尔西。"她说。我们握了握手。几分钟之后,当她发完了短信,来到我的桌前,为我跳了一次大腿舞。她梳有贝蒂·佩吉似的刘海,戴着脐环。她后腰上刺有一枚象棋棋子,一枚黑色的主教。随着舞蹈的继续,她的表情变得凝重起来。你似乎有这样一种印象,对她自己身体做出的下一个动作她作为舞蹈者自己都会感到惊讶。"你是什么地方的人?"我问了她这句话之后,她却开始了歌唱。在松林里,在松林里,太阳永远永远照不到你。她迅速转过身来,突然掀了一下胸罩。双乳下方镶有凯尔特钻石环。我想等过了一段时间之后,她的精神就会放松,就会开始心安理得地脱掉那仅剩下的衣饰。她摘掉胸罩,开始用力地揉搓自己的双乳。我不明白那样做怎么会舒服。我几乎直言请她停下。"这么说你是林子里的人。"我说。她将胸部紧贴在我的鼻子上,把我的双手挪到她的臀部,然后她笨拙地偷偷一闪,将身体缩了回去。观看她脱衣如同接受一位盲人女士给你做很不专业的按摩。"可你是什么地方的人呢?"我问,"我是说你的家庭?你家祖籍是哪儿?"她停止了舞蹈。"你想让我跳还是不跳?"她问。我点点头。她转过身去冲我扭动着臀部,分叉的发梢扫过混凝土地面。

那天晚上余下的时间,我的注意力分别给了台上的女孩儿和台下那些观看她们的常客身上。他们是一群野狗似的男人,手里攥着几张一美元的纸币,在紫色的灯光下或大醉或微醉,毫无目的、毫无祈求,直奔午夜。他们是随着大潮漂流出去的基因库中极其普通的残余部分,在午夜惨白的月色下,他们可以说是赤裸着灵魂,迷惘于周围的世界。而坐在他们身旁的我开始可怜起我自己来,仍对称呼斯图尔特为"伯父"而心有余悸。

那天凌晨三点(特拉维夫时间上午十点),我的手机响了。是格兰特·阿瑟打来的。

第二天上午,我靠在前台上开始给康妮讲述我头一天所看到的那个标题。

"假如我当时更像哈珀就好了。"我开始了。

"对不起,"她说,"更像谁?"

"哈珀。"我说。

"哈珀是谁?"

"就是哈珀和布林的哈珀。"

"布林是谁啊?"

"哈珀和布林,"我说,"你不知道哈珀和布林吗?就是《布林》里的那个布林。"

她看我的那神情好像我是中风之后在胡言乱语。"我真的不知道你在说什么。"她说。

"哈珀就是有一段时间传闻同性恋的那个,不记得吗?布林就是那个发现上帝的成人片明星,不记得?就是那个'成人再来'节目?难道这些你都没有印象?"

"好像你生活在一个平行宇宙里。"她说。

"我去给你拿那本杂志,"我说,"不过,想象一下要是我一直都更像哈珀,知道吗……更关注家庭的类型。"

"哈珀是家庭型男人?"

"全心投入家庭。他们都把家庭放在第一位。我们现在谈的不是那帮模范公民。你不会期待那帮人关心家庭的。你真的不知道哈珀和布林?"

"我真的不知道哈珀和布林。"她说。

"哦,没有关系,我们谈话的目的也不是这个。当我看到对他们两人来说,家庭的分量有多么重,当我看到封面故事中……"

"你不相信你在那种杂志里看到的东西,是吧?"

"当然不信。"

"因为听起来感觉你相信。"

"请让我把话说完,好吗?"

"你说吧。"

"假如我当时更愿意要孩子,"我说,"你觉得我们之间会不会就没有分歧了?"

"等一下,你在说什么?"她说。

"假如我更愿意——"

"但是这还有什么关系呢?"她说,"当时你不想要孩子。而且你也不打算改变主意。对一个已经确定了的事情,你为什么还要问一些假设的问题呢?我的意思是说,当时你连谈都不愿意谈。所以,你现在问,结局会不会不一样,而在当时,那根本就不是一个选择,这就像在问……假如你完全是另外一个人,结局会不会不一样。答案是,会的。假如你是另外一个完全不同的人,而当时这个人又愿意和我要孩子,那当然,我们俩人之间可能就会有机会走下去了。"

我走开了。然后又返了回来。

"本就是那个完全不同的人,"她仍怒气未消,接着话茬继续说下去,"他很像你,只不过他是完全另外一个人。至少他假定愿意要孩子。至少他愿意谈论要孩子。所以,答案就在这儿。对你问题的回答,是的。这个人的名字叫本。"

"你以为我相信,你没有告诉你伯父这些推文的事吗?"

"我没有告诉他,"她说,"保罗,我没有告诉他。"

"我还特意告诉过你,别去告诉斯图尔特,"我说,"我还以为他来这里可能是为了检查牙齿,但不是。他来是因为有人告诉他,我在推特上是个反犹太的大坏蛋。"

"我根本没有告诉他这类事情,"她说,"你想知道我告诉了他什么吗?我告诉他有人正在利用你。我就说了这些。"

"格兰特·阿瑟这个名字是谁给他的?"

"哦,很显然,那是我。但那是因为有人正在利用你,保罗。由于某种原因,这个事件最初开始时你所有的狂怒,所有的愤慨,突然间都消失了,而且你还花那么多的时间收发电子邮件,你不能专心致志地给患者看牙,甚至连红袜队你都不再关注了。你能告诉我他们现在的排名吗？"

我沉默不语。

"输赢场次呢？"

我还是沉默不语。

"因此我才告诉了他那个名字。是我无意中听到弗拉什蒂克说的这个名字,所以我就转告给了斯图尔特,而他挖掘出了这堆破烂玩意儿,并不因为他是我的伯父,尽管这你很难相信,而是因为,当一些疯疯癫癫的家伙们在互联网上煽动反对犹太人时,有人会去关注他们。而就在这个具体事件上,那个疯疯癫癫的家伙碰巧又非常像你。"

我弯下腰以便与她的椅子更近些。"关于格兰特·阿瑟我全都了解,"我说,"我比你的伯父了解得更多。我知道他为什么移居到了洛杉矶。我知道在那里他爱上了谁,知道他为什么要皈依犹太教。我还知道,当他伤心时,他做出了一些愚蠢的行为,惹上了警察。"

"你是怎么知道的？"

"他迷惘了。他不知道他自己是谁。他并不是罪犯。他只是一个爱上了不该爱的女孩儿的傻瓜。我能理解这样一个家伙。"

我走开了。然后又返了回来。

"顺便也让你知道一下,"我说,"我也在约会一个人。她名字叫纳尔西。她是个舞蹈演员。"

我回到了工作上。然后我来到了候诊室,寻找封面上有哈珀和布林的那本杂志好拿给康妮看。但一定是有人把它给偷走了。当个牙医真倒霉。你的杂志总是被偷。

默瑟刚刚给我讲述完他在西珥的见闻,也讲了他要返回的计划。我们坐在一家安静的酒吧里,墙角没有电视屏幕,我们的手机也都没有掏出来,我们面前只有酒、酒保和远处自动点唱机上传过来的曲调。人人说话都压低了声音,犹如杯子里一小块冰那样低调。我告诉他格兰特·阿瑟给我打了电话。我问他是否知道格兰特对那位拉比女儿的爱受到了挫折。

"门德尔松博士,"他说,"知道,当然知道。谈起他自己时最先说的就是那件事儿。"

"听起来他真的恋爱了。"

"当时他自己还不知道。他对自己的过去,对自己的家庭,一点儿都不知道。"

"您像他那样恋爱过吗?"我问他。

"你是说,爱上一个不适合我的人?"

"您不明智地选择的人,因为觉得在寻找的不仅仅是个女友,您懂的。"

"你呢?"

我和他讲了萨姆和桑塔克洛斯一家以及康妮和普洛茨一家。

"他们说人人都这样,"他说,"也许是吧。我怎么会知道?当然了,我曾经也那么恋爱过。"

他几乎身无分文地来到了纽约，没有朋友，直到有一天，他来到了皇后区一处火神庙的前面。

"火神庙？"

"那是索罗亚斯德教①的，"他说，"你熟悉索罗亚斯德教吗？"

"和大多数人一样，我不太清楚。"我说。

他之所以去了那里，是因为他阅遍了世界各种宗教的书籍，结果发现索罗亚斯德教独具魅力。根据索罗亚斯德教徒阐述，世界开始时先光明，再有黑暗，光明与黑暗之间展开了战斗。至少当时这是他浅显的理解。他留了下来，与寺庙的祭司赛勒斯·马兹达搭讪。祭司正在看护他们在一个坑里燃烧的一堆火。他很喜欢马兹达唇上的胡子，那两撇胡子如同磁铁一样相互排斥。不久，默瑟发现了神殿会众中的一个女孩儿，随即神魂颠倒地爱上了她。女孩儿是第二代伊朗裔美国人，她在大事小情上都不听从父母的，很是叛逆。她和默瑟混迹世界，在地铁上浪迹人生。他们密谋策划，打算未来。接着，严酷的事实摆在了他们的面前。保守的索罗亚斯德教徒不赞成异族通婚。他们才不管这是否是新的世界，婚姻都是由父母安排的。当默瑟二十岁的时候，他的爱人就被嫁给了别人，随之，他就怀着一颗破碎的心和崩溃的精神来到了股票市场上。他的目的就是变成百万富翁再回到火神庙，给出一笔捐赠。消耗并非索罗亚斯德教唯一的苦恼：他们没有钱搞

---

① 基督教诞生之前中东最有影响的宗教，也称拜火教。

教育、没有钱向皇后区以外的地方发展扩大。

"您这样做了吗?"我问。

"一百万之后我并没有做,"他说,"那时候我太忙了,我心里的创伤也已经愈合。也许已经结上了厚厚的老茧,可怜的我。但是当我有,哦,有了一个亿,我在新泽西为他们买了一座新的火神庙。但我是以匿名方式做的。"

"您是以匿名的方式复的仇?"

"我那时没有什么可去证明的,也没有欲望去邀功。正如我所说的那样,我最初爱上的并非是那个女孩儿。我爱的是那战胜黑暗的光明。是那位留着胡子、穿着白袍、系着金腰带、保护光明之火的那个人。还有达里语,"他说,"我很爱听那种语言的声音。"

他向酒保打了个手势。我们看着这位安静的酒保从架上拿下来一瓶酒,给我们倒出如宝石般的酒,然后又回到他的手机上。

"所以按我理解您不是基督教徒。"我说。

"我出生在基督教世家。"他说。

他十三岁时经过了洗礼,以耶稣基督的名义施以了坚信礼,并获得了一部上面有自己名字的《圣经》。没有人命令他,也没有道德义务要求他去阅读,所以《圣经》就放了起来,从没有打开过。耶稣基督是与生俱来的权利,同时也是一位朋友。他亲自照看默瑟。当默瑟受到惊吓时,耶稣就徘徊在他附近,暗中保护着他。当默瑟做了什么坏事,耶稣就蔑视他,让他羞愧,令他心痛。当默瑟请求宽恕时,耶稣就给予他宽恕。为了维持这种爱,耶稣只要求默瑟做一件事情:有信仰。无须牺牲献祭,无须宗教礼仪,不管是何种生活方式,只要履行心中所仪的简单话语,这样他就会得到上帝所有的恩典。他并不真的了解自己的心,而且许多年都不知道,这并没有关系。只要声明有信仰,活着时就能被宽恕,死后就能进天堂,圣诞节时就有礼物。

"我对教堂怀有些美好的记忆,"他说,"那些对我们友好的人们。我记得我母亲死后我去祈祷。我双手合到一起,把头低下。但我突然想起,比如说,耶稣基督就在天上。他肯定不会是个愚蠢的家伙,是吧?所以他知道。他一切都知道。所以,给你们两人都省点事,快他妈站起来吧。"

这时,门打开了,进来了一伙喧闹的家伙。他们要了酒之后就进了台球室。在我们接下来的谈话中,我们不时地听到台球撞击的声音,有时候还传来咆哮声和哀叹声。

"坦率说,"他说,"几乎所有这些我都试过。"

"所有什么?"

"所有的宗教。"

这其中包括他很长一段时间信仰禅宗,而且每年他都要去一趟日本的京都静修一段时间,给一位在第二次世界大战中当过步兵的禅宗大师当徒弟。在过去的三十年中,默瑟的个人财产不断扩大,但是他每年都彻底地拿出来十天时间,什么也不做,只在榻榻米上打坐静思并到街上去化缘。他说,他在追寻,一直都在追寻,一直都在锲而不舍地追寻,目的就是保证他永远也找不到。"有十二年时间,京都这个地方我都是来来去去。它帮助我看到了更大的人生图景,但是最终却让我乏味。你知道我对佛教的看法吗?它有很好的答案,但问题问错了。"

他又研究了耆那教,研究了人智学,研究了克里希那穆提。他喜欢犹太教。他赞赏《古兰经》。他阅读《排除有害印象精神治疗法》一书时常常忍俊不禁。他对他所称的"欢迎众生之教派":一神论、巴哈教、人类其他的温柔慈悲等,都不屑一顾。他想要的东西要直面邪恶,能够将慈悲的意义理解为用善意交换的正义,能帮他对抗死亡,他不会去适应,不会去妥协,也不会去克服的死亡。

"这里面最糟糕的东西我可以免受其难,"他说,"我将永远不会知道什么叫受苦,我也永远不会再次体会到苦恼,如果我这样选择的话。但是我最终还是要死的。我仍然不免一死,也许死得很惨。谁知道那以后又会怎么样呢。"

与此同时,没有什么会比这个问题更重要了:我为什么来到了这里?

"我真希望我是个基督徒,"他说,"那样,我就会左右都有人告诉我凡事都该怎么做了,不管是什么问题,不管是说阿门还是参加百乐餐聚会,只要与耶稣坦诚对对话,就能永久和平生活。"

他又给酒保打了个手势,又给他倒了一杯酒。

"我所做过的最有趣儿的事情就是历经五天的……那叫什么来着,"他问自己,"消除思想影响,但是他们从不使用那个词。"

"消除思想影响？"

"在某个时刻,我说,去他妈的蛋吧,知道吗？我日日夜夜都有被追踪的感觉,猎人变成了猎物。我为这堆废话而担心,这简直是在浪费我的人生。所以,我就想摆脱掉我脑袋里的耶稣基督,我是这么叫的。其实我是说上帝,是上帝的声音,但是因为我生长在基督教世家,那就是耶稣。是耶稣在评判,是耶稣在保护,是耶稣在说话:'或许你需要三思而后行。'不管是什么事情。不管是大还是小。耶稣总是在那里。他做着小标记。他把所有的标记加算在一起。你听过那个声音吗,那个总是告诉你对与错的声音？"

"听过啊,"我说,"但是通常都很离谱。"

"改弦易辙,他们是这么称呼的。它就像一个康复中心。地点在加利福尼亚。凡是不在亚洲的东西都在加利福尼亚。我去了那里去进行'改弦易辙'。那里有接待人员,有行为治疗专家、神经科学家、哲学家、无神论者。关键的做法就是,不要认为那个声音是上帝所发,不要认为那是上帝在做他的工作,而开始看清其真实的一面:只是传统的良心告诫。是一种自然获得的东西。是进化的礼物。他们用电子仪器给你做脑扫描。你学着上帝的角色,你研究各种暴行。他们给你看衰退肉体的延时视频。他们的座右铭是'共同依赖产生活力'。"

"这些都是您编造的吧？"我问。

"这怎么能够编造得了？"

"我不知道,"我说,"起作用了吗？"

"一段时间还行。但是旧习很难改掉。你很容易会回归到你所熟悉的模式,然后再飞去别处调整。他们建议你一年来一次。你到互联网上看一看。人们极其信赖这个方法。他们那里还有大海的美景。"

他又给酒保打了个手势。

"是什么促使您做所有这些的呢?"我问。

"嚯,"他说,用眼角看了我一下,"你真想知道?"

"真想知道。"我说。

一天,他正等待一列C字头的火车进站,突然他双腿一软跪了下去。当时他十八岁,身无分文,在哥伦比亚大学经济学专业读大一。这是深冬的一天,列车开得很慢。站台上很是拥挤。当他摔倒时,离他最近的人都让开了地方,在他周围形成了一个圈儿。无可争议的是,默瑟摔倒了,但是对于他自己来说,这却很像是升空。他在俯瞰那一群正在俯瞰他的人们。在他身后,将他托起来的,让他变得如同白云那般轻盈的,是碰触他的那个神灵,然而他深知他不能回头去看。天下光芒一片。他面带微笑地俯瞰着那群担心他患有传染病的人们。他们没有看到他的微笑。他们所看到的是一个少年先是摔倒跪在了地上接着又躺倒在了地上。默瑟高高在上,这里一切都融入了可感的精神境界,他知道了他们的一切:他们的焦虑,他们的怨恨,他们对城市的不满,而他的微笑则充满了慈悲。他甚至知道他们的名字和他们的住址。他住在永恒的一瞬间,从一方面来说,他是一个无维的黑点(他说,这正是其精华,他什么也不是,只是一个黑点),而从另一方面来看,他又见证了数百年的空虚与烈火,冰川时代,隐藏洞穴永久的寂静。用普通的说法就是,这是一种显灵,一种启示,一种宗教的经历。他自己承认,也许这个经历很普通。列车进站了。人们都在经历着内心的纠结。赶紧去报警?或者不予理睬自己上车走人?有几位比较担心的人将他挪到了安全的地方。默瑟碰触到了谁,或者什么,以及别人碰触了他,刚才在他盘旋上空时还清晰可辨,此时却烟消云散。他不再飘浮上空。他感觉后背靠在地上,冰冷的地面透过大衣令他透体寒彻。列车来去如梭。他生命中缺失上帝的感觉就这样开始了。

"当我二十八岁时,"他说,"我做了一件自从那天在站台上之后我都一直拒绝做的事情。我乘火车来到了布鲁克林一处我从没有去过的地址。我并没有期待能够找到我一直在寻找的女人,但是门铃上写的就是她的名字。我问她:'你还记得我吗?'她点点头,但是却说不准在什么时候。毕竟过去十年了。"

"什么过去十年了?"我问。

"自从我们在站台上相见之后已过去了十年。那天她也在人群中。"

"您怎么知道她住在哪里?"

"我和你说过,"他说,"我知道他们的名字和地址。"

他本该离开她——认出她,确认她,然后就走开。但是她却请他进到了屋里。他跟着她上了楼。他们坐下来喝咖啡。她问他那个人找到了没有。

"哪个人?"他问。

"打你的那个人。"她回答。

那个人赤裸着上身,横穿过拥挤的站台,用一把铜水壶猛地打了他一下,他随之倒地。"当时你只是自顾自地想着什么,"那位女士说,"而他就朝你跑过去了。"

"我记忆的情形不是这样。"他说。

"你记忆的情形是什么样?"她问。

"我知道你的名字,是不是?"他说,"我怎么会知道你的名字和地址呢?请你解释。"

"我把自己所有的信息都告诉了警察,"她说,"你一定是从他们那里知道的。"

二十年之后,当格兰特·阿瑟解释乌尔姆人的起源时,默瑟很有兴致地听他道来。对于乌尔姆人来说,上帝也从没有再次出现过。没有来惩戒他们。没有来指导他们。没有来安慰他们。没有来消除他们的疑虑。没有来救赎他们。

"时间已经过去了三千多年,可是上帝从来没有回到他们面前,"他说,"对于我而言,已经过去了三十多年。比起一个曾经直面上帝、后来记忆却被掠走的人,还有谁能更深刻地理解怀疑的美德呢?"

他将目光移向了别处。

"我说的这些你一定会觉得是疯话。"

"奇怪的事情确实会发生。"我说。

他转过头来,有些醉眼惺忪地看着我。我突然想起,他是先我一步到了这里的,我应该是无法赶上他醉的进度了。

"但是我仍然还是怀疑。我甚至雇用了私家侦探去调查格兰特·阿瑟。是一位亚裔女性侦探。谈起来,也许她还在为我工作。"

"按说上帝真的出现过,怎么还有人怀疑上帝呢?"我问他。

"你没有读过吗?"

"读过什么?"

"第240次驻扎。"

"没有。"

"去读一下,"他说,"你就不会有问题了。"

"第240次驻扎里面说的是什么?"

他干了那杯酒,又叫了一杯。

"如果我告诉你,会有失偏颇。"

"告诉我大意就行。"

"抱歉,"他说,"我不能告诉你。我也不会尝试。是的,不能告诉你。这种经历你不能道听途说。你得亲自去一趟西珥。"

他拿起杯子。他像摇晃摇篮一样,用两根手指摇摆起杯子,轻轻地晃动杯中的液体,往里面看去,目光透过杯子。

"我不想再有更多的问题了,"他说,"我快把我自己给问空了。这只能让我心情不爽。"他转过身来看我,脑袋有些打晃,"不是基督教徒,不是佛教徒。不是索罗亚斯德教徒,不是无神论者。也不再等待召唤我的母舰了。"他又干了杯中酒,"我是个婊子,保罗,"他说,"任何一辆开过来愿意把车窗按下来的车子,我都把脑袋伸进去,我就是这样一个婊子。对此我已经感到了厌倦。我想变成真正的我自己。"

他又给酒保打了手势。

"在那最后的日子里被上帝忽略,这一定令人恐怖,"他说,"但是在这个世界上一辈子都被上帝忽略,这又是什么感觉呢?朋友,那就是地狱的感觉。"

周末到了,我和麦高恩小聚。我们去一家酒吧喝了几杯啤酒。关于红袜队的战况他给我补了课。我告诉他,哈珀和布林陪着孩子们一起玩耍快乐的影像我脑海里总是挥之不去,他们带孩子们去商城,推着他们荡秋千,为他们做奶酪通心粉,给他们洗澡。他并不知道哈珀和布林是谁。我对他说,这个时代很容易一不留神自己就落伍了。

"他们是谁?"他问。

"把名人的光环去掉,他们就是正常人,"我说,"我为什么不能像正常人那样呢?"

"因为你不正常,"他说,"你完全乱了套。"

"谢谢。"我说。

"你乱套了,保罗,你彻底乱套了。你和抑郁抗争。你参与世界的方法只是观看红袜队的比赛。你在工作上太感情用事了。"

"我在工作上并不感情用事啊!对待工作我只是兢兢业业。"

"你考虑的是人,"他说,"你不能这样。他们的缺陷,他们的不幸,这你都不要去想。你必须把一切看成是完全独立的一张大嘴。"

"我正是努力这么做的。"

"你是努力了,"他说,"但是你失败了。"

我觉得他对我有点儿苛刻。我只想感谢他那天把我救出了健身房。

"你说得对,"我说,"我乱了套。"

星期日,我驱车往北去了一趟位于波基普西的萨拉·哈维斯特·多德养老院看我的母亲。我很想说我们谈得不错,这次去得很值,但是五年半以来,她的大脑一直没有显示出正常的功能。她吃喝拉撒全都不能自理。她嘴里总是哼哼,而且眼睛不离电视。她看起来永远一样:明显地越来越老了。她坐在轮椅上,屋子里曳地的窗帘印有花朵,一张乒乓球台子没有网。我在她旁边坐下,开始询问她我问过她多遍的问题。"你感觉怎样?"我问。没有回答。"你舒服吗?"没有回答。"你要这个枕头吗?"没有回答。"你想我了吗?"没有回答。"你今天都吃了什么?"没有回答。"你在看什么节目?"没有回答。"他们对你好吗?"没有回答。"我能为你做点儿什么吗,妈妈?需要做什么吗?"没有回答。我开始给她讲述我的事情。"我干得不错,"我对她说,"诊所经营良好。人人似乎都很开心。不过,我也有些坏消息。康妮和我分手了。我们分手有一段儿时间,但这次我们是彻底分手了。她正在约会别人。我为她高兴,真的为她高兴。高兴得简直爆表了,妈妈。你记得康妮吗?当然你不记得了,"我说,"你根本不知道康妮是谁。她过来看过你几次。她喜欢你。她确实喜欢你。她为你梳头。她会做那种事情。看着真他妈的让人心碎。"我拿起她的手。没有反应。"妈妈。"我说。没有反应。她的头几乎歪向了电视机那个方向。"还记得当年我睡不着觉吗?"没有反应。"爸爸死了之后,我睡不着觉?"没有反应。"接着有一天,你碰巧给我讲了一个关于中国人的故事?"没有反应。"当时我特别害怕,就怕我是全世界唯一还没有睡着的人。我不明白睡不着觉为什么让我那么害怕,可当时就是那样。但是你说,我不可能是全世界唯一没有睡着的人,因为正当我们要睡觉时,全中国的人都正在醒来。你还记得告诉我这个吗?"没有反应。"那确实管用了,"我告诉她,"我没有告诉过你那很管用吗?"没有反应。"尽管当时我觉得中国人很奇怪,知道吗,因为他们的眼睛和我们的不一样。希望在你完全他妈的失去了理智之前,这些我都告诉你了。"我说。没有反应。"对不起我当时让你也没有睡好觉。你在努力经营我们这个家呢。"我说。"你做得很好。我告诉过你这点吗?这个家你经营得很好。"没有反应。"我说过感谢的话吗?"没有反应。"我现在可以感谢你吗?"没有反应。"我可以吻你吗,妈妈?我可以亲吻你的额头吗?"没有反应。我亲吻了她。没有反应。"即使现在,"我说,"当我睡不着觉时,我想想中国人就能帮助我入睡了。这都多亏了你。而当我入睡了之后,我都像婴儿那样睡得香甜,妈妈。每个夜晚,我睡得都如美梦般香甜。"

9

苏克哈特打电话过来说是有了消息。"我找到了一本。"他说。

"《坎塔维斯蒂克》?"

"我和你一样惊讶。实际上是震惊。这是一万年都难遇的……哦,这里面的含义……这里面的含义十分深远,对不对?"

"你是怎么找到的?"

"卖主联系了我的一个同事,这位同事正以我的名义探听消息。"

"那位卖主是谁?"

"他希望不透露姓名。在这种交易中这是常事,"他说,"我相信你能理解。"

"但那是真的吗?"

"是真的,而且是完整版。我的看法是,该书源自匈牙利,时间大致可以追溯到十八世纪中叶。"

"是用亚拉姆语写的吗?"

"令人好奇的是,"他说,"似乎是用意第绪语写的。"

我感到很惊讶。

"你会读意第绪语吗?"

"亲爱的小伙子,"他说,"没人会读意第绪语。但是你别担心。我们给你找一位意第绪语专家,让他给你翻译到你满意的程度为止。条件是你得告诉我们大家书里面讲的是什么。"

他沉默了片刻。

"怎么样?"他说,"我可以启动购买程序了吗?"

"今天是一个艰难的日子。"他写道。

在这里照料我们的人过来看我。他在这里看守设施,做些修理工作。他不仅知道如何将墙上的霉除掉,还会安装灯具,而且还能背诵克尔凯郭尔的作品和赞美诗。他已经在这里快乐地待了七年。但是最近他却开始做梦。他在梦中再次看到了他的妻子。她对他讲述上帝的事情。她告诉他天堂是什么样子。梦里的一切都栩栩如生。他醒来之后梦中的情形却挥之不去。他感觉到她和自己待在屋子里。他问我对这件事情怎么看。我告诉了他《坎塔维斯蒂克》里面是怎么说的。人死不能复生。他点点头。他是个爱思考的人,我能看出他正在苦苦地纠结。他知道有些文化认为死人仍然完好地活着。他们盘旋在我们上空,支配着我们活着的人。他想知道我是否同意他的这种观点:我们与死者只隔着一层薄膜,必要时,死者可以将薄膜捅破,那样是不是更好?所谓的奇迹。我告诉他《坎塔维斯蒂克》里面是怎么说的。世上没有奇迹,只有人。但是我却不能帮他忘却梦中的情形。

我认为他将离开了。这种情形以前也发生过。

请考虑我发出的来访邀请。

还是那天下午,来了位新的患者,是一位牙床状况很差的老年男子。他自我介绍说他名字叫埃迪,我觉得一位耄耋老人叫这个名字听起来有点儿怪。但是话又说回来,人十岁的时候叫埃迪,难道到了八十岁时就不叫了吗?我刚一坐下,埃迪就告诉我,他三十七年以来一直去看同一位牙医。是一位叫拉帕波特的医生。拉帕波特医生我认识。他的名声很好。他也有一位不同寻常的牙齿保健师(正是因为这一点我们才都认识了拉帕波特医生的)。这位保健师有个习惯,她一走进诊室,就会让患者为她拿着某个仪器。"拿一下这个。"她说着会递给患者一样器具,同时给患者进行着清洗准备,然后又说:"拿一下这个。"患者也许不甚明白,但是都尽职尽责地为她拿着一件接一件递过来的器具,直到离得近些看时才发现,她只有一只手臂。她是位独臂牙齿保健师。从我所听到的各种评论来看,她都是一位非常优秀的牙齿保健师,即使和那些有两条手臂的保健师们相比,她也是优秀的。独臂者可以打高尔夫球,可以击鼓,为什么不能当牙齿保健师呢?人类决心所创造出来的各种奇迹永远都在震撼着我。事情是这样的:我的这位新患者在约见拉帕波特之前的三个星期,被拉帕波特的诊所告知,拉帕波特医生不幸逝世了。这位患者必须自己去找另一位牙医了。但是与拉帕波特医生相处了三十七年的埃迪业已八十一岁高龄,体重也只有一百磅左右,已经不是什么年轻人了,所以他不想再找新的牙医了。他对拉帕波特医生非常满意。拉帕波特医生呵护他的牙齿几乎有半辈子的时光。拉帕波特医生竟然能够死去,他感到不可思议。那个高高的、穿着白大褂、古铜色皮肤的很有朝气的人怎么会死呢?"他至少要比我年轻二十岁。"埃迪说。我发现埃迪属于这种类型:他把每年两次的检查看作是消除某些孤独感的机会。他是个话匣子,尽管那天下午我很忙,可是这位老爹也许活不过六个月了呢? 所以我就将拿着探针的手放了下来,任他说下去。我抬眼向艾比看去,想和她用眼神交流一下,我们这是碰上话痨了,结果却发现艾比又走了,取而代之的还是那位我不喜欢的小个子临时工。艾比去哪儿了? 上午她在的。她从来不找我,即使她非常需要请一个下午的假,她也不来找我说。她去找康妮说。在艾比的眼里,我更像一个目光斜视、拖着拖布水桶的可怕的保洁员,而不像是这里的老板。我不喜欢这位临时工看我的表情,那种发现了当我看她时以为是在看艾比的表情;我觉得这是一副静止的自然的表情,但是这表情却让我感觉我受到了某种说不清楚的谴责。她为什么没有戴纸质口罩? 我不明白。难道她不在意牙齿治疗过程中浮渣颗粒进入到她的细胞膜和鼻孔里面吗? 我想,艾比一次都不会不戴口罩的。我俯视了一下埃迪,尽管他的脸不是静止的,仍在喋喋不休地讲述拉帕波特医生,但却是忧郁的、美丽的、迷惘的。他的眼睛要比这个年龄的人的眼睛大得多,眼珠转动灵活,眼白清纯透彻。他在说,你的牙医先你而死去,这是人老了之后除化疗和失禁外的又一耻辱。谁的牙医突然间会死去呢?老年人的牙医。但即使是老年人也没有期待这样。生命之所以能够延续,能够永远地延续,其最基本的保证之一就是这种承诺:过了六个月之后,你的牙医依然健在并准备好了再次接待你。当我的这位患者获悉,拉帕波特医生尽管比较年轻、精力充沛,却突然心脏病发作,从此再不接待任何患者了,他意识到,他也注定要死了。其实他一直都知道,但毫无准备,可是如果说死亡能够发生在这个年轻得多、几乎可以长生不老的拉帕波特医生身上,那么死亡也正在接近着埃迪。诸如此类的一系列事情让埃迪的情绪一落千丈,抑郁不已。他停止了照顾自己,不再去看医生,不再做任何保护他的类风湿性关节炎所需要的锻炼,晚上也不再用牙线。直到在一位内科医生朋友的敦促下,他才使用抗抑郁药物,并恢复了努力。但是到此时,他的健康状况已经恶化。他的类风湿性关节炎更是雪上加霜,结果,他连使用牙线的力气都没有了,他不能把牙线从盒里拔出来,绕在手指上,在牙与牙床之间来回清理了。他甚至不能使用牙线棒了。在拉帕波特医生死之前,他几乎五十年来天天都使用牙线,而现在,他已经失去了使用牙线所必需的灵巧度。看一眼他的那双手,任何人都会明白了。他的每一根手指的关节都如同曲棍球棒那样向外突出。我真的不知道用这样的一双手还能做什么呢?即便是扭动门的旋钮或者打开一个罐子这样的小事情也很难办到了。我想,这些手指最终将融合成为一根,有时候就像极老、极老的老人嘴里的牙齿一样分不出哪颗是哪颗了那样,而他这一左一右的两根粗大的手指将会毫无用处,只有放在自己的腿上相互指责对方无能。我想我该让康妮过来看看埃迪的手指,并问她每十分钟涂抹一次护肤霜还有用吗。护肤霜你涂抹一寸厚,到头来你也难逃这种下场。还有康维尔夫人。我也该让康维尔夫人过来,并质问她我为什么不能立刻到外面去抽一支烟,并且整个那天下午都抽烟,因为我们不管怎样都是殊途同归。看完那双手,我还要让她们看埃迪的牙齿,并告诉她们埃迪的荒诞窘境:使用了牙线半个世纪,却被牙医死去的消息所击垮了。

当我最后给他的口腔做了检查之后,我向旁边看了看,肯定了康维尔夫人的记录:骨质疏松,牙龈槽乱七八糟。牙龈槽乱七八糟的口腔我是从来不投注赔率的。但是我此时此刻却郑重向他保证,我将尽我最大的努力来帮助他恢复他五十年使用牙线的成就。我放下了探针,俯身对他一笑,把手放在他孩子般的肩膀上,说:"埃迪?埃迪,我在想我们该怎么处理你的问题呢?"

康妮在前台整理病历。

"康妮去哪儿了?"我问她。

"我就在这儿呢。"她说。

"啊!我脑袋走神了。我是说艾比,艾比去哪儿了?她今天上午还在这里。"

康妮突然间显得特别忙碌。

"康妮？"

"嗯？"

"艾比去哪儿了？"

"她辞职了。"她说。

"她什么了？"

"她辞职了，"她说，"艾比辞职了。"

"她为什么辞职？"

她并不看我。

"康妮，先别整理病历了，看着我。你看着我！停下来！"她停下了手里的活儿。"你说她辞职了是什么意思？她为什么要辞职？"

"她找了份新的工作，"她说，"她在追求新的机遇。"

"新的机遇？"我说，"就艾比？"

"对，就艾比，"她说，"难道这有什么不妥吗？"

"什么新的机遇？"我说，"她提前打招呼了吗？绝大多数人都提前打招呼的。不提前打招呼这不像艾比。"我说。

"她是没有提前打招呼，除非你把午餐算上，"她说，"她把午餐偷走了。"

"这是开玩笑吗？"

"她辞职了，保罗。她已经够了。"

"她已经够了？等一下，"我说，"已经够了和追求新的机遇这完全是两码事儿。"

"这两件事儿并不相互排斥。"她说。

康妮解释说，艾比此时该认真考虑当一名演员了。为了实现梦想,她需要找一个时间更灵活的工作。这可不是我第一次听说艾比胸怀凌云壮志想当一名演员的传言了。我本该点到为止,不再多问了。辞职的人天天都有,而且借口不一,聪明人学会了不过度地去刨根问底,怕一下子引蛇出洞反倒自己下不来台。但是我却不能对此三缄其口。我不能理解艾比不提前打招呼。提前打招呼是起码的礼貌。艾比少言寡语但却不失礼貌。我一再要求康妮告诉我真相,最后她承认,在艾比说的辞职理由中有一条是,给我打工有点儿累。这早已不是什么新闻。康妮说,还有,艾比看到了我在推特上说的话,说她不太喜欢那上面的东西,不喜欢我所谓的在线形象,所以就决定不打招呼立即辞职了。

"可那不是我!难道她不知道那不是我吗?"

"很显然她不知道。"

"你没有告诉她吗?"

"告诉了。"

"那么问题出在哪儿?"

"要不就是她不相信我,要不就是她不在乎。"

"但是艾比连犹太人都不是啊。"我说。

"那和这件事情有什么关系?"

"如果有人该辞职,那就是你,"我说,"而不是艾比。艾比是长老派教会或者卫理公会的教徒,或者什么派别的。"

"长老派教会或者卫理公会的教徒?"她说,"五分钟之前你都还不知道她是一名演员呢。"

"她做演员有多久了?"

"而且,你也不用非得是犹太人才不喜欢反犹太言论。这在当今美国是一种很普遍的情感。"

"但其实,"我说,"如果你把这些言论都综合起来一块儿来看,你会看到这些言论其实总的来说是反对宗教本身的,如果你全都看一看的话。"

"等你招聘新人代替她时,你可以把这条放在广告上。"她说。

"艾比了解犹太教的历史吗?她知道真正的反犹主义是什么样的吗?"

"真正的反犹主义?"

她看我的眼神就像我发疯了。

"什么?"我说。

"知道你这身份被盗的诡异小故事教会了我什么吗?"

我叹了口气,接着示意她告诉我。

"唯一有资格评论'真正的'反犹主义是什么和不是什么的人只有犹太人。而这并不包括你。"

我回到了诊室,坐在娇小的临时工达兰对面,很显然,她并不反对给一个反犹主义的人打工。我想,经过了这么长的时间,而且每天好几个小时都离得这么近,我和艾比两人相互误判该有多么深啊。她走了,而且是不辞而别,这简直不可思议。那天下午,她一定是不经意地走了出去,或者是故意地溜走了,可是我竟然没有把此事放在眼里,甚至还在为吃午餐之后没有见到她而感到一阵窃喜。我竟然不知道,那是我把她叫到一边,向她道歉说我是个喜怒无常的大混蛋的最后机会。对不起我这么喜怒无常。对不起我这么唐突生硬,这么冷淡,这么严厉,这么拒她于千里之外,对她的方方面面都这么不闻不问。怪不得她从不来找我,怪不得她走了。

艾比走了!

接下来我担心的就是怕失去康维尔夫人。失去了康维尔夫人,就不能保持奥罗克牙科诊所正常运转了。从许多方面来讲,贝奇·康维尔就是奥罗克牙科诊所。

我找到她时,她已经开始为当天的器具消毒。我说:"我想和你谈谈艾比为什么要辞职。"

她把东西放下,伸出手来拉住了我的手。我能感觉到她手指的专业素养。

"你是个非常优秀的牙医,这我对你说过吗?"她问。

在贝奇第一年为奥罗克牙科诊所工作时,她那超人的工作技能让我惊叹,我就想让她对我也能够有所佩服。我希望她认为我是一名值得合作的老板。她是我所知道的最好的牙科保健师。随着时间的推移,我把她那高超的技能等一切都看作是理所当然的了,因此在我眼里,她就变成了虔诚的罗马天主教徒、大个的母老虎贝奇·康维尔了。但是多年之后的今天,她仍在给予我我曾经渴望得到的东西。

"谢谢你,贝奇。"我说。

"我丈夫,愿他安息,也是一位好牙医。但是他的技艺还是不如你。多年来我也为许多牙医打过工,但是他们中却没有一个赶上你的。"

"你这么说让我感到荣幸。"

她对我莞尔一笑。

她松开我的手,继续做着消毒的工作。

"但是艾比辞职这事儿。"我说。

"她在追求新的机遇,"她说,"她一直都想做一名演员。"

"可那不是她辞职的唯一原因。"我说。

我告诉了她那些以我的名义在推特上写的东西。我拿出手机,大声地给她读了我最新的帖子。

"你对这些东西不感到好奇吗?"我问她。

"我为什么要好奇?"

"因为这些帖子是以我的名义写的。"

"是你写的吗?"

"不是,但是你难道不好奇是不是我写的吗?"

"为什么好奇?"

"为什么好奇?贝奇,这里面的许多评论可以解释为是反犹主义的。这里面的含义似乎就是,我是个反犹主义者。"

"你是反犹主义者吗?"

"当然不是,"我说,"但是互联网似乎在影射说我是。知道我是或者不是那种人,难道这对你来说不重要吗?"

"但是你刚刚说你不是的。"

"但是我必须过来亲自告诉你。当你听到艾比辞职时,难道你不该过来告诉我吗?难道你不该表示一下关注吗?我们正在谈论的这件事情可是人类历史上最丑陋的偏见之一啊。"

"但是我了解你。你不是那种人。"

"可难道你不该有一点儿质疑吗？也许你不了解我呢。"

"我不明白你要说什么，保罗。你是反犹主义者吗？是，还是不是呢？"

"我要说的是，你怎么不好奇呢！你没有表现出任何的关注！如果我是一个反犹主义者，你该怎样？"

"可是你刚刚说过你不是。"

"你能证明吗？"

"我得完成今天的消毒任务，"她说，"如果你希望告诉我你是一个反犹主义者，我就在这里听着。"

"去证明我不是！"我叫道，"去上网看看证明我不是！"

她离开了诊室。就那个话题我们再没有任何话说了。

那天我最后的患者是一位需要堵三颗蛀牙的销售主管。我刚把我的意见对他说完，就被康维尔夫人临时叫了出来。当我返回时，那位主管说："我想我不打算堵这些洞。"

他的 X 光检查结果仍显示在屏幕上。他那三颗蛀牙依稀可辨，我们能看见，他也能看见。我又看了一下记录图表。他的保险额度很高。从钱方面来讲，他没有理由不堵上这些蛀牙。而且我毫不怀疑地认为，他至少还是关注自己的牙齿保养的。否则他也不会来约见我的。

"好吧，"我说，"但是我强烈地建议您找个时间把这些蛀牙堵上。时间越久，状况会越糟糕。"

他点点头。

我说："你是担心疼吗？"

他有些不解,"堵牙不疼吧,是不是不疼?"

"不疼,"我说,"所以我才问你。根本不疼。我们给你用麻醉剂。"

"我也这么想的,"他说,"不,我不担心疼。"

"所以,出于好奇心,"我说,"如果你不担心疼,那你为什么不把它们堵上呢?蛀牙的状况会越来越糟糕的,等到后来那可就是真的疼了。"

"因为我现在感觉良好,"他说,"我感觉不像有什么蛀牙的。"

"但是你确实有蛀牙,"我说,"我刚给你指了你蛀牙的位置。你看,就在这儿。"

我开始第二次让他看自己的蛀牙。

"你不用再让我看了,"他说,"第一次我就看见了。我相信你。"

"那么,如果你相信我,而且你也看到了问题,那为什么不把问题解决了呢?你有三颗蛀牙。"

"因为我感觉我没有蛀牙。"

"你感觉你没有蛀牙?"

"我感觉我没有蛀牙。"他说。

我开始有点儿沮丧了。

"好吧,"我说,"但是请允许我再说一遍。你看这儿,在屏幕上。你看到那些有阴影的地方了吗?一、二、三。三颗蛀牙。"

"那是根据你的X光检查,"他说,"对此我没有异议。但是我告诉你的是我的感觉。"

"你的感觉是什么?"

"此时此刻,我并不感觉我有什么蛀牙。我感觉良好。"

"但是蛀牙并非你总能感觉到的。正因为如此,我们才做X光检查的。那就是让你看你感觉不到的东西。"

"那或许是你的方式,"他说,"对此我没有异议,但那不是我的方式。"

"不是你的方式?"我说,"那是X光检查。那是所有人的方式。那是科学的方式。"

"对此我没有异议,"他说,"但是我的方式是我的感觉,此时此刻我感觉良好。"

"那你为什么来我这里呢?如果你感觉这么良好,而且你也不在乎X光的检查结果,你为什么还要来呢?"

"因为,"他说,"应该来。每六个月你都应该来看牙医。"

"奥罗克医生?"

康妮站在门口叫我。

"我可以离开一下吗?"我问这位销售主管。

我直接向她走去,见到她我从来没有这么高兴过。"里面的那个家伙,"我悄悄对她说,"不听我的劝,他不愿意把蛀牙堵上,因为他说他感觉没有任何蛀牙。他说他感觉良好,为什么要堵牙呢?我让他看屏幕上他的蛀牙,可是他却告诉我那是我的'方式'。他说X光检查是我的'方式'。科学是我的'方式'。他的方式就是用舌头在嘴里面转圈感觉一下,说一切都很好,所以他就可以忽略X光检查和专家的意见。当我问他,如果他感觉良好,那为什么还要来诊所呢,他就告诉我,那是因为他应该来!他说每隔六个月,人们都应该来看牙医!人们真的是这种想法吗?人们真的是这么过日子的吗?事情就这么容易?"

"我伯父斯图尔特来看你了,"她说。

我安静了下来,"又来了?"

候诊室里面只有斯图尔特和一位亚裔女性,她坐在斯图尔特旁边,太阳镜架在了头上。他们站起身来,那位女士的太阳镜落到了鼻梁上,斯图尔特向我介绍了这位女士。她名字叫温迪·朱,为皮特·默瑟工作。

"您认识皮特·默瑟?"我问斯图尔特。

"不认识他本人,"他说,"我只认识温迪。"

太阳镜后面的温迪非常娇小年轻,就像一个在学校好好学习的初中生。她递给我一张名片。眼睛看着名片,我突然想起了默瑟提起过聘用了一位私人侦探的事情。名片上写着"朱氏调查事务所"。我又看了她一眼。心想,从浅底软呢帽子和毛玻璃门到今天,发展很快啊。

"您怎么认识温迪的呢?"我问斯图尔特。

温迪替他做了回答:"当两个人都同时在寻找一个女人时,会发生一些滑稽的事情。"

"什么女人?"

"保罗,"斯图尔特说,"我们来是请你帮个忙。今晚工作结束时,你可不可以陪我们去一趟布鲁克林?"

"为什么?"

"默瑟想让你见一个人。"温迪说。

"默瑟在哪儿?"我问。

"他不再参与了。"她说。

"参与什么?"

她戴着太阳镜面无表情地看着我。

"我还有一位患者。"我说。

"我们可以等。"她说着坐了下来。

"怎么回事儿?"我问斯图尔特。

"是我个人求你,"他说,"请陪我们去一趟布鲁克林。"

我回到诊室,那位销售主管坐在椅子上正耐心地等着我。我坐了下来,盯着他看了好长一阵子,然后双手一摊。"您还在这里做什么呢?"

他有些迷惑不解。"你告诉我让我等的。"他说。

"但是你为什么听我的呢?"

"因为你是我的牙医啊。"

"所以我告诉你等,你就等着,是吧?可是当我告诉你把那几个蛀牙堵上,你却为什么不听呢?"

"我说了,我感觉自己没有蛀牙。"

"可是你有!"我喊道,"你真的有蛀牙!"

"那是根据X光检查。"

"是的,正是! 是根据X光检查!"

"但我感觉没有。"他说。

我们坐着温迪的车子前往布鲁克林,来到了皇冠高地的犹太人居住区。店家门前和遮篷上，希伯来语比比皆是。衣饰打扮雷同的女性在街上推着婴儿车（不是那种小推车，而是真正的带有金属大轮子的婴儿车），戴着黑色帽子、身穿黑色衣服、蓄着黑胡子的男人们上上下下商务车，同时用手机通着话，还有无数大大小小的孩子们，尽管鬓发冷峻，衣饰庄重，他们并不为之所动，仍在门口平台上，在街头巷尾，尽情地玩耍。太阳正在西落，街道整洁干净。若不是街旁色彩鲜艳的窗子和悠扬的大提琴声音，我们或许会以为我们回到了十七世纪。

在路上我了解到，我要去见的那个人就是格兰特·阿瑟曾经恋爱过的女人米蕾芙·门德尔松。我不知道为什么。我告诉斯图尔特，对那个女人我已经十分了解了。当时爱上了阿瑟的米蕾芙出生在洛杉矶的一个正统犹太教的家庭。当她的家人发现她和一个异教徒来往时，他们就将她驱逐出了社区。最终，他们还为她举行了守丧仪式，如同她已经死去了一样。随着时间的推移，关于自己的祖先，关于自己是什么民族的人，阿瑟有了一个发现，之后又有了一个发现，之后又一个接着一个地有了更多的发现。他觉得自己应该义不容辞地离开米蕾芙和他们在洛杉矶的共同生活，去准备为流散的乌尔姆人建立一个社区。

"听起来很美丽，"温迪说，"但也许那不是故事的全部。"

斯图尔特告诉我，米蕾芙抛弃了犹太教，嫁给了一个建筑材料业的巨头，养大了两个孩子之后离了婚。由于越来越强烈的欲望，她于2007年将名字改回到了门德尔松，并重新回到了正统犹太教社区。现在她居住在哈西德教派的中心区,教那些女性改宗者传统的犹太教礼仪。

我们来到了一处类似于校园或者建筑群的地方,这里有犹太教堂、学校和住宅区,生活在这里的人们致力于正统犹太教的新生活,并接受着相应的指导。米蕾芙正在教夜校的一个班级。女学员们以一首歌曲来结束这堂课。我们站在外面,边等待边听她们唱歌。我永远也不会忘记那首歌。那婉转的旋律,那变化的节拍,初学者们那生硬的学唱,旋律也找不准,节拍也跟不上,但是有一个声音却是中流砥柱:一个坚定、欢快的声音,一个指引着并时不时地纠正错误的声音,一个赞美上帝同时又在引领众多生疏声音的声音,一个将那些跑调、停止了学唱、引起哄堂大笑的声音引入正轨、使之成为一两秒钟和谐优美的曲调的声音。这就是米蕾芙的声音。

下课之后,温迪给大家作了介绍,米蕾芙领我们来到了一个休息室。休息室里有旧书籍的书香之气和炒咖啡豆的芳香。墙上装饰有各种犹太人的民间艺术作品:七烛台、九烛台和光明节陀螺的漫画版挂图,《摩西五经》的画卷上赫然醒目的希伯来语字母。有轮廓模糊的素描,是在"哭墙"俯身祈祷的人物图像;祈祷时的披肩在阵阵魔力的风吹下旋转缭绕;令人欢欣鼓舞的宴席;翩翩起舞的家庭成员。我最喜欢的一件艺术品是一个巨大的诺亚方舟的纸质模型,上面载有全部动物,还有一条龙,所漂浮的海面像是平静的加勒比海。

米蕾芙头上围着印有佩斯利花纹的丝巾,穿着黑色长裙。我觉得她很开朗直率,和我们说话时十分专注认真,直到她又用笑声化解了那股认真劲儿。她给我的印象是一个很快乐的人,对那些麻烦和痛苦并非不知道,但是却仍然快乐。遇到这类人我总能精神为之一振。完全不管熟悉与否,我会立刻喜欢上他们。

"想要喝咖啡吗?"我们坐下来时她问。

我们都谢绝了。

"谢谢你同意见我们,"斯图尔特说,"我知道你今天已经和默瑟先生说过一遍了,但是再麻烦你为我和保罗说一遍,好吗?"

"没问题,"她说,"这很容易。"

说着她将我们领回到了1979年。

在洛杉矶一个离她父母家不远的社区里,她舅舅开了一家小杂货店。她每天下午都要走到那里帮母亲买东西。一天,在她回家的路上,格兰特·阿瑟走了过来,提出要替她拿那些包裹。他穿着牛仔喇叭裤,和那种只有约翰·屈伏塔才穿的衬衫。他问她是否是犹太人。她回答说是的。他问她那样的生活怎么样,问她去哪座教堂,问她不庆祝圣诞节是否令她不开心。她告诉他,她父亲是以色列平安儿童教会的拉比,而圣诞节只是她还是个小姑娘时才喜欢过的节日。他想知道犹太人是否和基督教徒的饮食真的不一样。犹太人到底吃什么?

"最初,"在休息室里,米蕾芙告诉我、斯图尔特伯父和温迪,"我以为他可能是在讥笑我。但事实上不是。那个男孩儿太诚实了。太热情洋溢了。他是真的非常非常天真。"

第二天下午她又去了她舅舅的杂货店,刚一出来,他就出现了。她怀疑他在远处监视她,但是怎么监视或者在哪儿监视她却不知道。他告诉她说他找到了一位犹太教拉比,安舍艾米斯的这位尤库鲁斯拉比同意指导他皈依犹太教。尤库鲁斯拉比将把他需要知道的一切都教给他。他已经了解了每个星期六的安息日。他说,在这一点上,犹太教和基督教真是大不一样。基督教徒们是在星期日做礼拜,而且前一天晚上从没有大餐,除非是晚宴或者是资金筹集活动。尤库鲁斯拉比答应请他参加安息日活动。她能记得点亮蜡烛时所说的那些祝福的话吗?记得所有其他的祝福话语和圣歌吗?用他自己的话说,他喜欢犹太人所进行的"所有那些礼仪和祈祷等活动"。他真是等不及了要去坐在拉比的家里观看所有这些活动。她喜欢听他说话。他将她每天的生活都注入了新的生命,这让她第一次有了自己很特别的感觉。当时她十七岁。

"我从没有想过要问他哪个在先,哪个在后,"她直接对我说,"是他对犹太教的兴趣在先,还是他对我的兴趣在先。即使现在,我也不知道,是我'激励'了他,还是,用别的什么话说,我扰乱了他!"她发出了会心的笑声。她转向了斯图尔特。"当我们恋爱时,我们不是都这样吗?都会把对方扰乱?"他对她报以的笑容我从来没有见过,那神情就像他也知道被爱情扰乱是什么感觉。"但不,我从没想过犹太教对他来说仅仅是个方便之门,'一条进入之路'。或者反过来:对他毕生所追求的东西来说,我这个人是个方便之门。我认为他见到了我是喜欢上了我,但是我也认为,他是出于某种原因才待在那个社区的,待在那个特定的社区的。他想成为犹太人。"

"这些我已经知道了,"我说,"是他自己告诉我的。"

米蕾芙的目光从我移到了斯图尔特,"我可以继续吗?"

"请继续。"他说。

在一次从杂货店回家的路上,他们绕了一个弯儿,这样他们就可以继续谈话。他说他不懂人们怎么能是犹太教徒呢,因为你需要知道那么多的东西。你必须得知道《圣经》。你必须得知道《塔木德经》。你必须得了解法律,了解那么多的法律。你必须得了解历史。你必须得知道如何说祝福的话和祈祷的话。而且,如果你想把任何事情都做好,你还必须得会说希伯来语。他原以为希伯来语只是一门写过《圣经》的古老语言,但是那位拉比告诉他,希伯来语就是以色列的语言,就是犹太人的语言。然后还有意第绪语。他问她意第绪语和希伯来语有什么区别。

"它们就是两种不同的语言。"她说。

"这回该懂我的意思了吧?你必须得懂得两种不同的语言,得研究《旧约》,得知道所有的节日、节日的起源及其重要性,太多了。"

"你不必懂得意第绪语。"她说。

"没问题,我准备学会它。"他指向街头的一座平房,说,"我就住在那儿。"

房子坐落在一小片斜坡草坪旁边,窗前盛开着杜鹃花。从院子的铁门到房子的石板路两旁绽放着美丽的郁金香。这是个成年人的房子。

"和你父母在一起吗?"她问。

"不是。"

"和别人吗?"

"也不是,"他说,"就我自己。"

"你多大年龄?"她问。

"十九岁。"他说。

她花了三个月的时间才鼓起勇气自己走到那座房子按了门铃。这时门上应该已经有了门柱圣卷。与此同时,她去杂货店的次数更多了,绕弯儿的次数更多了,绕弯儿的时间更长了,当她终于走回到家里时,她母亲也开始露出了质疑的眼神。她知道自己一句话也不能说。他们为她考虑的青年不是这个类型。她父亲只会批准出生在西好莱坞以南或者威尔希尔以北或者金纳雷特的基布兹社区的青年为未来的女婿。她只和自己的闺蜜们吐露了此情,而闺蜜们与她串通一气,替她圆谎,使得她和他俩人之间的秘密竟然保守得比任何人想象得都要长久。

"当时我们的社区人与人之间的关系非常紧密,"她说,"可以说是封闭式的,甚至是思维封闭。可你看我现在到哪儿了!"她说着自嘲地笑了起来,"我又回到了这里!"她又咯咯地笑了,"但是当时可不一样。我们不能忘记时代的差异。当时还有犹太人是在犹太人聚居的小镇上出生的。他们不和约翰·屈伏塔式的人物交往。他们当时的概念就是'龙生龙凤生凤,异教出身没有用',甚至在皇冠高地这里也是这样。他们不知道怎么去理解那些皈依者。"

他开始用正统的名字形容事物:他用"寺庙"而不用"教

堂",用《摩西五经》而不是《旧约》。他把自己经常穿的衣服脱掉,买了一套简单的黑色正装。他不再刮胡子。他戴犹太人的小帽子,后来又穿上了犹太人的小背心。她高中毕业之后,就在杂货店为她舅舅工作,而他则努力地阅读《摩西五经》及其系统的注释。他确实学得很快。有一天,他用希伯来语和她打招呼。他换了拉比,现在是以罗欣寺庙的雷帕尔斯基拉比,这位拉比更适合他,和他讲述了以色列的事情。他对以色列这个国家着了迷,很想到那里去看看,很想去那里居住。他不能理解这个国家怎么在这么短的时间内就成形了。但是,他想,种族被屠杀了六百万人之后,做事情就得这样。

"这就像你开车行驶在高速公路上,"他说,"你看见一辆大型拖车上绑着一个巨大的物体,后面贴着标记'超大型货物',这真难以置信,但是当你接近时,你意识到,拖车上装载的竟是一座'房子',一座真正的房子,他们是拉着房子在路上行驶呢!那就是以色列,公路上拖拽的房子。"

"我没有见过这种东西。"她说。她从没有上过高速公路,即使洛杉矶的公路她也没有上过。

几天之后,在做了更多的研究之后,他对她说:"但是米蕾芙,种族大屠杀并非是以色列建国的原因。以色列在那之前很早就存在了。甚至都不是作为一项宗教运动。看到国家重要性的是世俗犹太人,是知识分子。他们知道犹太启蒙运动已经判了死刑。你知道犹太启蒙运动吗?是莫泽斯·赫斯等人开始兴建以色列国的,是赫斯、平斯克和赫茨尔这些人。"

她听说过赫茨尔,但是其他人她却没有听说过。她在奥舍尔·门德尔松的监护和指导下度过了十八年光阴,但是格兰特·阿瑟仅用了短短几个月的时间,所了解的历史知识就超过了她。

"事实上,"三十年之后,她此时此刻在休息室里对我们说,"他是个奇才。我真的觉得他在六个月之后希伯来语就讲得很流利了。我真的感到很惊讶,我记得我夸赞过他,我也记得他的回答。他说:'如果本-耶胡达用一年时间发明了它,我能用六个月时间学会它。'当时他只去过一次安息日晚餐。"

她不能邀请他来到家里。她不能将他介绍给自己的父母。不管他学习了《摩西五经》多久,也不管他希伯来语掌握得多么好,他都永远不会是个犹太人。那些自由派们,那些不同民族混杂在一起的教会教众,都可以接受他的皈依。但是在奥舍尔·门德尔松,这个以色列平安教会的拉比的眼里,在这个对欧洲的疯狂仍然耿耿于怀之人的眼里,在这个生来就目睹了犹太人和非犹太人之间的极端分歧之人的眼里,格兰特·阿瑟永远不会成为犹太人,因为他生来不是犹太人。

有一天,格兰特·阿瑟对她说:"我要成为一名拉比。"

这时,她已经进了他的房子。她已经看到了他的卧室(只是从过道处看的),和铺在地板上的床垫。床垫上铺了一张床单。那是唯一的床单,床垫是唯一的床。一个房间里有一把户外椅,另一个房间里有一个懒人沙发,和一些不配套的餐具。橱柜空空如也,衣柜也闲着。她只能慢慢地理解,眼前的景象就是她同龄人所生活的地方。没有亚麻布,没有任何瓷器摆设,没有家具,没有兄弟姐妹,厨房里也没有她家里常见到的十几个堂表兄弟姐妹在一起忙活的那种场面。他拥有一所房子,这一成年人行为令她好奇,然而他又完全不懂得如何去布置和装饰自己的家,这两件事实加在一起的效果足以让她流泪。所以,她就想方设法地偷偷带进来这所房子所需要的一些小摆设来加以点缀:几个镶边儿的窗帘,壁炉上添上一支九柱烛台,一张床罩,一只大碗,一对葡萄酒杯。为她体贴入微的帮助,他常常感激得轻声啜泣,并给予她亲吻。他说,他从来没有被爱过,她期待他就这方面再说得详细些,但是他说事情就是这么简单:他从来没有被爱过。她啜泣地亲吻他。每次她离开那座房子,只剩下他自己深深埋在书籍里,她都带走了他呼吸的节奏。这是她接触过最亲密的唯一的人;这种感觉犹如他在她的体内呼吸。

  这一直是一座空空如也的房子,直到有一天她走进去发现墙上挂了一幅镶有华丽边框的油画。那是马克·夏加尔的作品。画中有一头牛,一把琴,几只羊头,深蓝的天空,月亮及月亮周围的晕圈,一群依山坡而建筑的凌乱的房子,一把翻倒了的椅子,云端上一个蜷缩着的女人。她对画家的流派和风格全然不懂,但是她却知道马克·夏加尔。她是从父亲那里了解到这位艺术家的。她也知道,马克·夏加尔生活在博物馆的墙上。

  "这里怎么挂了一幅画?"她问。

  "你喜欢吗?"

  "是真的吗?"

  "当然是真的。"

"你从哪儿弄来的？这得花多少钱呢？"

"是我奶奶买的，"他说，"哦，我奶奶已经死了。但我是用她留给我的钱买的。你觉得你父亲会喜欢这幅画吗？"

米蕾芙说，试着表达她走进房子里时看到夏加尔真品的那种震惊，他在房子里寥寥无几的陈设品总共才值五十美元左右，却在墙上挂了一幅价值连城的艺术品。她知道他非同寻常，但是她不知道他竟然来自这样富豪的家庭。他父亲是曼哈顿的律师，母亲是社会名流。他一年多来没有和他们说话了。

"那时候他对历史的研究着了迷，"她说，"犹太人农庄，俄国犹太人聚居地，哥萨克人和鞑靼人。他受这些历史的影响很深，我觉得这很难理解。这些历史给他带来了情绪的突变，带来了怜悯心，还有……还有某种浪漫。不是指对犹太人的迫害，我不是说他把犹太人的苦难浪漫化了。但是他对那个时期的历史非常着迷。我想，夏加尔就是他掌握那段历史的人生导师。"

夏加尔作品也是他给她父亲的见面礼。这时，他已经和亚德·亚伯拉罕犹太法律学院的布鲁姆伯格拉比谈过，等他皈依犹太教之后就去那里读书。他饮食起居都按照犹太人的习惯，过安息日，并且遵循传统犹太教教民所遵守的六百一十三条戒条。他认为他的皈依，他的刻苦研究，他的同情心和他的夏加尔，这些将能够证明他对那位未来岳父的忠诚。尽管他生来不是犹太人，但是根据律法，即使在那些正统教民心中，一个皈依者在上帝的眼里也是平等的。

"但是律法如何说都不管用,"米蕾芙告诉他,"在上帝眼里平等也是没有用的。他是不会同意的。"

他们坐在新送货上门的餐桌的远端。那长长的餐桌是用樱桃木制作的,足以坐下十六个人,他不仅在上面摆放了九柱烛台,而且还梦想着举行一千次安息日晚餐,他的新娘坐在他的身旁,客人们都坐在两侧。

"这么说,对于上帝和以色列国而言,我有资格成为犹太人,但是对于米蕾芙的父亲——门德尔松拉比来说,我生是异教徒,死为异教鬼,是吗?这说不通啊,米蕾芙。难道他不尊重哈拉卡①吗?"

"哈拉卡!你还没有听懂我的话吗?这和律法没有任何关系。你想娶他的女儿。他的宝贝女儿。我的父亲要求那个人生来就是犹太人。如果你想拿律法来给你撑腰,我保证他一定会引用那条戒律,那条禁止与异教徒通婚的戒律。"

"我已经不是异教徒了。"他说。

"在你走上犹太教法庭之前,"她说,"你就是异教徒。"

时间几乎过去了一年。尽管他不是犹太人,可是他蓄的胡须却和虔诚的犹太教徒的胡须殊无二致,无论走到何处他都戴着帽子,而且还接受了割礼。他的言谈举止给人的印象犹如他一生都是名犹太教徒,他一生唯一的目的就是为犹太教献身。

"这么说这些都没有用,是吧?"他平静地对她说,"即使我

---

① 犹太教《塔木德经》中不载于《圣经》的律法。

这么做是发自内心,我渴望这么做,我怀有一颗爱心来这么做,我爱犹太人胜过爱世界上的任何人,我站在犹太教会堂里比在任何其他地方都快乐,我加入犹太教是因为它的智慧和美丽,我发誓今生今世都恪守犹太教的教规,然而这一切都没有用,"他继续说,"我想要更多的孩子,给你的父亲带来更多的犹太人子孙,我将按照犹太人的习俗和法规来培养这些孩子,然而这一切都没有用。我决定做到所有这些,但是你却告诉我,在你父亲的眼里,你更应该嫁给某个随便找来的犹太人,只要他生来就是犹太人,是吧?"

"你知道在会堂仪式过程中站在他面前的是什么人吗?"她问他,"其中的一些人在纳粹入侵之前是九死一生地逃出了欧洲。其中有一位是集中营的幸存者。这些人记得,只因为他们是犹太人,他们的村庄就被纳粹所毁灭。我父亲是从基辅来到这里的……"

"我知道他是从基辅来到这里的。"

"他看到了发生在他家人身上的惨剧,发生在他父亲、他叔叔身上的惨剧。他当时还是个孩子。你是知道那段历史,格兰特,可他们却经历了那段历史。"

"不能因此就取消我的资格。"

"在我父亲和他会教众人的眼里,就是这样。"

"在你的眼里呢?"

"在我的眼里当然不是,"她说,"我们去以色列。我们在那儿生儿育女。"

"但却失去你的亲人?"

"我们有了自己的家庭,其他的还重要吗?"

"但我不知道去你的家里,"他说,"不过安息日。不过西都尔节。不能和你的姑姨叔舅们欢度节日。在沙罗姆比奈以色列没有我一席之地。"

"我了解他,"她说,"他不会允许的。"

"如果我们不能拥有那个,"他问道,"那么所有这些都是为了什么呢?"

她不能确定他的意思,感到一阵困惑。他是担心她失去自己的家庭呢,还是担心他自己会失去这个家庭呢?但是他怎么会失去他从没有过的东西呢?除了两个共谋的表亲之外,他没有见过她家里任何其他的人。

后来,有一天下午,门德尔松拉比出现在街头这所房子的外面,按了门铃,说要见自己的女儿。

尽管他们对这种对抗做了很多思想准备,但是这一刻他们却觉得没有准备好。她父亲要求米蕾芙把他介绍给这位给他开门的年轻人。接着他问年轻人他的父母是否在家。

"我父母住在纽约,先生。"他说。

"你一个人住在这里吗?"

他点点头。

"你是不是该请我进屋里?"

"当然了。"

奥舍尔·门德尔松站在门厅里赞扬了这个年轻人的房子。但是对于房子空空的内部和那幅明晃晃地挂在起居室墙上的夏加尔作品却没有发表任何看法。他们静静地观看他细细地查看带有壁炉的房间,那个懒人沙发和地板上的书籍。

"我们可以坐下吗?"拉比问。

"只我们两个人坐下吗,先生?还是米蕾芙也坐下?"

"你愿意和我们坐在一起吗,小姐?"

"如果您让我坐下,爸爸。"

"是的,"他说,"我想你应该坐下。"

他们坐在了新餐桌旁,格兰特·阿瑟立即跑进厨房。他想给拉比提供好几种饮料。如果说格兰特对什么事物能像米蕾芙对点蜡烛仪式中的女子祈祷那样了如指掌,那就是做一个好主人了。那是他继承来的,是他父母的遗产。但是冰箱里仅有一点点牛奶。所以他就从后门出了屋子,跑到拉比的妻子的哥哥的杂货店,买了三种饮料,两种汽水,茶和咖啡。但是当他跑回家里时,他发现后门关上了,他被锁在了外面。他不得不从前门进到屋子里,这让米蕾芙和她的父亲非常惊讶,因为他们正静静地坐着,等待他从厨房里出来。他再次做了道歉,打开买来的东西,回到了过道处,问他们要喝什么。米蕾芙什么也不喝,她父亲只想喝一杯水。

"我听说,"拉比开始说话了,这时格兰特·阿瑟已经坐在了他为自己未来家庭买来的桌子的上座,拉比在他的右侧,米蕾芙在左侧,"你认识安舍艾米斯的尤库鲁斯拉比。"

"是的,先生。"

"尤库鲁斯拉比告诉我,你想成为犹太人。"

"是的,先生,我想。"

"尤库鲁斯拉比说你是一个非常聪明的年轻人。甚至也许是个天才。他对你的印象很深。"

"我一直都在夜以继日地研究犹太教,先生。我计划继续这么做下去。我希望不辜负那些我最敬仰的犹太教的学者们。阿基瓦拉比、斯宾诺莎。"

"想法很高尚。"

"我学了一些希伯来语,而且我每天至少花六个小时的时间来研究《摩西五经》。我最喜欢的诗人是海因里希·海涅。他并非是个好犹太人,但是他写的诗却非常美妙。"

"我还听说,"门德尔松拉比说,"你已经通过法律程序改变了自己的名字,是这样吗?是亚德·亚伯拉罕的布鲁姆伯格拉比告诉我的。"

"目前我正在走这个程序,门德尔松拉比。"

"你现在师从何人?"

"罗特莱特拉比,先生。是以色列会堂的。"

"噢,那就对了。罗特莱特拉比告诉我,说你皈依之后希望去神学院。"

"是的,先生,我希望。我希望成为一名拉比,"他说,"像您一样。"

"想法很高尚。"拉比重复了一遍他的赞扬。他呷了一口水,然后将杯子放在桌子上。"这张桌子很漂亮。"他暂时不语,欣赏着桌子。

"谢谢您,先生。"

"还有你墙上挂着的那幅画,那幅仿制品确实不错。"

"噢,先生,那不是仿制品。"

拉比凝视了画卷一会儿,才把目光移开。

"你希望娶我的女儿?"他问。

"是的,先生,是的。"

"我想,"他说,"如果我问你一两个关于你学习的问题你该不会介意吧,不是审问你,希望你明白。我们在你的家里做客,我不希望在你的家里对你无礼。基于你想加入我们这个家庭的考虑,我只想知道一些你知道的事情。"

"您可以问我任何问题。"他说。

"你知道逾越节家宴吗?"

"逾越节家宴是逾越节的主要仪式,是为了纪念历史上犹太人在摩西的领导下成功地逃离埃及,并纪念上帝和犹太人之间誓约的开始。"

"你出席过这种家宴吗?"

"我应该补充一下,'逾越节家宴'这个词也有'秩序'的意思,而这个秩序,或者仪式,在《哈加达》里面能够找到。我只去过一次逾越节家宴,先生,那是受格林伯格拉比的邀请,那真是一次脱胎换骨的经历。"

"格林伯格拉比?"

"是西奈会堂的,在长滩。"

"格林伯格拉比我不认识。"拉比说。

"我非常感谢他请我参加了我的第一次逾越节家宴,"他说,"但愿我能向您表达明白这对我意味着什么。"

"我可以再问问你五旬节吗?这个节对你有任何意义的话,那是什么呢?"

"五旬节标志着俄麦计数的结束,它起于逾越节的第二天,共持续七个星期。这个节日是为了纪念西奈的启示,因为上帝赐予了犹太人《摩西五经》,并把他们定为上帝永久的特选子民。今年我参加了一次五旬节彻夜研讨会。研讨会的目的是为了表示我们对《摩西五经》的热爱和拥戴,那是我一生中令我最感动的经历之一。"

"那次经历也和格林伯格拉比有关吗?"

"没有,先生,"他说,"那次是和马多克拉比。"

"你倒是认识了好几位拉比。"拉比说。

"是的,先生,我认识好几位。"

门德尔松拉比身子往后靠在了椅背上,"我是否可以问你最后一个问题?"

"当然可以的,先生。"

"你信上帝吗?"

米蕾芙从没有想到爸爸会问这个问题。格兰特已经脱胎换骨地变成了犹太人。如果不是为了上帝,那能是为了什么?

"不信,先生,我不信上帝。"他说。

"你不信吗?"她问。

"你是位无神论者,"拉比说,"我说得对吗?"

"那是尤库鲁斯拉比告诉您的吗?"

"尤库鲁斯,"他说,"布卢姆博格、罗特布拉特、马多克、雷普尔斯基。如果你不信奉上帝,他们中没有一个人会推荐你去犹太教精神法庭的。假如你信奉上帝,你现在就已经是犹太人了,就可以准备去神学院了。"

他不说话了。在长久的静默中,他们相互对视着。

"您怎么能够信奉上帝呢,先生,"他问拉比,"既然您这么了解犹太人的历史?"

"我们犹太人的历史就是一场遵从上帝誓约的努力,"拉比说,"如果没有上帝,我们什么都不是。"

"就是上帝将你们卷入了这些混乱之中的。"

"上帝就是我的每一次呼吸。"这位长者说,用三十年后米蕾芙的话说,他终于不再泰然自若,因为格兰特·阿瑟竟然说他们卷入了混乱,而且还是上帝造成的。他控制不了自己的情绪了。"你不配去犹太教堂,"拉比说着站起身来,"你这是在嘲笑《摩西五经》。"

"我并非唯一不信仰上帝的犹太人。"他说。

"你根本不是犹太人,"她父亲说,"而且永远也不会成为犹太人。"

门德尔松拉比转过身告诉女儿,如果她一个小时之内不回到家里,她就永远别再回家了。

"那是我第一次经历有人否认上帝的存在,"三十年之后的今天,她在休息室里给我们讲述着当年的情形,"而且他还是当着我父亲的面否认上帝的。那甚至比打他一拳都令他更为震惊,更为暴戾。想象一下我父亲骂我是个荡妇、是个婊子我的感受,我当时就是这种感觉,实际上比那还厉害,而且更觉肮脏。很奇怪,是不是?我深深感到羞愧和震惊,然而我又处在恋爱中,在某种程度上感觉受到了伤害,觉得被出卖了,于是我非常困惑。"

"那天晚上你回家了吗?"斯图尔特问。

"回家了,"她说,"当他承认了他不信奉上帝之后,我对他的看法就不同了。我们之间立刻产生了一种疏远的感觉。我结过婚也离过婚,我知道疏远的感觉!"她说着咯咯地笑了起来,"但是婚姻上的疏远是需要时间的。和格兰特的感觉可不同,那是瞬间发生的。在我的世界里,上帝是无法更改的事实,就是这样简单明了。你怎么能是个好人却又不相信上帝呢?"

但是第二天中午休息时,她明知不可取却又鬼使神差地追寻到了她困惑的源头。他开门时戴着无边小帽,蓄着胡须,和所有犹太人一模一样,但是此时却剥去了某种至关重要的核心,所以他看上去像是在穿着戏服,演着某种拙劣的滑稽戏。她看到了那种小丑般的不敬行为,正如昨天她父亲站在她此时站立的位置时一定看到的那种行为一样。他为什么要穿这些服饰呢?

"请进来。"他说。

"我不能进去。"

"请进来吧,"他说,"昨天晚上是我一生中最糟糕的夜晚。"

"你为什么这样穿衣服?"

"哪样穿衣服?"

"像犹太人一样。"

"米蕾芙,求求你。"他把门开得更大了。

她感觉就像邪恶荡妇耶洗别走进了撒旦的房间一样,一定会被一群恶狗撕扯成碎片,最后只剩下双手和双脚。

"我想知道为什么,"她说,"你为什么要装呢?"

"你就是这样认为我吗,认为我在装模作样?"

"那你说这是什么?"

"献身。"

"献身?"她问,"为谁而献身?"

"为你,"他说,"为你的父亲。为犹太人。"

"但是犹太人之所以是犹太人是因为他们献身于上帝。"

"犹太人之所以是犹太人是因为他们献身于犹太人。"他说。

"我认为你搞错了。"她说。

"米蕾芙,你知道成为一个犹太人需要我做多少吗?你知道为了成为犹太人,我做的比你的父亲要多到什么程度吗?我做出多少牺牲才能……"

本能发作,她推了他一把。他往后趔趄了一下,但是没有摔倒。

"他有家乡基辅,"他说,"他有与生俱来的权利,他有家教。"

"哦,你墙上有马克·夏加尔!你想要什么有什么!"

"不是什么都有的。"他说。

几个晚上之后发生了第一次事件。格兰特来到了门德尔松家的前门草坪上,对拉比开始了喊话。"门德尔松拉比,"他喊道,"门德尔松拉比。难道我不遵守上帝所要求的戒条吗?难道我不捐税吗?难道我不守斋戒吗?难道我不庆祝西奈的启示吗？难道我没有为你行割礼吗？难道我没有为你学习希伯来语吗？难道我没有改名字吗？难道我没有蓄发？无论上帝存在与否，难道我没有在他的眼里做一个正直的好人吗？你往窗外看一看，告诉我你看见了什么。我身上还有什么地方不是犹太人呢？"

拉比报了警。

"你为什么要否定我？"他继续喊道，"我做了什么？你爱犹太教吗？你想保护它吗？你应该加入基督教！你出来，门德尔松拉比，来和我站在一起，和基督徒站在一起，然后再看犹太人。看那些点亮你亲人脸庞的蜡烛。看那些将你们拧成一股绳的诗篇。看那使你们成为犹太人的经文章节。这时你才会热爱犹太教的！"

街上传来了警笛声。他并没有跑。警察严厉地警告他，不许他再来这个地方。

"你为什么要研究《摩西五经》呢？"她问，"难道这不是在浪费你的时间吗？"

"你以为没有上帝，《摩西五经》就没有魅力了吗？你以为它就没有智慧了吗？"

"但是在《摩西五经》，上帝是无所不在的。"

"犹太人的善良无所不在，"他说，"他们的诱惑，他们的愚笨，他们的人性。他们的智力，他们的同情心。他们的挣扎。他们的慈善行为。不需要上帝你们也拥有这些。"

"但是激发这些的却是上帝。"

"犹太人的伟大才激发了这些东西，"他说，"上帝只会激发恐惧。"

第二次站到这块草坪上时,他请求门德尔松拉比原谅他的无礼。"可是现在他在哪儿?"他问道,声音清楚地钻进了开着的窗子,"如果我的行为让他不高兴,让他击死我好了。如果我不是犹太人,让他击死我好了。"他停顿了一下,"看,他为什么还没有击死我呢?这是不是说我就是犹太人了?或者说他干脆就不存在呢?或者说,当犹太人受到一个异教徒的侮辱时他仍然还是袖手旁观呢?你们还需要受到多少的侮辱才能背弃他呢,门德尔松拉比?诺里奇的威廉这个例子不够吗?宗教法庭,那个例子不够吗?大屠杀,毒气室,这些不够吗?如果我不像你一样憎恨反犹运动,让他击死我吧,拉比。如果我不像一个兄弟那样爱你,让他击死我吧。难道你不明白我为什么爱你吗,拉比?或者说,因为你生来就拥有这些,所以你对此就视而不见呢?"

这回当警察来时,他已经走了。警察告诉拉比,他们可以去那个人的家里与他谈话。但是如果拉比真的想不让他再来骚扰,他们建议他去请律师来申请保护令。

"你整个一生都被告诫要相信上帝,"他对她说,"你的父亲是一位拉比,一个虔诚的人。你去参加宗教礼仪。你上过那些小课。你受的教育就是恐惧上帝,爱上帝,尊敬上帝,服从上帝。你用一个陌生人的眼光看我,犹如你憎恨我一样,这并不令我惊讶。"

"我不憎恨你,"她说,"我来到这里了,是不是?"

"你就来五分钟,最多十分钟。"

"但是我却来了。"

"你不吻我。"

"我不能吻你,那是因为我不理解你。"她说。

"我的意思简单,"他说,"上帝这个遗产你们不需要。"

"你是这么说。那是什么意思?"

"你们已经拥有了犹太教,为什么还需要上帝呢?为什么要玷污如此美丽的东西呢?"

"没有上帝就没有犹太教!"

"你知道吹羊角号的真正意义吗?"他问她。

她讨厌他提出这种晦涩难懂的问题。

"当然知道,"她说,"吹响羊角号即宣布了节日的开始,还有……它唤醒了灵魂……"

"不对,"他说,"此刻你生活在二十世纪的洛杉矶。在二十世纪的洛杉矶吹羊角号和在第一圣殿时期在基色以及底本吹的羊角号具有同等的意义。那才是吹羊角号的真正意义所在:不论何时吹响羊角号,都能把洛杉矶的犹太人和基色的犹太人联系起来。这与人民相关,与上帝无关。"

"不对,"她说,"你说的不对。"

"你为什么总是去看他呢?"在休息室里斯图尔特问她。

"我不知道,"她说,"我是不得已而为之,我被他吸引了。我仍然爱着他。他对我撒了谎,或者善良一点说是误导了我,我当时是想得到答案的。我有点儿怕他,但是我喜欢听他说话,听他说话让我兴奋。此时,既然他已经可以打开天窗说亮话了,他要说的东西很多的。我当时年轻天真幼稚。他说的大部分话让我震惊,所以我被迫开始思考。我爱的人信仰什么这有关系吗?为什么?就是因为我信仰了?我信仰了吗?我信仰了什么?假如他是个犹太人就够了吗?他是犹太人吗?他与众不同,这一点我可以告诉你。他有决心。我过着一种封闭的生活,因此我发现我喜欢那种可以随心所欲的人。我为什么要回去见他?"她说,"因为他知道如何让我想回去。"

她仍然在她舅舅的杂货店里工作。一天,她的父亲来到了杂货店,和她一起工作的两个表亲静静地从桌子后面站起身来,离开了杂货店。接着,她的舅舅也站起身离开了。她父亲在离她有半个房间远的一把椅子上坐下。他许久地看着她。当他说话时,那声音也只有房间里的她能够听见。

"你是听他亲口说的他不信奉上帝,可是你却仍然去见他?"他停顿了一下,整个房子一片寂静,"他来到我们家门口,打扰了我们的清净,让我们出了丑,他威胁我们的情形如同我们一百年前生活在犹太人居住区里一样,可你仍然选择丢你自己的脸和你全家人的脸吗?"

"事情没那么简单,爸爸。"

"你还没有结婚就把自己给了一个男人。"

"不是的,爸爸,我们从来没有……"

"你把自己给了这个不是你丈夫的亵渎神灵的男人,"他说,"你知道了他是什么人他信奉什么,可是你仍然去见他吗?告诉我他是谁,这个人是谁,如果他不是穿着犹太人服饰的撒旦!"

"他很困惑,爸爸。我觉得他迷惘了。"

"他是个骗子,米蕾芙。你应该知道好歹。"他站起身来,"你可以做出选择,"他说,"是选择这个骗子,还是你的家人。"说完这句话,他就离开了杂货店。几分钟之后,离开的几个人都回到了工作岗位。

他的第三次也是最后一次造访是在星期五教堂仪式结束之后的晚上,就在安息日晚餐之前。门德尔松全家刚刚坐下,就听到了格兰特·阿瑟的声音传进了房间。"我想和你们在一起,"他喊道,"我想成为上帝的子民。我想和门德尔松全家一起吃面包,欢迎我来到你的家里吧,拉比。教给我你们的传统吧,我将使之发扬光大。传给我你的财富吧,我将永远地保护它们。你们这些犹太人!"他喊道,"上帝创造了你们,你们该有多么幸运!你们妻子女儿父亲儿子在一起!你们的生活是多么幸福啊!"拉比在报警,其他人则从窗子放眼看着草坪上的这个人。米蕾芙看到他把夏加尔的画也带来了。"让我去买安息日的白面包!让我加入举行正式仪式的法定人数里面!让我来阅读纸卷!让我进来!难道就是因为我错生在了别人的家里你就把我排斥在外吗?然而那么多人却用这同一借口来迫害你们残杀你们,难道不是吗?这就是错生在了别人的家庭!这不是我的过错!我爱犹太人!"他不停地恳求他们直到警察赶来。他举起了夏加尔的画卷喊道:"我是为了你才买的这幅画,门德尔松拉比,"说着把画卷小心翼翼地靠在一棵树上,"我相信你看到这幅画的时候是用赞赏的目光的。"警察下车给他戴上了手铐。他违反了两天之前法院为了防范他而发布的保护令。

在格兰特·阿瑟五个月的观察期里,米蕾芙和他就住在街头上的那座房子里。每天都是她跑出去买食杂日用品。她买了些必要的家具来装饰房间。星期五,在法官的特许下,他和米蕾芙一起去峡谷区的一所犹太教堂去参加宗教仪式,之后,他们相亲相爱地回到家里,吃晚饭庆祝安息日,饭后,他们捧着《西都儿》祈祷书一起唱传统歌曲。

但是这种生活没那么轻松,米蕾芙在休息室里告诉我们,而且一开始就注定要失败。

他对她动之以情,晓之以理,坚持不懈地开导她,使她质疑她对上帝的信仰。他引经据典,诉诸常识,以学霸的气势,让她感到她的信仰是多么脆弱。他从历史中找出确凿的证据,让她看到她信仰的愚蠢。他对她说,让我们一笔一笔地算那些暴行吧。上帝缺席的证据确凿如山。就这样,他一点儿一点儿地将她几乎二十年所学来的智慧完全给逆转了过来。

没有了上帝,她就更没有理由回家了。当你一觉醒来,你就无法回到梦中和迷信之中。你开始调整,去适应了严酷的事实,这当中难免有痛苦,而痛苦又变成了蔑视。

三十年之后的米蕾芙提到家人时说:"我对待他们真是心肠太狠了。我想,他们对我也并非那么好。但是他们那样对我完全是出于家族的习俗,那是可以预料到的。并非就可以原谅,但是却可以理解。可是我对待他们的样子,用世界上任何方式都是无法解释的。"

她的还俗过程迅捷而残忍。没过多久,她就对自己受过的教育产生了怀疑,最后得出了符合逻辑的论断,并开始奇怪自己为什么要坚持穿这些从小就一直穿的衣服,为什么自己要戴着头饰、参加宗教仪式、对着蜡烛许愿或者唱圣歌呢?她幡然醒悟,越来越觉得那千百个空虚的手势愚蠢至极。当她发现那些和她过去有着千丝万缕联系的东西统统都没有任何目的和回报时,她就不再做这些事情了,而这时他,格兰特,能够怪罪的就只有他自己了。这并非是他的初衷。她会不穿本民族服饰,或者宣布不和他一起去犹太教堂,或者不为安息日晚餐准备任何菜肴,而他则会对她说:"你为什么要这样对我们呢?"

"我做什么了?我什么也没有做。"

"可是你有义务。"

"对谁的义务?"

"对我,"他说,"还有别人。"

"什么别人?在这里你看到别人了吗?"

"你是犹太人啊!"他喊道,"你对犹太人负有义务!"

"如何说我是犹太人?"她问。

"你生来就是犹太人啊!"

"可是现在我已经长大了,"她说,"所以请你告诉我,如何说我是犹太人呢?"

这并不是一个反问句。如果说他作为无神论者来到犹太教,是为了在犹太人中间谋得友情,而且发现了他所需要的礼仪和风俗来调理和丰富他年轻、孤独的生活,那么她来到了无神论时却发现原来一切的所在此时却空空荡荡,原来有条理的地方此时充满迷惘，原来有规则的地方此时过于随意。她知道按严格的定义为什么她是个犹太人：她的生母是犹太人。但是没有了上帝，犹太教和她的个人生活还有什么关系呢？

如果说她再也不知道她自己如何是犹太人的话，那么对于他如何是犹太人她就知道得更少了。他们生活了一年之后的一天，她看到他的头上扣着一顶小圆帽，披着祈祷披肩，系着经文护符匣，正在研读《摩西五经》，同时在不停地轻轻摇摆。这是再寻常不过的场面了，这种祈祷方式的原因不言自明，非常程序化，毋庸置疑，以至于她从来没有真正发现这个动作的本质。而现在她目瞪口呆地看着他。这真是再奇怪不过了：这个不信奉上帝的非犹太人正在虔诚地做着犹太人式的祈祷。

"你在做什么？"她问话的声音里充满了蔑视。

"祈祷。"他回答。

"可你为什么要祈祷呢？"

他没有理她。她不能像他随便盘问她那样盘问他的假设和动机。他不会让她那么做的。但是她知道他不是犹太人。没有什么词汇可以形容他是什么，除非那个词是"犹如犹太人的"。他成为"犹如犹太人的"之前的所有东西（被家庭遗弃，孤独，被疏远）都不再触及。都被抛弃了。他戴上了小圆帽并获得了新生。她意识到，她父亲说得对，尽管是殊途同归地得到这个结论。他是个骗子。

"他周身散发着一股强烈的骗子气息。"她告诉我们。

"格兰特·阿瑟有没有和你说过《圣经》里面说过的亚玛力民族？"温迪问。

"说过。"

"乌尔姆民族呢？"

"说过。那是在他父亲死后。他回了纽约，再回来时像变了一个人。他不再研读《摩西五经》，而开始花时间在图书馆里读书。他在研究自己个人的历史，研究他家族的系谱。他发现他属于一个遥远的民族，是某种遗失的历史或者什么。"

这是最后一根稻草了。唯一还愿意和她说话的表亲想方设法地借给了她两百美元。她上了一辆公共汽车，之后再也没有见到他。她穿着一条蓝色的牛仔裤，上身是德博拉·温格在《都市牛郎》里穿的那种酒吧衬衫，纽扣是假珍珠做的。

"今天上午当你给皮特解释所有这些时，"温迪说，"我一直就想问你这个问题。你为什么又回归到了犹太教呢？"

"噢，主啊！"米蕾芙大声说道，她那朗朗的笑声驱散了休息室里的一些紧张气氛，"说来话长，一言难尽啊。如果我一一给你们道来，你们一定会感到无聊至极而掉泪的。让我想想：丈夫，离婚，错误，悔恨。三十年的精神空虚。"她又笑了起来，"我想我刚刚意识到，说来说去他还是对的，按犹太人的方式来生活，生活才是最好的。"

"你牵扯进去的这件事啊。"斯图尔特来了个开场白。

"我没有牵扯进任何事情。"我说。

"你没有吗？"

"您所担心的是我吗？您经历了这么多的麻烦就是为了我吗？可我从没有感觉到您很喜欢我啊。"

"事实得从某个地方开始。"

"那么事实是什么？"

"刚才你没有听到吗？"

"我刚才听到了一场恋爱的细节，这段感情我早已经知道了。您也听到了，他十九岁。只是个孩子，是个迷惘的孩子。"

"哦，他现在可不是孩子了，"温迪说，"他也绝不迷惘。"

"你清不清楚你现在谈论的是谁？"我问她。我又转向了斯图尔特。"您清楚吗？"

"他就是幕后策划者。"温迪说。

"幕后策划者？他整天都待在图书馆里，在档案馆里，组建家族系谱，"我说，"这是哪门子幕后策划者。"

"该跟他说的都说了，"她对斯图尔特说，"我要去找默瑟了。我完成任务了。"说完这句话，她就离开了休息室。

斯图尔特转向了米蕾芙。"我可以单独和保罗说句话吗？"他问。

"当然，"她说着也走出了休息室。在皇冠高地的一个正统犹太教中心的休息室里单独和斯图尔特待在一起，我感觉怪怪的。

"你刚才听到的那些东西没让你感到烦吗？"

"我一直在告诉您，"我说，"那些东西我早已听过了。"

"所有一切都听到过吗？如她说的那样？"

我不自在地在椅子上挪动了下身子。"也许和她说的不完全一样,"我说,"但是任何故事都有两面。"

"事实并非只是'故事的一面',"他说,"事实并非是偏狭的选择。"

"那么事实由您独占吗?听了他们不同的故事之后您就知道应该站在她的立场上吗?"

"他们的故事有什么不同?"

"比如说,他离开了她。女方没有离开男方,而是男方离开了女方。而且,她刚才给我们讲的那一切,都是发生在他父亲去世之前,在他临死的坦白之前。阿瑟在与米蕾芙恋爱时迷失了。只是在他们分手之后,他才发现关于自己身世的事实。"

"这些你相信吗?"

"这是他告诉我的。他并没把米蕾芙当成秘密。"

他看我的那种眼神让我强烈地感到他很失望。"信你想信的吧,"他说,"但是痛苦并不属于他们。痛苦属于那些经历了痛苦的犹太人。痛苦属于那些在历史中没有任何记载、被世界长期遗忘了的死去的人和无名者。他们不能把别人的痛苦借来自己为所欲为地编造一通。他们不能把痛苦拿来编成一出闹剧。"

"我从没有想让您失望。"我说。

"这一点咱们要明确:这件事与你完全无关。这是件比你要大得多的事。这个人背离了现实。他从《圣经》里摘取了一段传奇故事,然后编造了一个神话。现在他把神话当成事实来讲给人们听。事情就是这样。"

那天晚上我赶到家里时比赛已经进入了第五局。我要了外卖，倒了一杯酒，等待比赛的结束，这样我就可以倒带从头看起。我拨打了默瑟的电话，那天已不是第一次拨打了。仍然没人接电话。

比赛结束之后，我拿着瓶子来到了阳台上。我坐在帆布椅子上，俯瞰着眼前的布鲁克林滨海步行道。步行道上那漫步的行人，那久久坐在长凳上不愿起身离去的人，那趁着深夜在上面做爱的恋人，没什么比这一切更让你觉得与星期五的夜晚如此疏离了。我又倒了一杯向他们敬酒。我向整个城市敬酒。"这杯敬你们的野餐和古铜色皮肤。"我说。我望着曼哈顿在夜色下的轮廓线，望着河对岸那明亮多彩的夜色。人们仍在辛勤地工作着。"这杯敬你们的作战室和冠状动脉病。"我向那些待在工业蜂窝中的人们敬酒。"这杯敬你们的正装袜子和离婚协议书。"那天晚上我为几乎所有的人都干了杯。"敬你们，俯瞰河面的年轻情侣，"我说。"敬你们的意大利煎蛋饼和性爱录像。敬你，老闪着闪光灯不停拍照的那位仁兄。"我说。"敬你用每张上传的摄影作品维护的个人品牌。敬你，漂亮的年轻人，拿着手机浪费你的青春。"我说。"敬你的回音室和倒映池。"我为所有人都干了杯。我边喝边祝酒。"敬你，穿着扬基队基特球衫的粉丝，"我说，"为你的须后水和强奸无罪获释干杯。"我又一杯干了。"敬你，没有给波美拉尼亚狗屎装袋的企业公民。敬你那些衍生产品交易员和分析员混球同事们；敬你们戴着的面具和空白的电话号。"我说。"敬你们沉没的美国,你们这帮人渣,愿你们沦为阶下囚,被关进老鼠都得饿死的监狱里!""敬你,康维尔夫人,"我说,"为你的教义问答高领衫干杯!""这杯酒敬你,艾比。谢谢你的告知。祝你的新机遇好运!""这杯酒敬你,康妮。祝你的诗人,你的那个本,和你以后所有笑容可掬的孩子们干杯!"我没有敬斯图尔特伯父。我尽量不去想他,我也尽量不去想米蕾芙或者格兰特·阿瑟。我是为了忘却才喝酒和敬酒的。我就顺着这个思路喝着酒说着敬酒词,直到我意识到我还剩下最后一个人可以敬酒了。"然后这杯敬你,"我说,"阳台上的饭桶,敬你对窒息式自慰合情合理的恐惧。为你渴望着有人陪伴,为你想获得陪伴而付出的慷慨的努力干杯。"说着,我为自己干了杯。我的这些祝酒词一定是说得声音太大了,因为一位女邻居正在她的阳台上往我这边看。我举杯向她祝酒。她回到了屋子里。一瓶酒都喝完了,我的祝酒词也都说完了。这之后,我久久地盯着远处最高的大楼之一顶上那个威瑞森公司的明亮、炫耀的牌子(曼哈顿唯一带有企业广告的摩天大楼,他妈的玷污了这里的天际线),心里想,为什么那些傻逼不都飞进那座大楼呢?然后我就醉倒过去了。当我醒来时,步行道上没有一个人,我是说,真的没有一个人。我寻觅再寻觅,等待再等待。随时该有人走过来啊。但是却没有人。

这个可怕的时刻是几点啊!我为什么要在这个时刻醒来呢?我刚才一直敬酒的那些陌生人都哪儿去了呢?让陌生人给抛弃了,这种感觉真是荒唐,可这就是我当时的感觉。这条步行道从来没有这么彻底地完全空旷过,而这条步行道,不再是地球上最大的城市之一那熟悉、喧闹、以人多著称的地标，那个你从不会感到孤独和寂寞的地方；此时此刻它成了漂流在无尽夜晚的月球上的一个殖民地，而我是这个殖民地上唯一的居民。所有这一切感觉都是当我醒来之后的第一两秒钟之内突然向我袭来的，那一刻真是难以忍受。我感觉如此被人遗忘，如此被人忽略，如此被人抛弃，如此地失败。我不仅确信无疑，在我睡着的时候，所有值得做的事情都被人做完了，而且确信当我醒来时，再没有什么值得做的事情了。对于这种绝望时刻的解脱办法历来都是找些事情来做，要立刻去找，而且什么事情都行。我的第一个本能就是伸手拿出我的手机。它能让我立即回归现实，立即给我人生的目的。也许康妮打过电话或者发过短信或者发过电子邮件，或者默瑟，或者……可是没有。没有人打过电话或者发过邮件或者发过短信。我想，如果能让那些人回来，让我做什么我都干，我是说，让那些几个小时之前还在这里散步的人，让那些在缠绵中的恋人们都回来，这样我就会再次有机会和他们一起散步，再次有机会赞叹城市的天际线，再次有机会小心翼翼地从边缘舔舐我的冰淇淋，过了一会儿之后，我就离开步行道，回到床上好好地睡上一个晚上——或者说回到这个城市的夜晚所给予的最重要的事情之一，回到那个不能错过的让之前的彻夜不眠成为宝贝而不是恐惧的事情——然后在一个体面的时刻再起床，在新的一天的清晨再次在这个步行道上散步，坐在一条长凳上吃点儿面食早餐喝些咖啡，同时放眼观赏那波光粼粼的河水。噢，回来吧，消失在夜色中的人们！噢，回来吧，逝去的灵魂！这一天已经过得够艰难了。别把我一个人丢在这孤独的夜晚！我终于能够活动身体了。我在椅子上坐直了身子，放耳倾听。有潺潺的流水，有河对面小岛上的蝉鸣，夜里最后几点断续的车声也流过下面的公路。我只可意会它带给我的效果，那种感觉就是，我的生命，这座城市的生命，以及这个世界每一个无忧无虑、迷人的时刻，都是彻头彻尾地毫无意义。

10

"拿好了,我的孩子。"苏克哈特说着把书递给了我。

我接过书,仔细端详了封面,又翻过来看了看封底。陈旧的皮革封皮上没有作者,没有书名,什么都没有,毫不显眼。我把书翻开。古老的书脊发出了坚果裂开的声音。从表面上看,这部书确实如苏克哈特所说的那样古老。书翻开的那页正好是第240次驻军,或至少是第240次什么东西,这上面的字母歪歪扭扭难以辨认。我用手指轻轻地抚摸书页的装订线。但是若说那些字迹都是什么意思,我则一窍不通了。

"你看怎么样?"他问。

"我怎么知道这是真的?"

"我的孩子,你好好看看。这是终我职业生涯一生所遇到过的最奇异的珍奇物品。里面的专有名词我一个都不认识。什么萨菲克、乌尔梅特和里瓦姆,以及所有其他的名字我都不认识。这东西就像从地球的核心里突然间冒出来的一样。"

"这是意第绪语吗?"

他点点头。

"你能确认它像你所说的那样古老吗?"

"它至少有一百五十年历史了。"他说。

"我怎么能确信?"

"你怀疑我吗?"

他的表情像是受到了冒犯。

"没关系,"我说,"这无关紧要。"

出于某种原因,也许是出于习惯,临离开时,我管他要了一个袋子。他不得不把他的早餐食品袋腾出来,把里面的香蕉和酸奶拿出来。我就用他的这个"全食超市"塑料袋装上古书离开了。

"难道我一开始没有和你以诚相待吗?"他问。

从你询问的那一刻起,难道我没有告诉你米蕾芙的事吗?难道我没有向你解释,我和她相处是发生在我了解到我的历史——我们的历史之前吗?是的,我恋爱了,是的,我致力于研究犹太教了。但那是个错误,保罗。那是一种被误导了的激情。

来吧,保罗,来看看那些仍待发现的东西。做一次基因测试,然后认领你家族历史最后一个重要环节。不要只相信他们,而不相信我们。

接下来的星期一上午,此时已是九月中旬,"皮特·默瑟资本"开始解除,皮特·默瑟撤出了金融市场。据《华尔街日报》报道,他将自己的股份售出,并以高额红利将钱返还给客户。该报还报道说,自从大衰退开始以来,这个基金中的每两个美元就有一个投进了黄金里。

我给他的电话留了十几个留言,他都没有回复。

看到了他的新闻报道之后我在想,他要做什么呢?模特们都被解散了,证券投资组合已被清算,交易人也都被遣返回家,桌面清理干净了,屏幕关闭了,那么这个人接下来要做什么呢?

《华尔街日报》披露,他个人从"皮特·默瑟资本"中所得到的收益总额高达四十九亿美元,这提供了一个可能的答案:他可以任性地做任何事情。他有相当大的一笔钱。我想,也许他只想在家办公,坐在电子银行中间,面对一墙的对比画面,从不离开房间,从一个怪人转变成一个彻头彻尾的隐士。也许他会像这个国家许多的土豪、技术亿万富翁那样,专心搞点儿什么事业、社会运动、新的追求和业余爱好:玩儿游艇,买断一个体育俱乐部,根除疟疾。我想,或许他会一切从简,跨上背包,穿上一双新运动鞋,像以前的探险家们那样,远足去印度、尼泊尔和中国的西藏,坐在树下俯瞰那峰顶积雪的美景,对那些蜷伏朝拜的人们表示敬意。尽管存在着语言障碍,但是在黎明来临之际,他就会获得一种内心的平静,使得他忘却了从前所有那些伏案的日子。他作为历史上最富有的对冲基金管理者之一的这一生,也只能是作为因果报应、循环往复连环中的一个低级位置的生命而被回顾了。或许他会结婚,开始养家,每天的中心围绕着大多数人所过的那种平淡乏味的现实生活:换尿布,生日聚会,与孩子们共享天伦之乐。通过参加这些不起眼儿的小乐趣,他会找到一个适合他并支撑他生活的位置,这是他永远未曾想到的。或者他会去以色列,并像他所说的那样住在西珥。也许那个地方依然存在。他会改善那里的居住条件,甚至达到奢华程度。毕竟钱是万能的,有了五十亿美元,还有什么办不到的呢?他完全可以改变世界的。

但是我不知道他要做什么,因为我并不真的了解他。我和他吃过两次午餐,喝过一回酒。每次他都只多敞开那么一些秘密。他逐渐展现给我的那种绝望让我深感惊讶。他本可以任性地吼叫和指手画脚,可以觊觎,可以征服,可以前进,可以拥有,可以借贷,可屈可伸,可以举债经营,可以获取,凭借其可怖的财富以自我为绝对中心地处人待事。可是他选择的午餐却如此草率廉价。他憧憬着那个充满了羊尿骚味儿的屎坑,还白送走了一幅毕加索。但他也未能免俗,和我这样的人同样会在酒吧里酩酊大醉。他认为他和我拥有某些共同之处。也许我们确实有。全美国的钱也不能让这个男人快乐。对我而言,《橡胶灵魂》失败了;对他而言,美元钞票失败了。但如果我们确实相像,那么他听到米蕾芙的故事并解散了他的机构之后所做出的选择却不啻把我逼到了墙角下,无路可走了。他并没有成为古怪的隐士,也没有娶妻生子。他买了一支枪,走进森林里,朝自己的脑袋开了一枪。这一行为也许没有创造价值,不心怀慷慨,也没有任何想象力,但的确足以表明他绝望的程度。孩子们寻着枪声走进树林里找到了他的尸体。

我在治疗两个患者的间隙看到了手机上的新闻。我有些恍惚地走到前台，挨着康妮坐下。她正在整理一筒圆珠笔，将属于每支笔的笔帽扣好，将那些没有笔帽的、没油了的、干了的或者圆珠头上糊上了一团黏糊糊东西的笔筛除掉。在她的手里，这个活儿是一项严谨细腻的事业。康妮总能给人一种心智健全的印象，但是在她那浓密的金发外表的里面，微小的病理现象正夜以继日地以红色警戒的水平在运行着。我等着她问我来这里做什么。我过来是要纠缠她吗？她本来就小的空间，我过来这里是不是更加拥挤了？我想要什么？我手里拿着手机，不能说话。默瑟死亡的消息我还没有彻底领悟。仅在两个星期前，他和我还坐在酒吧里一起喝酒呢。他挨着我坐着，就像此时我挨着康妮坐着一样。他当时告诉我，在格兰特·阿瑟出现并为他解释他心神不定的原因之前，他过着的是地狱般的生活。当温迪·朱将米蕾芙·门德尔松带到他眼前时，他一定对这种解释感到了厌恶。但是为什么呢？他已经从格兰特·阿瑟那里了解了米蕾芙。"他向你谈及他自己时，那是他要说的第一件事情。"他对我说。当时我们正在酒吧里，我询问他格兰特·阿瑟对拉比的女儿那注定要失败的爱情。格兰特·阿瑟从没有试图掩饰过他的那段恋情。那种类型的恋情，强烈的激情，不可理喻的渴望，这些就是他那种人所陷入的精神流放的症状。当皮特·默瑟和拜火教的少女相恋时，类似的命运不也在等待着他吗？当我坐在康妮旁边时，我打算把这些都说给她听，可是我还没能开口讲第一句话，而她竟然都没有转过身来认可我的突然出现，仍在继续忙碌着整理那些早该整理的圆珠笔。我看着她，但并没有真的在看她。

默瑟曾经给过温迪明确的指示,让米蕾芙把她和格兰特·阿瑟的那段感情故事讲给我听,而从那一时刻起,我就再也没有收到过他的任何信息。他是不是以为他在帮我一个忙?他是不是把我当作了和他一样的需要知道真相的傻子?那么,知道了他所谓的真相之后,我该怎么做呢?和他一样,带着真相走进森林里了却一生?

　　此时,我期待康妮至少来一句"怎么了?",或进一步,完全转过身来,更为恼火地说第二遍"怎么了?"然后,看到我惊讶的表情,又会轻柔地说一遍"怎么了?"但是她并没有转过身来,我也没有说话。工作应该保证让你永远不会孤独,正像这座城市所起的作用一样,但是现在回想起来,我获悉默瑟自杀的消息并坐在康妮身旁的那一天,其实和我那个夜晚醒来发现楼下的步行道空空如也,并没有什么区别,都是某种事情没有任何警告或者预兆地突然失效,从而让我束手无策。后来我回想,当默瑟将枪口插进自己的嘴巴时,他一定在这坚硬的地球上有着同样的孤独感,那个愚蠢的混蛋,在想以后谁能怀念他,后来得出结论,不会有人以任何严肃的方式来怀念他,这成了他人生最后的想法,然后就扣动了扳机。那是不是我父亲在自杀之前躺在浴缸里时的想法呢?我有没有可能可以帮助一下默瑟呢?当我们在酒吧外面道别之前,我是否该稳住他,抓住他的手臂不松手,不顾一切地,用全情投入的亲密对他耳语:"要怀疑!不管如何!他是道出了某种形而上的真相,可谁在乎那个啊?坚持过下去!为什么不呢?你还有什么选择?难道自杀?"

真的，我做的一切似乎都不重要，尽管我坐在这里什么也不做。我无法吸引康妮的注意力，也许现在再也不值得那么去做了。我过来坐在她身旁，不仅是为了想向她诉苦，而且因为我就想离她近些。就安慰和安心而言，世上再也找不到第二个人了。是的，还有康维尔夫人，但是我可了解康维尔夫人，她会大谈特谈默瑟死亡的性质，在她的眼里，那是不可宽恕的罪行，是要永久被打入地狱的。我可不喜欢将我对逝者的记忆置于她那种圣洁的淫威之下。但是我选择康妮还因为康妮有着对抗死去的躯体和灵魂的力量。她的魅力，她的卷发，她左侧太阳穴上细小的青筋脉动着铁的意志和青春的热情——康妮用某种最基本的方式让我再次明白：默瑟为什么会愚蠢地走进森林了此一生。只要离她近，看到她肢体夸张的动作，嗅到她头发的芳香，感觉到她的手势，我都会得到安慰；她的笑容让我恍惚，她的讲话让我兴奋，她心灵的触发让我激动。我想和她说关于默瑟自杀的事情，哪怕只是看着她，这件突发的铁的事实撞击我的力道也会减弱的。想不到我会坐在那里却不能讲话，也想不到她竟然都不转过身来看我，却专心致志地整理着第一个笔筒接着又是第二个笔筒里乱糟糟的各种笔。我无法集中精力，找到她身上哪方面的美丽能够弱化默瑟自杀所给我直接带来的撞击。她的美丽似乎不够用，不足以完成这个任务，或者更加沮丧地说，她的美丽毫无影响了，犹如对我失效了一般，好像它终于被击败了。他走进森林里饮弹自尽之时，是不是其实还有很多事情要做？我想，去做啊。去做什么让自己闲不下来，分散自己的心思，去忽略，去反抗。但是他并不想只是做什么，他想成为什么。他想成为佛教徒、基督教徒、乌尔姆人，任何能够和他惺惺相惜、任何失去了历史并最终被挖掘出来的回归者，他都想与之联系。而当他发现自己不能成为其中任何之一，只能是皮特·默瑟的时候，只有亿万资产和创造资产的才能陪着他，他就拿着上了子弹的枪走进了森林。我不懂的是，他为什么不早些时候自杀呢？为什么是现在呢？为什么是在米蕾芙·门德尔松出现之后，而不是在他与拜火教少女失恋之后，或者在他对京都佛教幻想的破灭之后，或者在他试图"改弦易辙"之后呢？是这些错觉和失望的总和使他送了命。金钱，希望和时间，如果没有了意志，这些东西就等于零。意志才是主宰一切的王者，而他失去了意志。

　　康妮仍然没有说话，我也仍然没有说话，尽管我们仍然坐在一起，就像那天默瑟和我在酒吧里坐在一起时一样。默瑟和我刚开始了一段友谊，可这段友谊却戛然而止，就像康妮和我之间的关系骤然止步一样。我来到这里是为了倾诉，她只要慷慨地看我一眼，我就会确信结束自己生命的做法无论如何都是不可取的。我来坐在这里还有一个原因，一个甚至比我需要看见她更为原始和更为本能的原因。正像大多数的事情一样，那个原因当时我并没有完全领悟，但是后来却变得越来越清晰可辨。我说的这个原因就是，当我获悉默瑟自杀的消息的一瞬间，我觉得我需要有个人在我的轨迹里与我共同存在，通过这个人的存在和我们共同享有的空间，我就可以确认我自己的存在，如果有必要，我就可以伸出手臂去触摸她，去烦她，去恭维她，去宽恕她，去乞求她宽恕我，甚至让她来羞辱我，任何事情我都愿意做，只要这一切告诉我，我还活着而且不孤单。但是在这足足有四到五分钟的时间里，我们之间却一句话也没有说。她突然从正在整理的最后一个笔筒停下，将转椅转到桌子一侧，朝自己肘弯里打了一个响亮的喷嚏。然后她等着再打一个喷嚏。她总是喷嚏成双的。第二个喷嚏打完之后，她四处寻找纸巾却徒劳无获。接着她站起身来朝卫生间走去。我看着她关上了门。一分钟之后，我进去治疗患者，却管不住自己的思绪，思忖尽管我们挨着坐仅一臂之遥，她是不是根本就没有注意到我呢。在那四五分钟期间，是什么阻碍了我们，是什么在从中作祟呢？我们怎么会变得如此貌神皆离了呢？随着默瑟的自杀，我有理由相信，将活人与活人隔开的那道障碍，与将活人和死人隔开的那道障碍同样无法逾越。

但是接下来所发生的事情消除了这个阴郁的想法，我几乎要从患者身旁冲到前台康妮那里，高喊着她的名字，让我们重新回到人间。

我刚走进诊室，我的患者就告诉我她怀孕了。她刚怀孕三个月，现在才开始显怀，但是从她那滚圆的脸颊和泛着红光的皮肤，这已经不言自明了。一个新的更圆浑的生命使得她脖颈在脉动。她像一个鲜艳红润的苹果。

孕妇对我有一种天然的吸引力。除非她们营养不良。有时候我在地铁里看到一位营养不良的孕妇，肚子很大但是胳膊却很细,头发像老鼠毛,我就想给她买一个取暖器。我想对她的父母怒吼。我记得有一次在G号线车厢里,我走到一位看上去真的营养不良的孕妇面前,问她是否愿意到朱尼尔饭店吃一顿免费晚餐。她不敢相信我竟然在地铁车厢里勾搭她,勾搭一位戴着戒指的孕妇。我没有注意到那枚戒指。那可是枚大戒指。我试图使她相信我并非在勾搭她。我提出给她五十美元回家买些食用油。这下子事情更糟了。原来她是个名模。我在广告牌上曾见过她的。

我问我的患者预产期是什么时候。她说四月份。然后我就让她把嘴张大些。我敲打了几下我认为要开始成为蛀牙的那颗牙。

"这里疼吗?"我问。

"不疼。"她说。

"这颗牙可能要变成蛀牙了,"我对她说,"但是我们只能等到四月份了,等你生完孩子之后再来看。如果不疼,现在没有什么可担心的。"

听到我自己的话之后,我想,听听,现在怎么又这么说了?如果不疼,现在没有什么可担心的。以后再担心吧。在那之前,你就享受生活吧。你有那么多的事情要期待呢。真的:你健康得容光焕发,你有一个新的生命在等待着你。总斤斤计较这些烦恼和痛苦的事情有什么必要呢?

我想,其他人也是这么想的。我的一个想法和其他人的想法苟同了。我的这个想法让我和别人成了一伙。不再是一伙外的异类,而是一伙内部的一员。简直是伙内的核心成员。我担心失去这种感觉,于是又拿起探针的我,表面上是再次检查我患者的口腔,但实际上是在仔细品味入伙的滋味。我还要更加深入地进入这一伙。有这样想法的那些人,那些每天遛狗,每天在网上更新日常,推迟看牙预约的普通人,可以很快乐又轻而易举地让最终难逃的宿命不经意地从身边流过。其中的一些人,比如我那位销售主管患者,对已经发生在他们身上的病情甚至都毫不在意。如果他觉得他没有蛀牙,他就不去治。如果一位患者怀孕了,她就要等到来年四月份。如果还有人不喜欢用牙线清理牙齿,他们就说去他妈的,改天再说吧。不想听别人唠叨你的哪些行为使你未能成功保持口腔健康?那就别去看牙医。而喝一杯酒。看一场电影。宠一宠狗。生个宝宝,看着婴儿在小床上睡觉。上帝啊,我想。他们就是这样思考的。这就是一切对他们都那样轻松的原因。事情就这么简单。

"我可以出去一下吗?"我问我的患者。

我站起身来想直接去找康妮,但是她已经站在那里,就在门外边看着我。

"找我有事儿?"我走到门口问她。

"没事儿。"她说。

"那你在做什么?"

"没做什么。"

"站在这里不像是没做什么。"我说。

"我们过会儿谈。"她说。

"有事情要谈?什么事儿?"

"过会儿谈。"她说。

"不,现在谈。"

"你现在有患者。我可以等的。"

"那位患者我看完了,"我说,"我们这个诊所还从来没有接待过像她这样健康的患者呢。我正想过来告诉你。我知道你很讨厌我把你拉过来看患者,但是这次可不是疾病,不是衰老,也不是死亡。你看她,"我说,"你这一生中看到过比她还健康还快乐的人吗?"

她往屋里看了一眼。"我怎么看不出有什么特别?"她问。

"你没有看到吗?"

"我看见一位女士坐在椅子上。"她说。

"她怀孕了,"我说,"你没看到吗?啊,好吧,你就听我的好了。重要的问题是她对行动做什么计划。她有一颗蛀牙正在开始形成,但是她打算等孩子出生之后再来堵牙。"

"难道那不是标准的程序吗?"

"对于孕妇而言,如果不疼,那是当然。但是对于我们这些人则不然。"

"我没听懂。"

"我们这些人为什么不能也那样呢?"我问,"为什么不能撒手不管?只管遛狗,发推特,吃司康,逗逗仓鼠,骑自行车,欣赏日落,上网看电影,然后永远也不担心任何事?我从前可不知道事情可以这么简单。我是刚刚才知道的。我感觉这挺有道理的。我想我也能做到。这谁做不到呢?只有脑袋有病的人才做不到呢,我脑子可没有病。"

她看着我。

"我没有病,"我说,"听我说,帮我个忙。和我出去。我是说,约会那种。再给我一次机会。给我……这是第多少次,第六次机会?我已经改变了。我说真的。咱们干脆也别约会了。你想结婚吗?我想结婚。我真的想。那是什么表情?为什么有那种表情,康妮?我真的想娶你。我想我们俩生孩子。我知道我说过我不想要孩子,可那是从前。现在我想明白了。我想让你和里面那位女士一样健康快乐。"

"我准备辞职了,保罗。"

"你准备什么?"

"辞职。"

一切都静了下来。

"辞职?"我说,"为什么?"

"你真的还要问为什么吗?"

"可你是业务经理啊,"我说,"而且我爱你。"

她没回应。

"我不能相信我听到的话,"我说,"那么我刚才说过的那一切呢?你不再给我一次机会了吗?"

她露出那种一闪而过的短暂笑容,当你事后想起来时,这种笑容足以让你疯狂。我憎恨她那种多情地伸出手来握住我手臂的动作,恨她的一握那么甜蜜。

"有些事儿咱们先准备好,"她说,"然后我就开始找人替我。"

在这一天其余的时间里，我的动作如同一具行尸走肉。康妮和我说完之后一个小时就在网上打了招聘广告。到了周末，已经有六个候选人等待应聘。她不会回心转意了。她准备和本移居到费城。本在那里找了份教诗歌的工作。

"你不觉得你在犯一个错误吗？"我问她。

"不觉得，"她说，"你想看这些简历吗？"

"你真的想这么做吗？和一个诗人生活在一起？"

"是的。"她说。

"和电磁炉为伴？与虱子为伍？"

"什么电磁炉？你在说什么？"

"他能付得起房租吗？"

"这些简历你是看还是不看？"

晚上我回到家里看录制的比赛。整个八月份一个月和九月份半个月，我连一场比赛都没有看。如果不全身心地投入，我就没法一边补齐打过的比赛一边看新的比赛。我喝着酒，叫了外卖，边吃饭边看比赛，一场接一场，一直看到了凌晨。

"我不能再给你时间了，"接近九月末时她说，"我已经辞了，保罗。我得走了。你想看这些简历吗？或者应该我来看？"

"我来看吧。"我说。

但是我从来没有看。

那年夏天我们的战绩不错，整个七月份以及八月份大部分时间，我们都领先扬基队。佩德罗伊亚和艾尔斯伯雷打得非常英勇，尽管有伤员，投球也非常漂亮。进入九月份，我们没有理由怀疑我们会夺取锦标，从而在七年时间里，不是第一次，也不是第二次，而是第三次进入世界职业棒球大赛。但是这时，某种古老性质的事件又开始显露出来。

9月1日，我们还领先扬基队半场比赛。到9月2号时，我们的领先却丢失了，而且再也没有争取回来。但是通过外卡的方式，争取到一个加时赛应该是比较保险的，因为在9月3日，我们在美国棒球联盟东区赛还牢牢地占据第二的位置，领先坦帕湾光芒队九场。想进入加时赛，我们只需领先这支中游队即可。在常规赛剩下的三个星期里，若想落后于光芒队，那我们就得拿出棒球史上最糟糕的一场季末赛表演了，而我说的棒球史，可是有着一百个赛季的职业运动。

棒球是创作一种美丽的东西的缓慢过程。它以一种几乎让人无聊的节奏，将那些看起来并不重要或者偶然的场面累积起来，演变成一场令人振奋的充满悬念的大戏。比赛的样子像是永远不会结束，直到突然间，它迫使你不得不惊叹它竟然如此跌宕起伏，而且令你憧憬更精彩的下一秒。这是化蛹为蝶般的神奇，令人昏昏欲睡的场面瞬间就会变得妙不可言。

到九月末，我们竟然真的打出了最丢人的比赛，把自己领先于垃圾光芒队的优势拱手让出。在常规赛的最后一天，红袜队和光芒队并列第二名。我至今仍然不理解那年我们赛季末的糟糕表现。每输掉一场比赛，我都会产生一种强烈的生理厌恶感。但是那并不是我唯一的反应。我其实颇为高兴，红袜队的表现再一次像红袜队了：一个受诅咒的垮掉人群。

我并非想让我的队输球；我只是不想让我的队成为真正的赢家。我们已经有一支到处炫耀，把自己当作真正赢家的冠军队了，那支队摧残自己的队员，用钱堆出了奖杯。作为红袜队的球迷，我们的责任与其说是为红袜队助威呐喊，不如说是在某个深层的道德方面（我把这归于道德方面，归于人类尊严的原则行为，这绝不夸大其词）作出保证，我们无论如何也不会和扬基队一样。那些吉凶未卜令人焦虑的日子，那些长期的失望，那种经过考验的忠诚（真正球迷的资格），现在感到极为缺乏了。我想成为红袜队的一名优秀球迷，一名世上最好的铁杆球迷，而且我知道要成为那个世上最好的铁杆球迷的唯一方式就是庆祝，静静地、以一种悲惨的调子，来庆祝2011年9月份我们那绝不同于扬基队的大败。

　　那时，我仍然每天晚上去看我的新患者。你我可以一天不用牙线清理牙齿，这并非不会产生后果，但是也不会马上掉牙。埃迪则不然。我简直不能相信他还活着，因为他的样子像是快要散架了，佝偻着身子，面无血色，长满了老年斑，而且总是颤颤巍巍。他像每次那样感激地在门口迎接我。我想他喜欢我的程度不亚于他喜欢已故的拉帕波特。我们来到厨房，他坐在了一架活动梯上。我站在他身后，戴上一副橡胶手套。我截下来一段牙线，缠在手指上，然后替他清理牙齿缝隙。清理完之后，他站起身来，给我和他各倒了一杯马丁尼酒。这就像到家之前走进一家酒吧、睡觉之前喝一杯酒一样，不同的是，我没有给酒吧招待小费，而是替他清理了牙齿缝隙之间的细菌。

现在，经过了六个星期的牙线清理，他不再出血了。他的牙齿流失已经停止。他的牙龈也很结实了。

当我同意夜晚去这些没有医疗保险的患者家里时，我不知道这会给自己带来什么麻烦。这个赛季的最后一场比赛还有二十分钟就要开始了。如果我错过了首发球，我就得等待整场比赛结束，然后倒带从头再看比赛，而那场比赛又太重要了，我必须得看比赛的现场直播。那天我离开诊所比较晚，地铁走得也很慢，在差十分七点时，我依然在下东区埃迪的公寓里。

他递给我马丁尼酒。"干杯。"他说。

我们相互敬了酒。我看着他举着颤抖的手，将晃动的酒杯放到下嘴唇处，喝了进去。

"我现在情况有点儿窘迫，埃迪，"我对他说，"我是个棒球迷，而且尤其，"——我碰了下我红袜队的棒球帽——"我支持这些家伙们。我不知道你是否也看棒球，如果你看，那么你就会知道，在棒球历史上，没有哪一支球队在常规赛季的最后一个月里像今年的波士顿红袜队这样输掉这么大的领先优势。这绝对是一起历史事件。他们本来领先扬基队排名第一，接着在最关键时刻，他们却将领先位置拱手让给了扬基队。好吧，这是一个历史悠久的传统，如果你关注棒球，你可能就会知道的。这并非是世界的末日，事实上，我个人倒不是很在意，因为我唯一在乎的打败扬基队的方法就是当我们落下风时。这时我们还领先坦帕湾光芒队九场球，如果你稍微了解棒球运动，你就会知道光芒队就是狗屎。在赛季这最后一个月里我们得输掉多少场球才能……嗯,唯一打比赛接近这么臭的就是1969年的芝加哥小熊队。他们从赛季一开始就是领头羊,有时候甚至领先九场比赛之多。没有人会料到在1969年的九月份,他们竟然会输掉了十七场比赛——十七场啊,埃迪——结果成了第二名。而且,如果你了解棒球,你就会知道,没有哪支队像小熊队那样把比赛打得这么糟糕过。我直说吧。我们队和1969年的小熊队打得一样糟糕。事实上是更糟糕,因为到目前,仅在九月这一个月里,我们就输掉了十九场比赛。十九场啊,埃迪。而这时,狗屎光芒队却从粪坑中爬了出来,竟然和我们并列了。我们竟然和这支狗屎球队并列!而今天晚上,常规赛最后一场比赛我们在巴尔的摩与排名最后的金莺队对垒,而光芒队常规赛最后一场比赛则与排名第一的扬基队对垒,如果我们赢了,光芒队输了,我们进入加时赛。如果我们输了,光芒队赢,则他们进入加时赛。今晚也许是我们本赛季的最后一场比赛。因为我过来看你,还因为地铁很慢,也许我回家时赶不上看到比赛的开头,出于某种迷信的原因,我必须得看到比赛的开头。"

尽管他浑身在微弱地颤抖,但是他看着我的目光却很坚定,眼睛睁得如同是个婴儿。

"所以我得求你一件事儿,"我说,"你有有线电视吗?如果有,那是什么套餐?如果套餐对路,我可以在你这里看比赛吗?既看红袜队的比赛也看扬基队的比赛,并且请你务必保证,不管发生什么,比如,即使公寓着火了,或者你突然间发现我举止怪异,甚至是令你害怕,你都不能把我赶出去,而要允许我看完这两场比赛,即使这两场比赛都打延长赛,而我在这里一直看到凌晨三四点钟,可以吗?"

"我的有线电视是顶级套餐,"埃迪颤抖着说,"我很高兴留你在这里。"

"不管发生什么?"

"不管发生什么。"

"很好,"我说,"我们还剩下二十分钟来找点儿鸡肉配米饭。"

我去外面买吃的,他调了更多马丁尼酒。我们草草地吃完了。在比赛开始之前,埃迪舒服地躺在了躺椅上,我为了离电视机近些,在地板上就座。在第二局的某个时刻,他沙沙作响地打开糖纸,将一个糖块塞进嘴里,随后就昏睡了过去。经过这么多星期给他用牙线清理牙齿,却看到他又那样随意地将牙齿沐浴在糖分里,这真令人沮丧。在下一个广告间歇时,我戴上了胶皮手套,将糖块取出来扔掉,埃迪一动没动。

我又坐了下来,继续熟悉着如何使用他的怪异的遥控器。我不停地切换频道,一会儿看红袜队和金莺队之间的比赛,一会儿看扬基队和光芒队之间的比赛。我在给扬基队加油,这让我生不如死。可是我别无选择。扬基队必须要打败光芒队才能把他们拖后,就像红袜队必须要打败金莺队才能提升排名一样。在最紧要的关头,尽管胜利也会带来不适,我还是毫无保留地为红袜队加油。红袜队的胜利就是我父亲的胜利。尽管胜利从没有起到任何神奇的作用。即使获得了2004年世界职业棒球大赛的冠军也没有将他带回人间。这个事实接受起来不容易。终于,我们完成了不可能完成的任务,诅咒被打破了,八十六年之后我们再次获得了冠军……然而,什么也没有改变。他仍然不在人世,他仍然远离我们而去了。我一直都在希望什么呢?我为什么给这支球队加油了这么多年?

红袜队拿下了第三局。我兴奋地大叫了一声,埃迪猛地被我惊醒了。他面无表情地看着我。我想他在纳闷我是谁,为什么会在他的公寓里。几分钟之后,金莺队二比一超越了我们。我有点儿坐不住了。接下来波士顿又超越了他们。斯库塔罗在第四局得分,接着佩德罗伊亚击出一记全垒打,那球远远地飞向了左场上空,我们又三比二领先。与此同时,光芒队正受到扬基队的重创。眼下一切顺利。

如果我父亲还活着,他一定会用记分卡来跟踪这场比赛的。他从孩提时就开始这么做了,用电子管收音机听吉姆·布里特评论比赛。有时候在比赛期间,我把他的旧记分卡拿出来,用手指摸着上面的刻痕和他小时候用铅笔记下的数字,那是他的麻烦开始之前很久的记忆了。他的记分卡是一位死者用难解的文字讲述的主观棒球史。

第五局结束时,我走向正在梦游的埃迪。我把耳朵贴近他的嘴巴。"索尼娅……"他正在说一个名字,"索尼娅……"

"埃迪,"我说,"嘿,埃迪。"

埃迪睁开眼睛,目光搜寻着我的脸庞。

"第六局就要开始了,"我说,"我必须得去另一间屋子,因为我从来不看第六局。所以我需要你帮我来看这局比赛,然后告诉我这局的结果。你能帮我这个忙吗?"

"谁在说话?"他说。

"奥罗克医生,"我说,"你的新牙医。你能帮我看第六局比赛然后告诉我结果吗,埃迪?"

几分钟之后,我站在了他的卧室里靠近门口的地方。

"没睡着吧,埃迪?"

"嗯?"

"你得睁开眼睛看,"我说,"我需要你帮我看这局比赛,从头看到尾。"

第七局比赛因为下雨耽搁了一阵。我又回到了电视机前,听着埃迪在睡梦中轻声念叨着他的索尼娅。当我切换到扬基队的比赛时,我感到了震惊。本垒板处的洛根已经被阿亚拉所替换,光芒队正在狂欢庆祝。很快他们就和扬基队平局了。光芒队埃文·隆戈里亚的一记全垒打帮他们取得了胜利。此刻,我们的比赛成了生死攸关之战。

我切回到了红袜队的比赛。帕佩尔邦让琼斯三振出局。他又让雷诺兹三振出局。戴维斯来到了本垒板。帕佩尔邦沉着地站在投球区土墩上,鹰隼般凶狠的目光遮在了帽檐儿下,收到了他的搭档接手发出的投掷信号。这时已经是第九局的尾声。我们离胜利就差一记投掷了。戴维斯在等待投掷时,手里的球棒在空中紧张地划着小弧线。整个体育场都屏住了呼吸。

我意识到,如果帕佩尔邦不能让戴维斯出局,那我们就会让棒球史上最糟糕的九月大崩溃画上圆满的记号。那样,我们就能恢复一个必要的秩序,就会修复一下我们过去十年中所获得的伟大胜利所产生的破坏。但是失败仍然是失败。我仍会感到十分痛苦。可是如果我们赢了,我会感觉更加糟糕。我会被接踵而至的道德崩溃剥夺任何胜利感,而且这胜利将再一次无法带回我的父亲。所以,如果我们输了,我也输了,如果我们赢了,我还是输了。我一生中都遵照着严格的迷信做法,为了什么呢?我戴着我们队的球帽,我吃鸡肉,不看第六局,每场比赛都录制下来……为了什么呢?就为了以这种或者那种方式受罪?那绝对不是生存之道。必须得有希望,不管希望多么渺茫。必须要有可能不会失败的努力。我已经一无所有了:没有桑塔克洛斯之梦,没有进入普洛茨家族。我的父母都不在了。康妮离开了。我的患者拒绝使用牙线,有的甚至拒绝堵牙。我还有的……是我的意志,仅此而已。我决意不步默瑟和我父亲的后尘。我决意超越那只狐狸。

这是最后一球了。帕佩尔邦缓缓地抬起了手臂。我关掉了电视机,走出了埃迪的公寓。

后 记

第二年，我来到了西珥，在这位于以色列最南部的宅院里生活了二十一天，试图去接受我一生中所一直抵制的所有事情。我从头至尾通读了《坎塔维斯蒂克》，听了我家族从波兰逃亡故事的其余情节，我还按照轮班的顺序，在厨房里为其他的回归者准备晚餐。我睡在一张小床上。我参观了死海。我在口腔内侧做了拭子采集，以确定我是乌尔姆后裔的可能性。

在黄昏和黎明时分，我看着贝都因人骑着骆驼趾高气扬地走向远方的沙漠。他们穿着好几层深色的衣服，似乎千古不变地、带有某种病态沉默地从我眼前掠过，让我感到他们是这个地球上最孤独的人群。

我从未感到过孤独，而且再也不必感到孤独了。在粉刷一新的教室里我们正式地听着课，晚上围着餐桌进行讨论。和我在一起上课和讨论的人们并不是精神失常者或者狂热分子，连崇拜和怪异也谈不上，而是衣着得体、思想进步、平均年龄比我预期还要年轻的人。他们真是全身心投入进来了：找回的历史，怀疑的神学层面的复杂性，仍然持续的大规模屠杀的威胁。不在少数的人可以整晚都谈论这些事情。到第三周结束时，我已经感到了疲倦和单调沉闷，如同我和康妮参观欧洲教堂时一样的感觉。我怀念浓缩咖啡和中央空调。我想回家。

这没法解释为什么一年之后我又返回了此地,而且再之后的一年我又返回了。

我想我需要让自己有些弱点。我厌恶事实真相,厌恶那铁的科学事实。我在说:看看我,我在让人怀疑的一群人中寻找着什么。我在做着愚蠢的事情,做着绝对疯狂的事情。看看我,我在冒着犯错误的风险。

以色列的旅游业非常发达。你可以雇一位导游领你去著名的恩戈地沙漠,去曾挖掘出死海古卷的库姆兰,去犹太人抵抗罗马军团三年之久最后自戕而不屈的阵地梅察达。或者你可以坐在格兰特·阿瑟的马自达CX7里,跟他去那些没人听说过的地方,并可以怀着极大的怀疑心理在交叉路口和沙漠的深处听他娓娓道来一部历史。就在护城栅栏的那一端就曾发生过许多次战斗,他会告诉你。在这座变电站里就发生过奇迹。在这类参观中,有的人根本没有表示出任何怀疑。他们相信他所说的每一句话,根本不在乎你们的铁的事实。爱怎么着怎么着。

格兰特·阿瑟把我的生活弄了个底朝天却从来没有向我道过歉。"如果你需要道歉你就不会来这里了,"他对我说,"你来到了这里。你很快乐。有什么可道歉的呢?"我拿不准主意是否该宽恕并忘记这些,但是他却尽量地说服我,说我没有理由对他耿耿于怀,甚至都不该问他"为什么是我呢?"这个问题。"记住,我并没有主动去找你,"他会这样说,"是你给我发了电子邮件。"听他的意思,假如我没有给西珥设计发电子邮件并要求其网站撤除的话,他也就不外乎是给一家牙科诊所建立了一个网站,为的是在网站上发表《坎塔维斯蒂克》的部分章节而已。"信息只有需要的时候才会到来,"他会说,"我并没有偷盗你的身份,保罗。我将其还给了你。"他又说:"如果你对我做的事产生了怀疑,你就走上了人间正道。"他总是穿着米黄色带有网眼口袋的马甲和工装裤,小胡子修剪得十分整齐,闪露着完美的欧裔美国人牙齿。"大多数人的一生都徘徊于希望和恐惧之间,"他会说,"一方面希望上天堂,另一方面恐惧虚无。但是现在你想想怀疑的效果。你看到它给人类和上帝所解决的所有问题了吗?"

乌尔姆人的生活继续在网上发酵。当时我因身份被挪用而吸引了注意力,只是到了后来我才意识到网上所发布的东西竟然这么多。一部名为《被剥夺者简史》在网上发表,作者是奥克兰大学名誉退休教授托马斯·斯托弗,书中有分别的章节叙述了犹太人、毛利人、北美土著居民,以及公开资料不多的被剥夺民族阿昆西人、迪戈加西亚的查戈斯人,当然了,还有乌尔姆人。另有一些史学家发表文章来批驳和谴责该书,从而改变了该群体维基百科网页的焦点。主要焦点变成有些人是否有权利胡乱声称自己民族的合法性、就其主题出版书籍并将其认定为事实,而不是聚焦在亚玛力人被屠杀以及关于以色列入侵的辩论上,这里面有一种必然的逻辑。使得这个网页长期存在的也正是这种论战。现在这是一个相对稳定的页面了,虔诚的信徒们陷入了一种零和博弈之中,陷入了网上无法给人绝对真理的窘境之中。但是他们仍然争执着,相互纠正并提醒对方要保持礼貌文明,最重要的是要努力保持中立。

该网页的开篇是:"乌尔姆主义是乌尔姆人主要的宗教传统,它始于格兰特·阿瑟(1960—2022)的意外发现。"

普洛茨家族的人一定仍然认为那些以我的名义写的推文和发的帖子真的是出自我手。我也不知道。自从那天我们一起驱车去布鲁克林和米蕾芙·门德尔松谈话之后,我就再没有收到过斯图尔特伯父的任何信息。从某方面来说,我挺怀念他的。他对我的重要性比我对他的重要性要大得多得多。像他这种人真是可遇不可求的。除了斯图尔特·普洛茨之外,还有汤姆·贝里舍尔和鲍勃·桑塔克洛斯,假如当时的情形稍有不同,他们中的任何人都可能在我的一生中起绝对重要的作用。

康妮仍时不时地给我发邮件。她和那位诗人结了婚并且有了个儿子。一家大学出版社在一部诗歌集中发表了她的一些诗作。她的这些诗作我读了一遍又一遍,徒劳地在里面寻找关于我的某些痕迹,看有没有提到我。我能获得些许安慰的就是,我知道她从不是个自传文学作家。她在肯塔基的一所学校教书。"我们在列克星敦都很好,"她写道,"你怎么样?贝奇怎么样?"

贝奇每年都能说动我和她一起去一趟尼泊尔进行一次传教般的假期。我们在加德满都下飞机,在附近的博德纳为当地的穷人和营养不良者看牙,这些人用以刺激牙龈的只有大榕树的树枝。你一生中都不会见到有这么多穿着长袍的人，和这么多以佛祖的名义头发剃得干干净净的脑袋。他们整天都在转动着转经筒并兜售着牦牛的黄油。无论我走到博德纳的什么地方，镀金的大佛塔顶上的佛祖都在看着我，对所有这些受苦人来说，他是一个快乐的见证人。我把这个想法说给康维尔夫人。"首先，"她说，"佛祖并不是神。他更像是个教人自救的形象。其次，难道你没有看到那眼睛是后画的吗？""后画的？""我的天，年轻人，你太容易被人愚弄了。"

傍晚时分，当我们一天的活动结束时，尽管天气仍然很炎热，我还是来到加德满都那满是尘土、凸凹不平的街道上，沿路有许多残疾人乞丐和成堆的垃圾。我用手机拍摄角被烧焦并露出邪恶微笑的羊头的照片。这些东西都是出售品，摆在货架上的样子如同被处决囚犯的头颅。在经过的一些门道上，有全家的人挤在那里，街上还有许多背包客、探索者、观光者、蹬三轮车的男子以及许多狗。所有建筑物的样子都像是危房，窗子或是没有任何玻璃，或是钉上了板条。到处都是广告。

2014年我在那里逗留的最后一天，晚饭之前我一个人独自到外面散步，发现了一件我一生中从来都没有买过的东西。我所说的并非什么奇异和稀有的东西，也不是只有在佛祖的诞生地才能看到的动物角或者什么工艺品。我说的是在美国任何小镇的主街上都能够看到，由中国制造，在全世界都能够买到的东西。我买过和它类似的东西，但这一件东西本身我却从来都不会认为我买它合适。我发现那东西的那一刻,我意识到我可以将其买下并且戴在头上,以一种迷醉的存在方式,我可以自由自在地做出这一激进的举动,我再也不受迷信和群体的束缚,再也不受那种有悖常理的天生的忠诚所迷惑,我感到后背剧烈地颤抖了一小阵。我所说的这个东西是一顶晒褪色了的帽子,是芝加哥小熊队的帽子,在离梦花园不远处一家为背包客服务的小店里,静静地坐在脏兮兮的窗子里面。在帽舌上面,在一片海蓝颜色中,那个大大的红色C字母是失败和输球的同义词。芝加哥小熊队有一百零五年的时间没有夺过世界职业棒球大赛的锦标。这不仅是美国职业棒球大联盟中最长的冠军荒,而且是美国体育史上任何职业队的最长的冠军荒。想一想吧!从季前赛就开始为全年的成绩而祈祷,怀着真正的忐忑不安观看他们的表现,接着再次感受撕心裂肺般的痛苦,只有不断的、诱人的真正的救赎或许会出现的可能性让热情再次燃起。我的上帝!世界又焕然一新!不顾一切地去争取!我走进了店里,当我出来时,帽子已经戴在我的头上,替代了我多年的红袜队帽子。帽子戴起来感觉并不合适,但是戴一戴就会好的。我让一辆满载着一袋袋大米的丰田货车隆隆地驶了过去,然后我就加入到街上的人流之中。

"先生,先生!"

一个身穿斐乐牌运动衫和肮脏牛仔裤的男孩儿突然出现在我的身旁。此时我已经习惯他们围着我讨要卢比的场面了。

"想打球吗?"

后 记

"什么?"

他在冲着我笑,手里拿着一个像木板一样的东西。我仔细地看了看他。突然,我蹲下身子,抓住了他的手臂。这是个黝黑的尼泊尔少年,胖乎乎的面颊,然而脖子却很细。但是他的笑容却是迷人的。那就是所谓的上帝赐给的微笑。他的牙齿大而洁白。他的牙龈粉红健康,饱满结实。

"你的牙医是谁?"

"是你。"

"我?"

"你是我的牙医。"他说。

"真的是我?"

"你'啊'一下。张大嘴巴。现在可以吐了。"

他转过身去往街上吐了一口,其他的孩子们都嘎嘎地笑起来。

"我的手艺不错吧?"我说。

"现在你来打球。怎么样?"

我意识到,他手里拿着的木板是用来临时充当板球拍的。我站起身来。

"我不会打呀。"我说。

"很简单!我打给你看。"

他把球拍递给我。其他的孩子们都四处散去找各自的位置。在我身后,一个淘气包摞起了三堆空啤酒罐儿。三柱门,或者叫作别的什么。我对板球是一窍不通的。

那个孩子跑过去准备投球。他用手臂将其他孩子都挡在后面，再后面。我戴着小熊队的帽子，他们期待我展示功夫呢。

"我怎么得分？"我朝那个孩子喊道。

"和棒球一样。你来击球。"

"只管击球？"

"只管击球，只管击球。"

"好吧。"我说。

"一、二、走！"

随着这一声喊，他夸张地抡起了手臂，动作甚是怪异，他似乎将整个身体都投入进了这一投掷中。他往前倾时，手臂轮转得犹如风火轮。他向我投过来的球又低又快。管他呢，我想，管他呢，丝毫没有期待或者把握，怀疑是否有任何成功的希望，我抡起球棒，一只眼睛看着球，一只眼睛看着天上。